夫婦で行く東南アジアの国々

清水義範

集英社文庫

夫婦で行く東南アジアの国々　目次

夫婦で行く東南アジアの国々

第一章　ミャンマー

1

イタリアへも行った。バルカン半島の国々へも行った。そしてそれぞれ旅行記を書いた。

さて、次はどこへ行ったものか、と考えることになる。年に一度か二度の海外旅行は、私たち夫婦にとって大きな楽しみであり、貴重な息抜きなのだ。どこか地域を決めてシリーズ風に何か国かを回り、旅行記にまとめるという仕事にもつながる。

「どこか面白い地域はないかな」

と私が言うと、妻は思いがけない返答をした。

「東南アジアの国々はどうかしら」

そこか、と私は言葉につまる。

「東南アジアだと、大体インドシナ半島の国でしょう。半島って歴史的に入り組んでいて面白いと思うの」

「だけど、東南アジアだと食事があんまり口に合わないんだよな。一度タイ料理店へ行って食べられなかったことがあるんだ」

「食事は我慢しなくちゃ。食べられるものだけ食べて、あとはビールを飲んでりゃいいんだから」

どの国へ行っても、そうしているわけだしなあと、私が納得しかけた時、妻はこう言った。

「東南アジアって、日本人がよく行くところだからいいのよ。バルカン半島の国々もいいところだったけど、日本人があまり行かないところだから、旅行記がそんなに売れなかったでしょう。東南アジアの旅行記のほうが売れると思うわ」

そう言われて私は決心した。よし、今度は東南アジアシリーズだと。

そこで、旅行会社のパンフレットを集めてまずはどこへ行こうかと考えていくうち、日程がちょうどよいツアーとして、思いがけない国が候補にあがった。その国とは、ミャンマーである。

「観光で行ける国なのかな」

「ツアーがあるってことは行けるのよ」

しかし、ミャンマーである。かつてビルマという国名だったが、軍事政権の独裁のようになって国名をミャンマーに変えた国だ。

ただし、二〇一一年以降民主化政策が急速に進み、長らく自宅軟禁させられていたアウン・サン・スー・チー女史も自由になっているそうだ。その民主化って、どこまで本当のことなんだろう、という興味もわく。

ミャンマーへ行ってみよう、という気に私はなった。二〇一三年の三月下旬から四月頭にかけての旅である。民主化後二年目のミャンマーをこの目で見ることにしよう。

さて三月二十四日に出発だが、羽田空港から深夜に出発というのが珍しい。タイ航空機でまずタイのバンコクへ飛ぶと早朝の五時頃だ。空港で三時間待って、乗り継ぎ便に乗り、八時四十分にミャンマーのヤンゴンの空港に着くのだ。バンコクまでの便でなるべく眠るようにした。

そんなわけで、旅の二日目はいきなりヤンゴンの観光から始まった。ヤンゴンの空港でミャンマーの現地通貨であるチャットに両替したのだ。この旅行の時点で、一ドルが八百七十チャットであった。

さて、バスに乗ろうとすると、車体に豊橋鉄道と書いてある。それがミャンマーならではの面白さなのだ。走っている車やトラック、バスなどは日本から輸入された中古車が多いのだが、その車体には元の日本の会社名などが消されずにそのまま残っているのだ。豊橋鉄道のバスは一昔前の日本の観光バスのままだった。

ヤンゴンの空は晴れているのに青くなく、空気が悪い感じがした。年々車が増え、渋滞がひどくなっているのだそうだ。

町並みは埃《ほこり》っぽく、くすんだ感じである。あまり高い建物はなく、五～六階建てで、一階が店になっていて上階はアパートというような建物が多い。

チャウッタージー・パゴダに着いた。パゴダとは仏塔《ストゥーパ》のことで仏舎利を納める場所である。比較的新しい仏塔で、全長七十メートル、高さ十七メートルの巨大な寝仏が祀《まつ》られている。

寝仏は涅槃仏《ねはんぶつ》とは異なり頭が北ではない。涅槃仏は釈迦《しゃか》が入滅する時の姿だが、寝仏は横になって休んでいる姿なのだ。ここの寝仏は頭が南にあり、手で頭を支えて休息している姿であり、涅槃仏と違って足の裏をきっちりそろえていない。

一九〇七年にインド人によって作られた寝仏があったが、姿勢や顔つきが悪かったので、一九六六年に現在のものに作り替えられたのだそうだ。とても美しく優美な仏像で、色白で、銀で縁取りされた金色の衣をまとっている。どこか優しく女性的な感じがした。

アイシャドーや口紅、マニキュアがほどこされているのは、血色がよい、すなわち生きていることを表現するためだ。足の裏には百八の仏教宇宙観図が描かれていてとても見事だった。

寝仏の裏側に曜日の神様が祀られている。ミャンマーでは、誕生日によってその人の八曜（水曜日を午前と午後に分けるので八曜となる）が決まっていて、その神を信仰しているのだ。曜日ごとに、星や、方位や、守りの動物なども決まっている。調べたら私は火曜で、守りの動物はライオンだった。妻は木曜で、守りの動物はネズミ。そういう

チャウッタージー・パゴダの寝仏

神様に賽銭《さいせん》をあげて拝んでいる人がたくさんいた。信仰が篤《あつ》いという印象を受けた。

寝仏の周囲には多くの金色の仏像や、このパゴダを作った人の像や写真などがあった。座禅を組んで修行している僧侶の姿も見られた。ミャンマーは上座部仏教（昔は小乗仏教といった）の国だなあ、ということを強く感じさせるパゴダであった。

寺を出て街中を走り、インヤー湖のある地域へやってきた。そのあたりは高級住宅街なのだ。広い敷地を持つコロニアルスタイルの家が並んでいる。車も何台もあって、使用人が仕事をしている。

そこにアウン・サン・スー・チー女史の家があった。彼女が門の外に向かって演説しているのをニュース映像で見たあの門がある。そこで写真ストップをした。

スー・チーさんが軟禁状態だった頃には、家の前を軍が見張り、観光客はおろか一般の人も家の前を通ることが禁じられていたそうだ。スー・チーさんは一九八九～一九九五年、二〇〇〇～二〇〇二年、二〇〇三～二〇一〇年十一月十三日と、繰り返し自宅軟禁を受けていた。その間の一九九一年にはノーベル平和賞を受けたわけだ。しかし、今はスー・チーさんは自由だそうである。

さて、バスは湖の近くにあるヤンゴン大学のそばを通る。言い忘れていたが、このツアーの現地ガイドはカインカイン・スウェーさんという中年の女性で、その人が大学事情を説明してくれた。ヤンゴン大学はミャンマーの最高学府である。地方の大学で三年学び、最後の一年をヤンゴン大学で学ぶこともできる。

軍事政権当時は、大学生が集結しデモなどの反政府活動を行うとまずいので、ヤンゴン大学を閉鎖し、大学を郊外や地方に分散させていた。しかし、二〇一一年にテイン・セイン大統領が民主化を進め、ヤンゴン大学も二十五年ぶりに復活することになった。ただしこの旅行の時点では、学者と大学院生が戻っただけだそうだ（二〇一三年の十二月に学部教育が再開された）。やはり、少しずつは民主化が進んでいるのだ。

さて、ヤンゴンの観光はここで一度中断となる。帰りの最後の日にまたいくつか観光することにして、この日はここから空港へ向かうのだ。

飛ぶ前に空港のレストランで昼食をとった。料理は野菜の炒《いた》めもの、揚げ餃子《ギョーザ》、ビーフン、チャーハンなど中華料理系だが、コクがない感じだった。フルーツとお茶がついた。数名に一皿の料理が盛られて出され、自分の皿に取り分けて食べる方式。中華料理風なので食べやすかった。ビールはミャンマービールという銘柄だった。

2

国内線に乗りヘーホー空港へと飛ぶ。考えてみればこの日三機目の飛行機だ。プロペラ機で一時間十分の移動。

ヘーホーはシャン州にある町で、インレー湖に近い。シャン州にはシャン族を中心に少数民族が多く、三十三もの民族が住んでいる。

民族ごとに様々な民族衣装がある。カラフルで派手な衣装が多く、被《かぶ》り物やアクセサリー、服にほどこした刺繍《ししゅう》や織物など、実に様々で興味深い。また民族ごとに文化がある。お祭りも違うし独立記念日も異なる。シャン族の場合はシャンズボンをはくし、文字もシャン文字という独特のものがあるのだ。

麻薬を取る芥子《ケシ》を栽培していたゴールデン・トライアングルの一部もシャン州にある。ただし今は麻薬を作ると死刑になる。

バスは瀬戸内交通のバスになっていた。そのバスの車窓にパワータンダラー鉄道の線路と鉄橋が見えた。イギリス植民地時代の一八七七年にイギリスによって建設されたものだ。その後、第二次大戦中に爆破されたが、日本軍によって修理された。線路はヤンゴンからシュエニャウンの町まで続いている。今でも使用されていて一日二本の列車が通るそうだ。

もう少し進んだところで、この日は満月祭だということで、村祭りらしき集団とすれ違った。バナナの葉と葦《あし》を柱に飾りキラキラしたモールで飾りたてた数台の小さな神輿《みこし》を男たちが担ぎ、ロンジーという民族衣装をまとった女性や子供たちが果物や花を盛った銀の脚つきの皿を持って行列になって歩いている。総勢七十人くらいはいた。ささやかな祭りの風景だった。

インレー湖に近づいているので、あたりは運河が多く水郷地帯のような風景である。シュエヤンピェー僧院に着き、観光をした。十九世紀にチーク材で建てられた現役の僧院である。高床作りで赤味をおびた焦げ茶色の木材が美しい。楕円形《だえんけい》に開けられた窓が印象的である。階段は白い石で作られていて、靴と靴下を脱いで裸足《はだし》になり内部に入る。

ミャンマーではすべての宗教施設に入る時に裸足にならなければならない。そのため現地旅行会社がみんなにサンダルを配ったくらいである。私たち夫婦は自分のサンダルを持って行ったのだが。でも、参拝は必ず裸足でというのはなかなかつらいものだった。そのことはおいおい語ることにしよう。

本尊は金色で顔が面長、特に耳が長かった。黄色に金の縫い取りをした衣を着せられていた。裏に回ると僧侶たちが寝泊まりする部屋があった。三十人くらいは寝られそうな広さだった。

また、隣には立派な仏塔があり、四つの方角には階段状に仏が祀られている。この仏塔の回廊部分には、壁に隙間なくくぼみが作られていて、そのひとつひとつには寄進された小さな仏像が祀られていた。ありがたや、という印象だった。

この日の観光はここまでで、ホテルに入る。夕食はホテルのレストランでとった。お昼と同様のぼんやりした味の中華風の料理とカレーなど八品ほど。隣国である中国とインドから影響を受けた料理なわけだ。カレーはチキンカレーとマトンカレーが出された。よく煮込まれていて濃厚な味で脂が強いが、ご飯と合うので結構食が進む。苦手なパクチーはそんなに使われてはいなかった。

さて、旅の三日目となる。早朝インレー湖の船着き場に向かった。そこへ行く途中、托鉢《たくはつ》をする僧侶のグループをたくさん見かけた。みんな若い僧侶たちだった。

インレー湖は標高約九百メートルにあるミャンマーで二番目に大きな湖である。大きさは雨期で南北二十二キロメートル、東西十二キロメートル、乾期で南北十八キロメートル、東西五キロメートル。水深は浅く三〜五メートルだ。インダー族の人々が主に浮島農業や漁業をしながら水上生活をしている。

朝のインレー湖は二十度ほどで涼しい。船着き場で五〜六人ずつに分かれスピードボートに乗りこむ。

私たちの乗ったボートは、運河のようなところを進み、やがて湖に出た。広々として、水もきれいで気持ちがいい。初め薄曇りだったが、だんだん晴れてきて、あたりの景色も本当に美しい。都会と違って埃がないので空が青い。

漁師の船を見たのが面白かった。円錐《えんすい》の大きな網をのせているのだが、漁師は立って片足だけで櫓《ろ》を操り船を漕《こ》ぎ、あいた両手で網を使って漁をするのだ。とても器用である。

やがて浮島や水上生活の人々の家が並ぶあたりにやって来た。

浮島は竹を組んだ筏《いかだ》の上に水草や土や砂をのせ、一・五メートルほどの厚さにして土壌を作り、長い竹の棒を刺して水底に固定する。いわば湖上の人工の畑だ。

浮島では稲作が中心だが、トマト、オレンジ、アボカド、キャベツ、カリフラワー、ハヤトウリ、ひょうたん、菊なども栽培するそうだ。

インダー族の人々の家は高床式で、たくさんの長い柱の上に建っている。昔は六村だったが、今はもっとあるのだそうだ。

ガーペーチャインに着いた。一八四四年にシャン族の王によって建てられた湖上の僧院で、多くの杭《くい》に支えられて建っている。すべて木造でチーク材製だ。

イギリス植民地時代に、インレー湖周辺のお寺にあった仏像を、爆弾などで破壊されないように、湖の奥まったこの地に僧院を建てて避難させたのだ。そのため様々な様式の仏像があるのだそうだ。シャン、チベット、バガン、インワなどの様式の仏像が約三十体祀られている。仏像は大理石、木造の漆塗り、木造の金箔《きんぱく》貼りなどがある。シャン様式のものは女性的で優しい感じで、丸顔で子供っぽい顔の仏像が多い。

仏像も立派だが、仏壇や台座も見事である。木彫りにガラスのモザイクをほどこしたシャン様式のものは大変豪華である。

僧院を出て、船で水上生活者の集落に入っていく。電柱が立てられ電線が張られている。たくさんの杭の上に建てられた住宅は二〜三階建てでしっかりした立派なものだ。インレー湖の浮島農業で作った野菜は味がよく、儲《もう》かるのだそうだ。

湖上を行くうちに、湖の中に大きくそびえる山のような水上パゴダが見えてきた。ファウンドゥー・パゴダである。パゴダと僧院は村にとっての重要なセットなのだそうだ。

この水上パゴダはとにかく大きく、いくつかの浮島を重ねて陸地を作りその上に建てられているのだが、とても浮島の上とは思えない。

船着き場は船でいっぱいだが、とにかく船を降り、大きな階段を上って中に入った。

インレー湖のファウンドゥー・パゴダ

たくさんの信者がお参りに来ていて、ごった返していた。

一三五一年にインレー湖東の山奥で見つかったといわれる五体の小さな仏像が本尊である。広い堂内の中央に一段高くなった場所があってそこに安置されているが、その近くには男性しか入ることができない。お布施をして小さな金箔を受け取り、仏像に金箔を貼ってお祈りをする。そのため仏像は金箔を貼られすぎて金の雪だるまのような状態になってしまっている。しかし昔の写真を見ると確かに仏像だ。女性はちょっと離れて周辺に坐《すわ》ってお祈りをする。

毎年十月頃に行われるファウンドゥー祭りの時は、外の船庫に収められている金色の鳥（伝説の鳥カラウェイ）を模した船に乗せられ湖の村々を巡るのだそうだ。御本尊が村に巡ってきてくれるからありがたいわけだ。

パゴダを出て裏に回るとそこは縁日状態で、たくさんの食べ物屋が店を出している。みんなむらがって買い食いを楽しんでいた。

ガイドさんが、揚げタコ焼きのようなものを買って配ってくれた。もちろんタコは入っていない。かすかにコリアンダーの香りのする野菜の揚げボールといったものだった。

パゴダの見物を終え、再び船に乗り元の船着き場に戻った。インレー湖は美しくて静かでとても印象に残った。

ホテルに戻り、レストランでシャン料理の昼食をとる。野菜炒めや少しのカレーを用心深く食べて、ビールを飲むばかりだ。だが、そんなに食べにくいものは出なかった。

3

午後はまずバスでタウンジーの町をめざす。タウンジーはシャン州の州都だ。標高千四百三十メートルの高原にあり、人口は約二十万人、ミャンマーで五番目の都市だ。シャン族、パオ族、中国人、インド人などが住んでいる。

しかし私たちはタウンジーは通るだけで、目的地はそこから五十キロメートル南下したところにあるカックー遺跡である。そして、そこはパオ族の地域なので、行くには必ずパオ族のガイドが同行しなければならない。

パオ族の若い女性のガイドと合流した。赤いチェックのターバンのような被り物をして、黒の短い上着とチュニックとスカートという民族衣装のスタイルだった。

やがてカックー遺跡に到着して、バスから降りて遺跡のほうを見た私は息をのんだ。それは奥行き三百メートル、幅百五十メートルぐらいの土地に二千四百七十基のパゴダが林立する遺跡だったのだ。パゴダの群に号令をかけてそこに整列させたようなながめだった。

十二世紀にアラウンスィードゥー王が、功徳のために、この地に住むパオ族とシャン族の各家庭にひとつずつパゴダを寄進するよう命じたのが始まりとされ、十二世紀から十八世紀にかけて作られたのだそうだ。パゴダの中には一体ずつ仏陀の像が納められている。古いパゴダはレンガで作られている。

パゴダの大きさはまちまちで、各家庭の財力の違いによる。形の違いは民族によるもの。細長い形のものが多い。中央にある白い大きなパゴダは紀元前のアショカー王の時代のものを整備したのだそうだ。

パゴダとパゴダの間の狭い道を歩いて、ひとつひとつの仏像を見て回り、すごいなあとうなるばかりだ。各パゴダには凝った装飾が施されている。壊れてしまっているものもあるが地震のせいだそうで現在も修復が行われている。

二〇〇〇年から観光客に開放されたのだそうで、一目で見渡せる場所に立つと、その林立する姿は圧巻である。

北の入口には金色の豚の像がある。カックーの森を切り開くのに活躍した豚の精霊を祀っているのだ。

ところで、この日はパオ族の人が親戚や知り合いと再会するためのお祭りが開かれていて、遺跡の周辺は大変なにぎわいだった。バスやトラックの荷台に満載の人々がこれでもかとやってくる。一年に二回行われるお祭りだそうで、普段畑仕事などで会えない人々が一晩中再会を喜びあい、語りあうのだそうだ。そういう人が次々に集まってくる情景を見たわけだ。騒然としていていい感じだった。

さて、観光を終えて、バスでホテルへ戻るとする。夕方なので農作業を終えたコブ牛が家に帰るため道路を歩いているのが車窓から見えた。農作業に使われるのは牛、水牛などだそうだ。

農村の家々の壁は竹を編んだもので、屋根は藁葺《わらぶ》きが多い。窓が小さいのはこのあたりは高原なので夜寒いからだそうだ。屋根は火災を避けるために政府がトタン屋根を奨励しているのだそうだ。

ホテルに帰り着き、夕食をとった。昨夜とまたしても同じようなものだったが、だんだんミャンマーの料理に慣れてきた。

翌日、四日目は朝ホテルを出てピンダヤに向かう。もちろんその時点ではそこに何があるのか知らなかったが、そういうのもパッケージ・ツアーの楽しみだ。

ホテルの前を托鉢僧が何人も歩いていた。ほかに牛と牛車をよく見る。ミャンマーでは牛車や馬車が現役の輸送、移動手段なのだ。

ミャンマーにはタナカという伝統的な化粧品がある。顔に塗ると日焼け止め、ひんやりして汗が止まるなどの効果がある。柑橘《かんきつ》系の木の幹が原料で、適当な長さに切り、専用の粗い石の上で擦る。顔に塗ると塗ったところが白っぽくなる。田舎では塗っている女性が多く農作業の時などはたくさん塗るのだが、最近では都会の若者などは使用しなくなっているそうだ。

ミャンマーでは人の名前に苗字《みょうじ》がない。名前は生まれた曜日ごとに基礎となる文字があるので、親戚、占い師、僧侶などに頭文字を選んでもらい名づける。カインカインとかモーモーというような重ね名前が女性に多い。また、親の名前をそのまま組み込むこともある。アウン・サン・スー・チーさんの場合は、アウン・サンは父親の名前、スーが祖母の名前、チーは母親の名前である。全部でひとつの名前だということで、日本の新聞でもアウンサンスーチーと、切らないで表記しているところもある。

アウンバンという町でトイレ休憩をする。アウンバンはヤンゴン、マンダレー、バガンに行く道の分岐点なので、各地へ行く長距離バスがトイレ休憩をする。この日もたくさんのバスが停《と》まっていた。

観光客目当てに、簡易な店がいっぱい並んでいる。ヘーホー名物のジャガイモを使った様々なチップス、ピンダヤ名物のお茶、ほかに納豆煎餅、豆類、ドライフルーツ、ひまわりの種、蜂蜜、饅頭《まんじゅう》、鶉《うずら》の卵などなど。味見させてもらったドライな梅干しがおいしかった。

二〇一一年にヒラリー・クリントン女史がミャンマーを訪問してから、輸出入が自由にできるようになってきた。以前の車はボロボロだったが、近頃は車もたくさん輸入されるようになってきた。

ミャンマーの公務員は賄賂《わいろ》まみれで、なんでも袖の下を受け取るのだとか。給料だけでは生活できないので教師は塾を開く。教師以外の公務員も何らかのアルバイトをしているようだ。

その一方で、貧しい人はお寺へ行って僧侶の食事の残り物をもらうことができるのだという。

ピンダヤの洞窟の全景が見えるところまで来て、バスを降りて写真を撮った。標高千五百十五メートルの山の中腹に三つの鍾乳洞《しょうにゅうどう》があり、その中が仏像で埋めつくされているのだ。鍾乳洞の入口まで屋根のある参道が伸びているが、中央には上まで行くエレ

ピンダヤのシュエオーミン鍾乳洞

ベーターがある。そのエレベーターで上がり、入口に到着。参道の片側には年配の尼さんたちがずらりと並んでいて喜捨を求めてくる。尼さんたちはピンクの衣に黄色い肩布を掛けた姿だった。

入口の左側に巨大な黒い蜘蛛《くも》と若い王子が弓を引いている姿の像があった。昔このあたりにいた巨大蜘蛛を、ここを通りかかった王子がやっつけた時、「ピング・ヤビー」（蜘蛛をやっつけた！）と叫んだのがピンダヤの名の由来だそうだ。

いちばん大きい、長さ百四十八メートルのシュエオーミン鍾乳洞に入る。洞窟内にはぎっしりと大小の仏像が並んでいる。壁際にも仏像が隙間なく貼りついている。ほとんどが金ピカの仏像だ。

洞窟の中を登り降りしながら進んでいく。

ここも大変な人ごみだ。鍾乳洞なので水がしたたり落ちて足元がぬるぬるする。もちろん裸足なのですべらないように用心しなきゃいけないし、ヌラヌラして気持ちが悪い。おまけに小さな石がざらざらとあって足の裏に食い込んできて痛い。ミャンマーではどこでお参りをしても裸足に石が食い込んできて痛いのだ。湿気がすごく蒸し暑いので、なんだか蒸れたような、汗のような匂いがした。

木彫りの千体仏柱とか、汗をかくといわれている黒い二体の仏像がある。ほかに、化粧した白い仏僧が様々な印を結んで一列に並んでいる。鍾乳石の間の頭上の高いところにも、足元の低いところにも仏像がある。全部で八千九十四体あるのだそうだ。ありがたい、というより、ものすごいという感じがした。

洞窟を出たところで、用意してきたタオルを絞ったもので足の裏を拭いた。この作業は宗教施設に行くたびに行うこととなった。

外に出て風景を見ると、あたりは広々とした平原で湖があり湖畔に町があった。『地球の歩き方』の解説ではピンダヤはシャン語で「広大な平原」という意味だとあった。ピンダヤの町のレストランで昼食。ダヌ族の料理だと言われたが、そう変わりばえはしなかった。

デザートはゴールデンバナナという種類のバナナで、普通のバナナが一房二百チャット（約二十五円）ぐらいなのに三千チャット（約三百三十円）もするという高級品だ。

普通のバナナより一回り大きく、皮が茶色っぽい。味はもっちりとして甘味が強くおいしかった。

食後、バスでヘーホー空港へ向かう。ヘーホーからマンダレーまで飛ぶのだ。

二〇〇六年にミャンマーの首都はヤンゴンから三百二十キロメートル北のネピドーに移った。ミャンマーでは一般人だけではなく、政府高官の間でも占いが盛んで、政治の重要事項も占いで決定するといわれていて、このネピドー遷都も占いで決められたという説があるらしい。

それにしても、ミャンマー人は占いを信じている。大きなパゴダへ行くとその周辺にいくつもの占いの店がズラリと並んでいるほどだ。

ヘーホー空港から、マンダレー国際空港へ行く。フライト時間は三十分だが、二時間も空港で待たされた。

マンダレーに着き、今度は遠州鉄道のバスに乗りホテルに向かう。途中、マンダレー中央駅や旧王宮を車窓から見た。高原地帯のシャン州と比較するとマンダレーは蒸し暑い。

ホテルに入る前にレストランで夕食。正体不明の鍋があったがあまりおいしくなかった。

4

旅の五日目はマンダレーの観光である。この日のバスは四国交通のものだった。

マンダレーはミャンマーのほぼ中央に位置する第二の都市で、この国最後の王朝がおかれていた。一七五二年にアラウンパヤー王が開いたコンバウン朝の九代目の王で、一八五三年に即位したミンドン王によって首都がアマラプラからマンダレーに移されたのだそうだ。そして次のティーボー王の時代の一八八五年、イギリスがマンダレーを占領し王をインドに追放したのだ。

ミンドン王時代には多くの仏塔や寺院が建設された。現在マンダレーに残っている仏塔や寺院はこの時代のものが多い。

ミャンマーで採れる宝石類、特にルビー、大理石、カチン州の翡翠《ひすい》などはこの街に集まる。ヤンゴンより立派なデパートや街並みがある。おしゃれな店やカフェ、レストランなども多い。

ところで、私たちがマンダレーにいたのは三月二十八日だが、ほんの少し前の三月十九日にマンダレーでは暴動があったのだそうだ。イスラム教徒の経営する貴金属店に来た客が貴金属を査定してもらい、ニセモノと鑑定されて怒って店員と殴りあいをしたのがきっかけとなり、この争いがエスカレートし商店が四店も破壊される騒乱になったのだそうだ。そのことの裏には数少ないイスラム教徒への反感があったとされている。

ただし、旅行中の私たちにはその騒乱の痕跡はまったくわからなかった。

この街の通りを見ていた妻が、あっ、と驚きの声をあげた。何だろうと思って見てみたら、金色の屋根をのせた日本の昔の霊柩車《れいきゅうしゃ》が走っていた。

「何に使っているのかしら」

「わからんな。豪華な高級車だと思っているのかな」

奇妙なものを見たなあ、という気がした。

マハムニ・パゴダに着いた。ここはマンダレー最大で最も重要な仏塔だそうだ。マハムニの名は高さ四メートルの本尊のマハムニ仏からきている。

この仏塔は一七八四年にボードーパヤー王によって建設が始められた。マハムニ仏はヤカイン地方から運ばれたブロンズの仏像である。

しかし一八八四年に火災がおこり建物は焼けてしまった。ただし本尊は金属製であったため難を逃れたのだ。したがって広い境内に点在する建物は比較的新しい。

マハムニ仏はお堂の中央の一段高くなった部屋に安置され、そこへはやはり男性しか入れない。そして仏像の顔以外は信者が貼った金箔ででこぼこである。生きている仏様といわれ、毎朝僧侶によって歯磨きと顔ふきが行われているので顔だけは原形のままピカピカである。

私もお布施をして金箔を貼ってみた。二センチ四方くらいの金箔を指で押して貼るだけである。

境内にはクメール様式の青銅像を納めたお堂もある。ここの仏像はもともとカンボジアのアンコールワットにあったものだが、戦利品として各地を転々とし、ボードーパヤー王の手でここに移されたものだ。これらの仏像には自分の体の悪いところと同じ場所をなでると調子がよくなるという言い伝えがあるため、顔や胸や腹の部分がピカピカに光っていた。

また、境内では得度式（仏門に入るための儀式）をやっていて、七～八人の子供がブルーやピンクの王子様のような服装で、お化粧をされ本尊の前に集まっていた。付き添っている親たちが興奮気味なのに、少年たちが浮かない顔つきなのは、髪を剃《そ》られるのが情けないからかもしれない。

本堂の正面に長く伸びる参道には仏像や仏具、得度式やお祭りなどで着る衣装、人形劇の操り人形などの店がズラリと並んでいる。その中の土産物店で私は、籐《とう》を編んで作ったセパタクローという球技のボールを買った。飾り物として面白いかなと思ったからだ。

マハーガンダヨン僧院の食事風景

そこの観光を終え、次はマンダレーから南へ十一キロメートルのアマラプラへ行く。マンダレーに遷都する前五十六年間だけ首都だったことがある町だ。

その町にあるマハーガンダヨン僧院を訪ねた。一九一四年に創設された国内最大級で最高位の僧院のひとつだ。全国から集まった千人とも千五百人ともいわれている僧侶が修行生活をしている。親たちが息子をこの僧院に入れたいと思うような、まるで有名私立学校のような僧院なのだそうだ。今は夏休み中なので十日間とか一週間だけ出家するという僧侶がいるので人数が多いのだとか。

ここでは僧侶たちの食事風景を見せてもらうのだ。珍しい観光である。

大きな台所があり何人もの人々が大鍋で

料理をしている。食事を作っているのはボランティアの人々だそうだ。労働力の喜捨というわけだろう。

十時近くなって、若い僧侶たちが托鉢の器を手にどんどん集まってきて行列ができる。えんじ色の袈裟《けさ》を着たたくさんの僧侶に交じって、白い袈裟を着た見習僧《ポートウド》もいる。見習僧は六～七歳からなれるらしい。みんな裸足だ。

僧侶たちの食事は一日二回、十時頃の食事は二回目の食事で昼食にあたるそうだ。十時十分に食事の知らせの鐘が鳴り、自分の器に料理をもらうと大きな建物の大広間で一斉に食事が始まる。同じ色の袈裟をまとった大人数の若い僧侶が一堂に並ぶさまは、なかなか壮観だ。

それをたくさんの観光客が見るのだ。観光客は様々な国から来ていて、大広間には入ってはいけないと注意を受けていたのだが、欧米系の人々は遠慮がないので一歩入って写真を撮ったりしていた。食事風景が観光資源というのは面白い話だ。

大広間に入って僧侶たちの間を歩いているのは寄進をした人で、この日はカステラとアイスクリームが配られたそうだ。寄進は全員分しなければならないので、たぶん金持ちの人だったのだろう。

料理は食べきれなければ部屋に持って帰って食べてもよいそうだが、正午までに済ませなければならない。正午から次の日の朝までは水と黒砂糖しか口に入れてはいけないのだそうで、食べ盛りの少年僧にはつらい修行だ。

食事を済ますと僧房の建物に戻るのだが、その途中に何人かの貧しい人々が来ていて、僧侶たちから料理を恵んでもらっていた。中にはカステラをあげてしまう少年僧もいた。ここの僧侶たちの中には貧しい孤児もいるが、金持ちの子供もいるので、カステラが特に珍しいものではない子もいるのだろう。

出家できる年齢は、パーリ語やサンスクリット語が発音できる十三歳ぐらいが普通だが、見習僧にはもっと小さい子もいて、夕食が食べられないので泣いたりする子もいるらしい。

僧院には学校もあり、授業料は無料。小学校は五年間、中学校は四年間。そこで卒業資格をもらい外の学校に行くこともできる。そんなわけでミャンマー人の識字率は高いのだそうだ。

ミャンマー人にとって出家は義務ではないが、男性は大抵一回出家する。子供時代に一回出家して、大人になり職業として僧侶になりたい人はもう一回出家する。試験を受けて僧侶として偉くなる人もいるのだ。

僧院の食事風景の観光を終えて、近くのウーベイン橋に行く。この橋はインワからアマラプラに遷都した時にインワの旧王宮の資材を使って、一八四九〜一八五一年の二年間で作られた。タウンタマン湖に架けられている。全長一・二キロメートル、千八十六本の柱でできたシンプルな橋だ。この橋のおかげで対岸のパゴダまで歩いて行けるようになった。百六十年以上たった現在も修復を重ねながら使われている現役の橋で、途中に何か所か屋根つきの休憩所が作られている。

橋のたもとには食事所やカフェがあり、橋の上にも物売りがいる。

マンダレーに戻って昼食をとった。カレーや野菜炒めなどいつもの布陣だ。マンダレービールという地ビールがあったので飲んでみたところ、ごく普通においしかった。

午後は旧王宮の観光からスタート。ミャンマー最後のコンバウン朝の王宮だ。

敷地は正方形で一辺は約二・三キロメートル。周囲は堀に囲まれ、城壁の高さは八メートルで、所々に物見塔がある。東西南北に四本の橋があり市街と結ばれている。

マンダレーに遷都したミンドン王が一八五七年から四年の歳月をかけて建設した壮麗な王宮である。

しかしミンドン王の次のティーボー王の時の一八八五年イギリスに占領され、王はインドへ追放されて、王宮はイギリス軍の施設となる。第二次大戦中の一九四二年には日本軍に占領されるが、一九四五年劣勢となった日本軍と反撃に転じた英印連合軍の戦闘により王宮は焼失してしまった。当時の建造物で残されているのは城壁だけだ。

戦後はミャンマー国軍の施設として利用され一般人の立ち入りはできなかったが、一九九〇年代に王宮の中心部分が再建され、観光客に開放された。

観光客に開放されている東の入口から入る。真っすぐ進むと再建された旧王宮の中心部に出る。金色の透かし窓と柱のある王の謁見の間、控えの間、宝物館、外側に螺旋《らせん》階段を設けた監視塔などがある。弁柄色《べんがらいろ》に塗られた太い柱と、金で縁取られた赤瓦が何重にも重なった屋根を持つ壮大な建物群である。

中には銀製の寝椅子や、ミンドン王と妻たちの写真、ティーボー王と妻の写真などが飾られていた。

次にシュエナンドー僧院に行く。王宮の東側にある僧院で、かつては王宮内の寝殿だった建物だそうだ。ミンドン王が亡くなったのはこの建物だった。息子のティーボー王は父王のために功徳を積もうと考え、建物を解体しこの地に移し、自らの瞑想《めいそう》の場所として使っていた。それがその後僧院として使われるようになったのであり、ミンドン王時代の数少ない貴重な木造建築物だ。

建物はチーク材で作られていて、三層になっている。壁面にも内部にも床下の柱にも素晴らしい彫刻がびっしりと施されている。

昔は金色だったという説もあるらしい。現在は木が腐らないようにコールタールが塗られているので黒いが、そのせいで重厚な味わいがある。

次にマンダレーヒルの麓にあるクドードォ・パゴダに行く。中央の大きい塔はバガンのシュエズィーゴォン・パゴダ（この時点ではまだ見物していない）を模して作られているそうだが、それよりもこの仏塔を特徴づけているのは周囲を埋めつくす七百二十九の白い小仏塔群だ。その仏塔の中には一枚ずつ経典が刻まれた大理石の石板が納められている。とにかく七百二十九の真っ白な小仏塔が並ぶさまは、なかなか美しく圧巻である。

この仏塔群の建設は一八五七年にミンドン王の命で始まった。ミンドン王は時代とともに経典が変化していってしまうのを恐れ、第五回仏教大結集の時に編纂《へんさん》した経典を、ビルマ語で大理石に刻ませて後世に残そうと考えた。経典をすべて刻むのに七百二十九枚の大理石が必要だったのだ。そして文字が消えないようにひとつずつ小仏塔に納めた。したがって、全体が経典の本と考えることもでき、世界一大きい本と呼ばれている。日中の最も暑い時間帯だったので裸足で境内を歩くのが大変だった。特に白い大理石の上は熱くて悲鳴をあげてしまう。床の黒いところを探して歩いたが、それも楽しかった。

その次はマンダレーヒルへ登った。標高二百三十六メートルの丘に、トラックバスに乗って登り、そこからは三段になっているエスカレーターで上るのだ。

そこの頂上には、スタウンピー・パヤーというマンダレーヒルで最も古い寺がある。この寺院のテラスがマンダレーの街を展望するのに良いスポットなのだ。ただし写真は撮影料が必要だったが。

この日は靄《もや》がかかっていて眺めはさほどではなかったが、旧王宮、漢方大学、ゴルフ場、刑務所などが見えた。

ここのお寺は金ぴかで、キラキラのモザイクやピカピカの仏壇など、とにかく派手だった。お参りに来ている人も多かった。

早めにホテルに戻り、休憩後夕食をとった。

ミャンマーの食事は何かひとつふたつ食べやすいものがあるので助かった。

5

六日目の朝は夜明け前に起き、五時半にホテルを出てマンダレー国際空港に来た。個人旅行ではパスポート・チェックがあるそうだが、グループ旅行なのでそれはパスだった。飛行機は自由席でガラガラである。予約していた客がすべて乗り込んだので予定より二十分早く七時二十五分に飛び立つ。そして二十五分のフライトで七時五十分にバガンのニャウンウー空港に着いた。

さほどの距離でもないのに飛行機移動になるのは、道路状態が悪いということもあるのだろうが、少数民族との紛争のせいもあるかもしれない。ミャンマーには百三十五の少数民族がいて、民族間の紛争もあり、内戦状態になっているところもあるのだ。気楽に旅行できない地区があちこちにあるわけである。

とにかくバガンに着いて、いよいよ観光だ。ここは東南アジア三大仏教遺跡のひとつで、カンボジアのアンコール・ワット、インドネシアのボロブドゥールと並ぶ（アンコール・ワットはヒンズー教遺跡だが、アンコール遺跡群の中にはアンコール・トムのバイヨン寺院のように仏教遺跡もある）。

バガンはエーヤワディー川（イラワジ川）中流域の東岸にあり、この辺りは乾燥地帯で乾いたむき出しの地面に椰子《やし》や灌木《かんぼく》がまばらに茂る土地だ。約四十平方キロメートルほどの面積の広々とした平原の中に、約二千ものパゴダや寺院が建ち並んでいる。

八四九年頃ビルマ族のピィンビャがバガンに町を建設させ、一〇四四年アノーヤター王の時代に王国となり、バガンはその王朝の首都となった。それから約二百五十年間繁栄したが、一二七八～一二八七年に元軍が四度侵入してきて、王朝は次第に衰退していった。

アノーヤター王の時代に、下ビルマのモン族のタトゥン王国から仏教経典を取り戻すための戦争があり、アノーヤター王はその戦いに勝ち上座部仏教の経典がもたらされて、国民の間にも広く信仰されるようになった。その結果多くのパゴダや寺院が作られることになったのだ。最盛期には一万以上ものパゴダや寺院があったそうだ。

パゴダや寺院の大きさはまちまちで、六十五メートルもの高さがある大きくて堂々と

バガンに点在するパゴダ群

したものから、一メートル程度というこぢんまりしたものまである。それは、パゴダや寺院を建立したのが王族や権力者だけでなく、普通の民衆も財をなげうって建立したからである。

まずはシュエサンドー・パゴダを見る。オールドバガンの城壁のすぐ外にあるものだ。ここは一〇五七年に建てられたバガン黄金期の初期のパゴダである。王朝を開いたアノーヤター王の全盛期の建築物だ。五層のテラスを持つ見事な仏塔で、釈迦の遺髪が祀られている。

ここは上ることができた。外側の斜面の急階段を上り、最上階のテラスに立つと四方の広々とした平原に、大小取り混ぜて点々と建つパゴダが見渡せる。パゴダの上から周囲を見ればいっぱいパゴダが見えるわけだ。バガンの最高に美しく壮大で神秘的な景色であった。ちょっと感動的である。遠景は、乾いた地面からの土埃のせいで少し霞《かす》んで見える。

すぐ隣にシインビンターリャウンという建物があり、そこには室内いっぱいに十一世紀に作られた長さ十八メートルの涅槃仏がある。薄暗い室内の狭い通路に沿って長々と寝そべった涅槃仏がある様子は不思議な感じがした。

次に、シュエズィーゴォン・パゴダに行った。ニャウンウー村にある。一〇六〇年にアノーヤター王によって建設が始まり、次のチャンスィッター王の時に完成したバガンの代表的なパゴダのひとつだ。

当時交流のあったスリランカに軍隊を貸し、そのお礼に釈迦の骨と歯をもらい、それを納めるために作られたのだそうだ。もとは川岸にあったのだが水害のため今の場所に移されたのだとか。

三層の基壇と釣鐘型のドームの組み合わせはビルマ式仏塔の典型である。十六世紀になってから金箔を貼るようになり、今では見事に金ピカである。

長いアーケードが参道になっていて、そこから入る。様々な土産物屋が並ぶ中にタナカを売る店もあった。

境内はかなり広く、お参りの人がたくさん来ていて、人気のあるパゴダという感じだった。

次にティーロミンロ寺院に行った。ニャウンウー村からオールドバガンに向かう途中にある。

一二一五年、次の王を選ぶために五人の王子を円になるように坐らせ、王権のシンボルである傘を中央に置いたところ末子のナンダウンミャー王子のほうに倒れたので、ナンダウンミャー王子が次の王に選ばれたという言い伝えが残っている。その場所にティーロミンロ寺院が建てられたのだ。

建物は二層になっていて一階の東西南北の方位に坐った姿の大きな金色の仏像が祀られている。そのお顔は丸顔で可愛《かわい》らしい感じだ。北側の仏像だけがちょっと厳しい表情をしていた。

外壁にほどこされた彫刻や壁画などの装飾も、部分的に剝げ落ちているものの見応えがある。

ここの境内にカヤン族（首長族）の女性が何人かいて機《はた》を織っていた。お金をもらって観光客に写真を撮らせるのだ。筒型に巻いた金属を首につけて首を長くしている（女性だけ）。カヤン族は、ミャンマーではカヤー州とシャン州に住んでいるのだそうだ。

次にアーナンダ寺院へ行った。ここもオールドバガンの城壁のすぐ外にある、バガン遺跡を代表する最も芸術性の高い寺院と言われていて、四方の白い入口と中央の金色の塔のバランスが美しい。

アーナンダ寺院

一〇九一年チャンスィッター王により建立された。建物は一辺が六十三メートルの正方形で、高さは基礎から塔のてっぺんまで五十一メートル、全体の広さは東西百八十二メートル、南北百八十メートルである。外観はくすんだ白に塗装されている。

東西南北の入口の奥にそれぞれ高さ約十メートルの金色の仏陀の立像が祀られていて、近くで見るとその大きさに圧倒される。南と北の仏像は十一世紀のオリジナルで松の木の一木作り。西と東の仏像は火事や地震で失われ、十四、十五世紀に作り直されたものだ。

仏像の顔は足元で眺めると厳しい顔、少し離れて眺めると微笑《ほほえ》んだ顔に見えるのが、不思議で面白い。

回廊は二重になっていて、内側の回廊は

王族や宮廷の人々が使い、外側の回廊は庶民が使った。二つの回廊には明かり取りと風通しのため窓が開けられ、壁にある窪《くぼ》みには様々な仏像が祀られており、また釈迦の生涯を描いたレリーフもあって見事だ。

アーナンダ寺院の見物を終えて、レストランへ行き昼食をとった。あまり変りばえのしないミャンマー料理だったが、もち米が出たのが珍しかった。

午後はタビニュ寺院からの観光である。オールドバガンの城壁内にある。

この寺院は一一四〇年、アラウンスィードゥー王により建立された。高さは六十五メートルありバガンで最も高い建物だ。四角い形で二層の上に塔が置かれている。ここは全体がくすんだ白で塗装されている。

一階の東西南北にはそれぞれ金色の坐《ざ》した仏像が祀られている。二階にも仏像があるのだそうだが、現在は保護のため二階には上がれない。

この寺院には参道がないので人影もまばらで参拝客が少なそうだった。

隣の僧院敷地内に日本人戦没者慰霊碑があった。第二次大戦中バガン近辺で亡くなった日本兵のための慰霊碑だ。僧院のお坊さんが管理をしてくれているようできれいに清掃されていた。

次にダマヤンジー寺院に行った。バガンで最大のレンガによる建築物である。遠方から見るとピラミッドのように見える。

一一六〇年、アラウンスィードゥー王の次男は父王と兄王子を暗殺して王位についた。これが五代目の王、ナラトゥー王である。しかし罪の意識にさいなまれ、罪滅ぼしのためにこのダマヤンジー寺院を建て始めたのだ。ところが、一一七〇年に王は暗殺され、寺院は未完成のまま工事が中断した。

本尊のほか、いくつかの仏像を見ることができる。西側には珍しく二体の仏像が並んでいる。殺してしまった父と兄なのだろうか。

外側の回廊は一周することができるが未完成ということもあって、がらんとした印象はまぬがれない。周囲には何もなく侘《わび》しい感じがする。

次にマヌーハ寺院へ行った。ミインカバー村にある。

マヌーハはモン族のタトゥン国の王で、アノーヤター王に攻められた時に捕虜となってこの地へやってきた。一〇五九年に許されて全財産を投じてこの寺院を建てた。やや小規模な寺院で、東西南北に四つの参道が作られ、外観は二層構造で屋根の上には小さな塔がいくつも立っている。

内部には三体の坐仏像と一体の寝仏があるが、どの仏像も狭い空間の中にいっぱいいっぱいに作られていて窮屈そうだ。王の、幽閉されて鬱屈した気持ちが表れているような気がした。

寺院の周囲は村の中心なので賑《にぎ》やかだ。コンビニがあったので入ってみると、タマリンドのお菓子が小袋に分けられて安く売っている。同行メンバーの人たちが、近所に配る土産にいいと、どっさり買い込みたちまち在庫がなくなった。私はこの時、ばらまき土産、という言葉を初めて知った。私たち夫婦はそういう土産を買わないのだが。

次にブーパヤー・パゴダに行った。エーヤワディー川の畔《ほとり》に立っている。このパゴダは円筒形の石の仏塔で、今まで見てきたパゴダに比べるとはるかに小さい。白い台座の上に金箔を貼った石がのっていて上に塔がついているだけなのだ。川を通行する船からはよく見えるので、川から拝むパゴダと考えるのが順当かもしれない。ただし、現在のものは一九七五年の地震後に復元されたものだ。

その次に、馬車に乗るという体験をした。バガン名物の馬車で、二人で乗り、たくさんのパゴダや寺院の間の道をのんびりと行くのだ。

「次々に大小のパゴダが現れて、不思議な空間にいる感じがするね」

と妻が言った。

「馬車でゆったり行くというのが気持ちいいな」

と私。約一時間の馬車の旅だった。

馬車で着いたところが、ピャッタジー寺院だ。ここは中を見るためではなく、夕日観賞のスポットとして来たのだ。寺院の屋上に上り陽《ひ》が沈むのを待つ。観光客がたくさん来ていた。卒業試験が終わったミャンマーの女子高校生のグループも来ていて、一緒に写真を撮ったりした。しかし夕日のほうは期待外れで、六時五分頃、太陽は靄の中に消えてしまった。

これでバガンの観光は終わりである。夕食を屋外のレストランでショーを見ながらとった。ビルマの竪琴《たてごと》の演奏、民族舞踊、操り人形などを見たが、食事しながら見るショーは、どこで見てもあまり面白くないものだ。

バガンは遺跡であると同時に、現在も信仰の対象となっているパゴダや寺院がたくさんあり、観光客だけでなく参拝客も多く来る土地である。ゴルフコースを作ったり、展望台を作ったりしたので世界遺産には登録されていないのだが、近くに村があって人々の生活と入り混じっている様子なのはいい感じだった。どこか幻想的で感動した。

6

七日目はバガンから約五十キロの郊外のポッパ山を観光するのが主目的なのだが、まずはバガンに近い村にある椰子酒作りの家を見物した。椰子の酒と、砂糖を作る様子を見せてくれて、土産物を売っている家を訪ねた。

椰子の木はオウギヤシという種類のもので、十五メートルほどの高さで、簡易な梯子《はしご》がかけてある。椰子はいろいろな役に立つ。家の材料として幹は柱、葉は壁や屋根になる。葉を編んで籠を作ったり、根は彫って容器にしたりするのだ。

まず、椰子の木に登って樹液を採る実演を見た。木の上に樹液を採るための壺《つぼ》が設置してあり、それを取ってくるのだ。

次に作業小屋の中で、樹液を金属の鍋に入れて煮詰めると砂糖ができる。程よい甘さだそうだ。

お酒を作るには、もち米五百グラム、水を小さめの壺に二十杯、砂糖八キログラムに酵母を加えて二日間発酵させ、二回蒸留する。一回目の蒸留で二十五度、二回目の蒸留で四十度の酒になる。

作業場の隣では、お爺《じい》さんが牛に石臼をひかせてピーナッツ油を搾っていた。

作業場では砂糖やお酒、椰子の葉で作った小物、胡麻《ごま》、ピーナッツなどを売っていた。その周りでは子供たちが集まって遊んでいる。私たちはここで、椰子の葉を編んで作った小さなバッグと、胡麻を買ったが、合わせて一ドルという安さだった。

椰子酒作りの家をあとにして、バスでひたすら南東へ進む。一時間ちょっと走って、ついにポッパ山へとやってきた。

ポッパ山は、標高千五百十八メートルの大ポッパ山と呼ばれる死火山と、その脇の小ポッパ山とも呼ばれている標高七百三十七メートルのタウン・カラッという側火山とで成り立っている。小ポッパ山はそそり立つ岩山の風情で、その頂上で寺院が金色に輝いている。ギリシアのメテオラへ行った時、いくつも険しい岩山がそそり立っていて、その頂上に修道院があるという奇観を見たが、あんなのがひとつだけあると思えばいい。

一説によれば二十五万年前大ポッパ山が噴火をして、吹き飛ばされた頂上部分が小ポッパ山になったというのだが、信憑性《しんぴょうせい》は低い。ただ、その独特な山容のためナッ信仰の聖地になっている。

ナッ信仰はミャンマーの土着宗教で、ビルマ族が王国を作る以前から存在した古い宗教だ。ナッ神には、木に宿る精霊や土地神、村落の守護神、魔神、死霊、祖霊などがある。主に三十七のナッ神が重要視されているそうだ。

代表的なのが非業の死をとげた鍛冶屋のマハーギリ・ナッ神と妹のコマナドゥ・ナッ神で、この二神はポッパ山の鎮護的な霊で、家の守護神でもある。

さて、ポッパ山の頂上をめざすのだが、標高七百三十七メートルとはいってもそれは海抜で、麓からは七百七十七段の階段を上ればいい。

参道は土産物屋通りになっていて、所々にナッ神が祀られているお堂もある。祀り方は派手だ。きれいなマネキンに原色の衣装を着せていて、電飾やキラキラした飾りがたくさん使われている。お賽銭は直接神様の像に挟んだり貼りつけたりしている。

だんだん高くなってくると参道にも風が通って気持ちがいい。猿がたくさんいて、気を許すと人間の物を取ろうとするそうで、用心しながら歩く。

頂上には金ピカなお堂がぎっしり並んでいて、マハーギリ・ナッ神とコマナドゥ・ナッ神が祀られている。ここには参拝者が多くいて賑わっていた。神様に賽銭をあげ、山頂からの景色を眺めたら下山する。

麓に下りてきたら、ある建物の前が非常に賑わっていた。覗《のぞ》いてみるとナッ神が祀られた寺で、何か儀式をしている。霊媒師がいた。霊媒師はゲイである。数人の信者と思《おぼ》しき人々の前で、お酒をどんどん飲みながら踊るような手振りや動きをしている。トランス状態になっているようにも見えるが、要はぐでんぐでんである。やがて霊が降りてきて憑依し、神の声を信者に伝えるのだろう。

面白いものを見たという気がした。他の観光客も興味深そうに覗き込んでいた。

霊媒師はナッカドー（ナッ神の妻）と呼ばれナッと結婚の儀式をしている者たちだ。そのため昔は女性が多かったそうだが、いつの間にかゲイたちがこの世界に進出してきて、今では職業的なナッカドーは圧倒的にゲイが多いのだそうだ。

ポッパ山の見物を終え、レストランで昼食をとった。バガン名物の漆の食器を使っていて、宮廷料理のように見えるのだが、料理の内容は普通のミャンマー料理だった。同じレストランにタイ人のグループが食事に来ていたが、タイ人は結構ファッションが派手だった。

午後はバガンの中心部に戻り、まずバガン考古学博物館の見学をした。一九九八年に建てられた三階建ての立派な建物だ。一階と二階が展示室になっているが、展示品は少なくガランとした印象だった。

一階には立派な王様の像や、バガンで発掘された遺物、石碑、各パゴダや寺院の模型、バガン時代の人々の暮らし、再現された当時の女性の髪型の鬘《かつら》などが展示してあった。二階にはバガン時代の仏像のコレクションと、寺院にあった壁画、遺跡を描いた油絵などが並んでいた。

仏像のコレクションは現在パゴダや寺院で信仰の対象となっているものとは異なり、金ピカではなく石や木のままのものが多く、大きさも等身大程度で、彫刻もよく見ることができ、落ちついた感じでよかった。これらはもう失われてしまったパゴダや寺院のものだったのかもしれない。

次に、エーヤワディー川クルーズに行った。そろそろ陽も傾き、風も涼しくなってきた。川の流れは穏やかで、船の上から遠くにパゴダや寺院を眺める。川岸の椰子の木や竹で作った民家の群れものどかであった。

エーヤワディー川は全長二千百六十キロメートル、このあたりは川幅約二キロメートルの大河だ。北のカチン州からモッタマ湾まで流れている。

私たちが乗った船の操舵室《そうだしつ》にはアウン・サン将軍とアウン・ナン・スー・チーさんの

写真が飾られていて、庶民の間に根強い人気があることがうかがえた。

少し早めにホテルに戻り、休憩後夕食。相変らずミャンマービールを飲むが、同じビールばかりで少し飽きてきた。

7

八日目は、四度目の国内線移動から始まった。バガンのニャウンウー空港から、ヤンゴン国際空港へと戻ったのだ。六日ぶりのヤンゴンである。

今度は韓国製のバスで車体にハングルが書いてある。車内にビロードのカーテンがかかっていたりして日本のバスとは雰囲気が違う。

まず、ヤンゴン市内のレストランで昼食をとる。日本に輸出しているという大きなエビの炒め物が出て、おいしかった。

昼食をすませると、今日はチャイティーヨー・パゴダへの一泊旅行である。スーツケースを積んでいるバスでは行けない山の上のパゴダを観光するので、衣類など一日分の荷物をリュックに詰めて持っていくことになる。そして山の上のホテルに泊り、半日かけてバスのあるところへ戻ってくるのだ。なんだか遠足にでも行くようなわくわくした気分になった。

まずはバスで、ヤンゴンから北東方向へ行き、キンプンの町をめざす。そこがチャイティーヨー・パゴダ観光の起点なのだ。着くまで二時間と少しかかる。

バスでしばらく行くと工業団地のある地域への分岐点を通る。ヤンゴンには四地区二十四か所の工業団地があるそうだ。日本の会社では三井物産がやっている縫製工場があるときいた。味の素も復活しようとしているのだとか。

ここに最初にできたのは韓国の縫製工場だった。ミャンマーの労働賃金は安いので成功して大変儲かった。そこで電気製品の工場も作ったのだそうだ。韓国人は増えている。

ミャンマーの民主化が進んでいけば、外国資本もどんどん入ってくることになるのだろう。

キンプンの町に到着した。そこからは道が悪くなるのでトラックバスに乗り換えるのだ。荷台の上に何本も横木を渡し、簡単なクッションをつけたのが座席だ。そこに坐り、つかまるものもないので坐っている座席を握りしめている。走りだすと、上り下りが激しくカーブした道をかなりのスピードでとばす。ジェットコースター状態でなかなかスリリングだ。

私たち観光客はグループごとに貸切りなので、まあゆったりと坐れたが、地元の人たちは乗合いでぎっしりすし詰め状態である。

四十五分ほど走ってヤテタウンという所に着いた。そこから先はトラックバスでも行けず、竹でできた籠というか輿《こし》のようなものに乗って運ばれるのだ。輿がズラリと並んでいて男たちがたむろしていた。

山頂まで片道二十ドルだという。かなりな値段だなあと思ったが、面白そうな体験だから乗ってみる。

男四人で一台の輿を担ぐ。少し揺れるが気分は悪くない。坂道の途中には店が出ていて、土産物や飲み物、食べ物を売っている。男たちは途中で飲み物を買ってくれと要求してくるが、意味がわからないふりをして無視した。グループの中には買ってあげているご婦人もいた。

ところで、リュックの荷物はどうなったかというと、ポーターがいて籠を背負い、籠の中に七、八人分の荷物をのせて運んでいくのだ。そのポーターがすべて女性だった。逞《たくま》しく生きているな、という気がした。

輿の終点に着く。こういう時は必ず、チップをくれだとか、おれにも運び賃をくれなどと一悶着《ひともんちゃく》あるのだが、「もう払った」という日本語で押し通した。

しかし、駕籠《かご》担ぎやポーターがいっぱいいて、ここは一大観光地なのだ、ということを痛感した。

五時すぎにホテルに到着。部屋に荷物を置いてすぐにパゴダの観光に出発した。二十

チャイティーヨー・パゴダ

分程山の尾根を歩いて、チャイティーヨー・パゴダに着いた。階段の下で靴を脱ぎ、派手な門をくぐってその広い境内に入った。

ここはミャンマー人にとって一生に一度は訪れたい巡礼地であり、ミャンマー観光では欠かせない場所なのだ。

パゴダの境内はかなり広く、全体が石の床になっている。階段を上って進んでいくと、ついにお目あての奇観が見えてくる。大きな一枚岩の崖がある。そしてその崖の上に、高さ七メートルの大きな丸い岩がのっているのだが、三分の一くらい崖からせり出していて、今にも落ちそうに見えるのだ。四、五人で押したら落ちるよなあ、というふうに見えるのだが、落ちないところが不思議であり、ありがたいのだ。

丸い岩の上には七・三メートルの小仏塔

がのせられている。仏塔も丸い岩もすべて金箔で覆われていてピカピカだ。例によってここでも、私は岩に金箔を貼るという体験をした。金箔がびっしりと貼られたパゴダは、触るとなんだかしっとりしていて不思議な感触だ。

ただし、ここでも岩に近づいて触ったりできるのは男性だけで、女性は周囲のテラス席でお祈りするのである。

岩の下部のほうなどは金箔がはがれてしまったりするそうで、三年に一度櫓《やぐら》を組んで金箔の貼りかえをするのだそうだ。とてもスリリングな作業だそうである。

結局のところ、落ちそうで落ちない丸い岩というところにありがた味のあるパゴダだが、その仏塔には釈迦の遺髪が納められているので、不思議に落ちないのだと人々には信じられている。またその岩は釈迦の遺髪を持ち帰った聖者の頭の形とそっくりなのだとか。

ちょうど夕刻で、夕日が反射してとても美しかった。

ものすごい数のミャンマーの人々が来ていて、熱心にお祈りをしたり、床に坐り込んでおしゃべりしたりしている。その人々はそこで野宿するのだそうだ。

そして飲み食いもそこでする。持ち込んだり、参道の出店で買ったり、煮炊きしている人たちもいる。そのため床の上は飛び散った食べ物や飲み物のせいでべたべたしている。細かい小石や砂もあってべたざら状態だ。毎度のことながら、ミャンマーでのお参りは足の裏が気持ち悪い。

境内にはいくつかのお堂があり、聖者の像や何かの物語の一場面の再現群像などもある。どれも派手な飾り方だった。

北門を下りた参道は供え物や食べ物の出店がひしめいていて、お供え用の花や線香、様々な食べ物を売っている。そこでガイドのカインカインさんがミャンマー風クレープをおごってくれた。

ここの山頂には外国人観光客用のホテルは二軒しかなく、そのひとつに泊った。山の斜面に沿って建てられているので、最上階がフロントとレストランで、部屋へは階段を下りていく。一番下の階だったので五階分ほど下りなければならなかった。チャットの手持ちが少なくなって困っていたが、このホテルはドルが使えたので助かった。

夕食後、またライトアップされたチャイティーヨー・パゴダを見に行った。金キラに輝いていて、なかなか幻想的な光景だった。

一夜明けて、ホテルを出発して下山する。下りなので、輿に乗るのはやめて歩くことにした。

ホテルの前には山の中に住むという隠遁者《いんとんしゃ》が数人、尖《とが》った黒い帽子をかぶり天秤《てんびん》を持って立っていた。また下山途中に托鉢の僧侶たちの行列も見ることができた。

トラックバスの集結所まで歩き、そこからトラックバスでキンプンまで下り、そこで観光バスに乗り換えた。

このあたりはモン州で、ゴムの木の栽培が盛んだ。ゴムは七十パーセントがタイヤの原料となり、残りが衣類や器、その他になる。

モン州はフルーツ栽培も盛んで、パパイヤ、ザボン、マンゴー、ドリアン、パイナップル、マンゴスチンなどがとれる。

ミャンマーの産業の中心は農業で、米、胡麻、ピーナッツ、トウモロコシなどを作っている。米はイラワジデルタなど水の豊富なところでは二毛作や三毛作が行われる。また海老や魚などの水産資源も豊富で、食料の自給率はなんと百パーセントを超えている。

天然資源も豊富で、天然ガスやルビーを始めとする宝石も採れる。天然ガスは将来有望だそうだ。

セタウン川（シッタウン川）を渡り写真ストップをした。この川はモン州とバゴー管区の州境で、ミャンマーで四番目に長い川だそうだ。

太平洋戦争の時、この川で多くの日本兵が亡くなった。戦後に慰霊ツアーが行われ、橋の近くには日本兵慰霊のためのパゴダが建てられた。

川岸はのどかな風景で、田んぼが広がり、牛が草を食《は》み、椰子や竹で作った民家が点在している。街道沿いには竹製の家具を作っている家具屋があった。

しばらく走ったあと、早めの昼食をとった。珍しくタイガーの生ビールがあったのでそれを飲んだ。

8

九日目の午後はバゴーという町へ行くのだ。バゴーはマンダレー、バガンと並ぶミャンマーの古都で、ヤンゴンから約七十キロメートルだ。十四世紀から十六世紀にはモン族の王都だったところで、今もモン族の人々が多く住んでいる。

バゴーのあたりは昔は海だったそうだ。鳥しかとまれないような小さな陸しかなく、雄鳥《おんどり》の上に雌鳥《めんどり》がとまったという言い伝えがあり、それがこの町のシンボルマークになっていて町の広場にその像がある。かかあ天下で有名な町なのだそうだ。

シュエモードー・パゴダに行った。この仏塔の歴史は古く、千二百年以上昔に遡ると言われている。商人が二本の釈迦の遺髪を得て、それを納めるためにこのパゴダを建立した。

このパゴダは何度も増改築され、そのたびに高くなっていき今では百十四メートルと、ヤンゴンのシュエダゴン・パゴダ（まだ見てない）よりも高い。

金ピカのパゴダで、四年に一度金箔を貼りかえている。周囲には百二十一個の小パゴダが取り巻いていて、それは百二十一人の寄進者がいることを表している。境内にはお参りをするためのお堂と仏像たち、父親の供養のために日本人が寄進した鎌倉大仏そっくりの仏像、一九三一年の地震の時に落ちたパゴダの上部などがあった。

次にシュエターリャウン・パゴダに行った。ここには全長五十五メートル、高さ十六メートルの寝仏がある。九九四年にモン族のミガディパ王によって建立されたと言われている。

十七世紀以降は荒れるままに放置され密林に覆われていたが、イギリス植民地時代の一八八一年に鉄道建設の視察に来たインド人技術者によって「発見」された。

寝仏は少し微笑んだ色白の顔で、金色の衣をまとっている。足の裏や枕のモザイク装飾が大変凝っていて見事だった。この日は顔の手入れ中で顔の部分に櫓が組んであって、人がいたが、眉毛が大人の身長よりも長いのだった。

寝仏、涅槃仏はミャンマーの南部に多いのだそうだ。ここの堂内にはナッ神の像も祀られていた。

次にチャイプーン・パゴダへ行った。一四七六年に建立されたもので、高さ三十メートルの太い柱の東西南北の四面に、それぞれ坐仏像が一体ずつ作られている。髪飾りをつけ、金色の衣をまとった仏像だ。四体は顔が少しずつ違っていた。

バゴーのチャイプーン・パゴダ

この仏像を建立した時、寄進者のモン族の四姉妹が独身を誓ったが、そのうちの一人が結婚をしたら仏像の一体が壊れてしまったという話が伝わっている。だが実際は、イギリス植民地時代にイギリス人が仏像の中に宝がないかと仏像を壊したのだそうだ。独立後イギリスは修復費を支払った。

バゴーの観光を終え、ヤンゴンへと帰る。バスで一時間半ほどだ。

ミャンマーには松や杉がない。草花も少ない。木に咲く花が多く、ブーゲンビリアやポインセチアが代表的な花。バダウという黄色い花の木もある。紫色の花を咲かせるジャカランダもある。

ミャンマー人は愛想がいい。微笑みかけてくる感じなのだ。親切な人が多いのだとか。

今のヤンゴンの町のスタイルはイギリス軍によって作られた。コンバウン朝最後の王がインドに追放された後、イギリスによって首都がマンダレーからヤンゴンに移されたのだ。だからコロニアルスタイルの建物が多く残っている。

ヤンゴンの市内を走る。車窓からインヤー湖、ヤンゴン大学、高級住宅地、僧侶の病院、イスラム教のモスクなどを見る。

レストランで少し早めの夕食をとってから、ホテルに入る。このホテルが古い建物で、廊下が迷路のようで、非常口は太い鎖で施錠されていた。

「火事になったら確実に死ぬわね」

と妻が言う。

「そのことは考えずに、とにかく休もう」

と私は答えた。

そんなホテルだが、窓からはシュエダゴン・パゴダのライトアップされた姿を見ることができた。

で、火事はおこらず無事に十日目を迎えた。

朝、ホテルの窓から道路を見ると、向かいの歩道に茶屋があって低い椅子に坐って新聞を読む人の姿が見えた。この日は四月二日。この四月からミャンマーでは民間の日刊紙が半世紀ぶりに復活したのだ。着実に民主化は進んでいるらしい。

ヤンゴンのシュエダゴン・パゴダ

まずは、ついにシュエダゴン・パゴダに行った。ヤンゴンの中心部の北にあるミャンマー最大のパゴダだ。シングッダヤという小高い丘の上にあり、四方に屋根つきの百段を超える階段の参道がある。参道にはたくさんの店が並んでいる。現在はエレベーターやエスカレーターも作られている。

パゴダの高さは九十九・四メートルで高さでは一番ではないが、その規模は最も大きい。すべてが金箔で金色に輝いていて、頂上の七十六カラットのダイヤモンドをはじめ、計五千四百五十一個のダイヤモンドがついている。そのほか、寄進されたアクセサリーが八万三千八百五十個もついている。

仏塔の中には釈迦の遺髪八本が納められている。

伝説では二五〇〇年前に建てられたとさ

れているが、六世紀から十五世紀の間頃の建立と考えられているそうだ。中心部の仏塔はレンガ製だが周りはすべて純金で覆われている。金は信者の寄進によるもので、一六トンもあるのだとか。

仏塔の周囲には大変凝った作りの、すべてデザインの異なる八基の祠《ほこら》が取り巻いていて、その間にも小さな塔がたくさんある。境内の床は大理石のタイルで、その上を裸足で歩くのだ。

ひときわ目立つインドのブッダガヤの塔を模している仏塔、三百二十四キログラムの翡翠でできた豪華な仏像、子授けの仏像、願い事の石、四十二トンもある巨大な釣り鐘、八曜日の祭壇、昔頂上にあった傘のレプリカなどが並んでいる。しかし境内が広いのでゆったりした感じだ。

何より驚くのは朝早くから熱心にお参りする人々の数の多さだ。ミャンマーの人はちょっと暇があればシュエダゴン・パゴダに行きたいと思うのだそうだ。

ここでも得度式をしている何組ものグループがいて、中には床に坐って順番を待っているグループもいた。

とにかく真っ青な南国の空の下、このほぼ金色でできた大空間の中に身を置いているとなんだか摩訶不思議《まかふしぎ》な感覚に襲われる。これがミャンマーの人々にとっては心が救われ、浮き立つような気分と感じられるのかもしれない。

つまりミャンマーの人にとってはパゴダ参りは最大のレクリエーションなのであろう。国民の八十パーセントが仏教徒のこの国には、まだ娯楽が少なく、一方パゴダには参道があってショッピングや買い食いが楽しめるし、境内が広いので坐り込んでのんびりしたり、連れとおしゃべりもできる。来ている人々は皆もちろん熱心にお参りもしているが、楽しそうにもしているのだ。

そこまで含めて、パゴダとはなかなか偉大なものである。

さて次に、国立博物館へ行った。一九九六年オープンの五階建ての博物館である。マンダレー王宮にあったコンバウン朝の栄華を偲《しの》ばせる「獅子《しし》の玉座」、バガン朝の仏像コレクション、寺院のミニチュア、ミャンマー文字の変遷、マンダレー王宮のミニチュア、ミャンマーの伝統工芸、楽器、人形、宝飾品、少数民族の文化などの展示があった。しかし、写真を撮ることはできない。

昼食をとったが、これが最後のミャンマー料理とミャンマービールである。

昼食後、ボージョーアウンサン・マーケットに行って見物した。イギリス植民地時代の一九二六年に建てられたコロニアルスタイルの二階建ての市場だ。ボージョーは将軍の意味。

ここは食料品は扱っていない。宝石、漆製品、民芸品、ロンジー（民族衣装）、シルクやコットンの織物、衣類、履物、仏像、骨董品、土産物などを売っている。

ここで私たちは、竹を編んで漆を塗った盃《さかずき》を二つ買った。二個で五ドルだった。

迷路のような市場の中を歩きまわって見ていたら、僧侶の姿をした小さな女の子のグループが一列に並んで歩いているのが見え、とても可愛かった。ミャンマーでは僧侶をよく見たなあ、というのも強く印象に残っている。

最後に、ミャンマーの歴史を限りなく簡単にまとめておこう。

六、七世紀頃にミャンマー南部にモン族が定住した。八世紀には、エーヤワディー川中流域にピュー王朝ができる。

しかし、九世紀になるとビルマ族の勢力が拡大し、八五〇年にビルマ族のピンピャーがバガンに築城し、バガン王国が成立した。

一〇四四年にバガン王朝ではアノーヤター王が即位し強力な国家となる。ここからをバガン王国と言う場合もある。

ところが、一二七八年から元軍が侵入してきて、バガン王国は事実上滅びる。

十四世紀から十六世紀の間は戦国時代で、ミャンマー北部ではシャン族のインワ王国を始め小国が群立し、ミャンマー南部ではモン族のバゴー王国ができる。

一五五〇年、タウングー王朝がバゴーを首都として国土を統一するが、タイのアユタヤ王朝と戦ったり（一時は征服する）、インドのムガール朝に攻められたりし、十六世紀には滅びてしまう。

一七五五年ビルマ族のアラウンパヤー王のもとでコンバウン王朝が再統一された。しかし十九世紀初頭からイギリスとの紛争がおこり始め、一八二四年、一八五二年と二回の英緬《えいめん》戦争によって領土が徐々に奪われた。一八五七年にはマンダレーに遷都する。一八八五年、三回目の英緬戦争の結果、ティーボー王はインドに連行されコンバウン朝は滅び、英領インドに組み込まれイギリス植民地時代が始まった。

一九四一年には日本軍が侵攻し、一九四三年にはミャンマーを占領し、日本軍の傀儡《かいらい》国家ビルマ国となる。そして日本が敗戦に向かう中、アウン・サン将軍率いるビルマ国軍の抵抗運動は勢いを増し、一九四五年に日本軍に勝利した。しかしイギリスは独立を認めず、再び統治下に入れた。その後、イギリスとの独立交渉により、「ビルマ連邦」として独立を果たしたのが一九四八年。アウン・サン将軍は独立直前に暗殺されたが、独立の立役者として「建国の父」と呼ばれている。

連邦国家としてスタートしたミャンマーだったが、少数民族による反乱が続き不安定な状況となる。その混乱の中で、ネ・ウィン将軍による軍事クーデターが一九六二年におき、軍事・社会主義体制の国となる。

しかし、軍事政権の経済政策は失敗し、国民の不満も高まり民主化運動が激化した。そこに「建国の父」の娘アウン・サン・スー・チー女史がイギリスから帰国し、民主化のリーダーとして表舞台に立つ。

なお、一九八九年には国名がビルマからミャンマーに変り、首都ラングーンはヤンゴンと変った。この稿ではミャンマーと書いてきたが、ビルマという国名だった時代が長いのである（首都は二〇〇六年にヤンゴンからネピドーへ移された）。

民主化運動は大きな波となり、スー・チー女史率いる国民民主連盟（NLD）は一九九〇年の総選挙で圧勝した。しかし軍事政権はそれを認めず民主化勢力を弾圧した。スー・チー女史も何度も軟禁生活を強いられ、諸外国はこれに反発して経済制裁をした。

こうした諸外国の圧力が功を奏し、二〇一一年三月にテイン・セイン首相が大統領に就任。軍部による最高意思決定機関であった国家平和発展評議会（SPDC）が解散し、国家の権限が新政権に委譲された。かくして、軍事政権は終わりを告げたのだ。

そうなって二年後のミャンマーを私たちは旅したのである。

そして、この旅行より後のことだが、二〇一五年十一月八日の総選挙ではアウン・サン・スー・チーさんのNLDが単独過半数の議席を獲得し、スー・チーさんも下院議員に当選した。

しかし、家族に外国籍の者がいると大統領にはなれないと憲法にあるので（アウン・サン・スー・チーさんを大統領にしないための取り決め）、側近のティンチョーが二〇一六年三月三十日大統領に就任し、アウン・サン・スー・チーさんも入閣した。

これがミャンマーの現状であり、ここまでがミャンマーの歴史である。一歩ずつ民主化が進んでいるようには見える。そして、諸外国もミャンマーへの経済進出を考えている様子である。

そういうミャンマーを、ざっと見てきたのだ。思い返してみると、何よりも脳裏に浮かぶのは、荒涼たる平原に数々のパゴダや寺院の点在するバガンの光景である。バガンで見たあの光景を私は一生忘れないであろう。深く心に残った旅行だった。

その日の夜、ヤンゴン国際空港から飛び立ち、タイのバンコクで乗り換え、次の日の朝日本へと帰ったのである。

第二章　タイ

1

東南アジアの二か国目、タイへの旅は二〇一三年十一月のことだった。

一日目は午後四時半頃にバンコクに着き、入国審査などして六時から、四時間のバス移動をしてナコンラチャシマまで行くのだった。ミャンマーと違って車体に日本の会社名が書いてあるようなことはなく、アニメ調の派手な絵が描かれたバスだ。

ナコンラチャシマはバンコクから東北東へ約二百六十キロメートル行った、タイ東北部（イーサーン地方）の玄関口にあたる都市である。東北部の遺跡を観光するためにはここに宿泊するのが都合がいいらしい。

ホテルに着いたのは午後十時で、遅いにもかかわらず食事が出るということだったが、私たちは飛行機に次ぐ長時間のバス移動で疲れていたので、食事はパスして部屋に入って休んだ。

二日目はナコンラチャシマから一時間半ほどのピマーイ歴史公園の見物から始まった。

イーサーン地方は北イーサーンと南イーサーンに分かれる。私たちが訪れた南イーサーンは様々な古い遺跡が点在しているのだが、千年ほど前のクメール三朝時代の遺跡が多く、様式もクメール様式である。クメール王朝というとカンボジアと思いがちだが、クメール王朝は十世紀から十三世紀頃までは今のインドシナ半島の大部分を支配する大帝国だったのだ。したがってアンコールワットにも近いタイのイーサーン地方に、クメールの寺院が数多くあることは不思議ではないのだ。

ピマーイ旧市街はかつて南北約千メートル、東西約六百六十メートルの城壁で囲まれており、この城壁内にタイ最大といわれるピマーイ寺院遺跡があり、ピマーイ歴史公園として整備されている。

ピマーイ寺院遺跡は十一世紀前半アンコール朝のスーリヤヴァルマン一世の時代に完成しており、アンコールワットより一世紀ほど古い。タイのアンコールワットともいわれ、アンコールワットのモデルになったとも考えられている。

寺院は通常東向きに作られるのだが、ここはアンコールの地に向かって南を正面に作られていて、アンコールから一直線につながるクメール古道の終点となっているそうだ。アンコール遺跡からの距離は二百六十キロメートルで、クメール朝の首都であるアンコールの副都的役割を担っていたとも考えられるのだとか。

当初はヒンズー教寺院だったが、後のジャヤーヴァルマン七世の時代に仏教寺院として改宗された。

歴史公園は四方に塔門を持つ周壁に囲まれた広い公園だ。砂岩の周壁を南の入口から

ピマーイ歴史公園の寺院

入ると十字形をしたテラスがあり、その入口には二頭の獅子の彫刻がある。テラスの欄干には七つの頭部をもつナーガ（蛇神）が飾られているので、ナーガのテラスともいう。そのテラスは人界と天界を繋《つな》ぐ橋とされ、そこを通って聖域に入る。

中心部には赤砂岩を積み上げた四つの門をもつ回廊と、最も重要な建築物である白色砂岩で作られた高さ二十八メートルの塔がそそり立つ中央祠堂《しどう》がある。

中央祠堂は前面の礼拝空間と塔で構成されている。

堂の出入口のまぐさ石（出入口の両柱の上に水平に渡してある石）や塔の上部にほどこされている彫刻は有名で、踊るシヴァ神、ラーマーヤナの場面、仏教説話、クメール風の仏陀、ヒンズー教の神々、踊る天女などのモチーフがあった。

その他、回廊の内側にも、外側にもいくつかの建物がある。リンガ（男性器の像）が発見されヒンズー教の宗教儀式が行われたと思われる建物や、経蔵と思われる建物などである。

その中のある堂内には、アンコールトムを増築し熱心な仏教の保護者であったジャヤーヴァルマン七世と考えられている像がポツンと安置してあった。しかし本物はピマーイ国立博物館にあるそうで、これはレプリカであろう。

神殿を出ると、庭には何か行事があるらしく若い頃のプミポン国王の大きな写真が飾られていた。タイは王様のいる国なのだ。

周囲には大きな木が何本か倒れていた。ここは水はけが悪く雨期になると木が浮き上がって倒れてしまうのだそうだ。

神殿の周囲を回っていくと、四方に四角い溜池《ためいけ》が四つあった。水はなかったし、さほど大きな池ではなかったが、妻がしきりにうなずいている。

「クメール様式の寺院には池が必ずあるってテレビできいたことがあるの。ほら、アンコールワットも大きな池に囲まれているじゃない。あれと同じなんだわ」

「これは小さな池だけどね」

でも妻は納得できて満足そうだった。

この遺跡はジャヤーヴァルマン七世の治世の後、クメール王朝の影響が弱まり徐々に衰退したのだそうだ。一九〇一年にフランス人の地質学者により「発見」されたらしい。一九三六年にタイ政府がこの遺跡を保護することを決定し、一九六四年から一九六九年にかけてフランス政府の援助のもと、タイ芸術局によって修復が行われたそうで、きれいに整備されている。そして一九八九年から一般公開されているのだそうだ。

さて、お昼になったのでナンロンという町のイーサーン料理のレストランで昼食をとることになった。バスでそこへ向かう時、もうすぐレストランに着きますと言われたのに、着くまで三十分くらいかかった。タイ人はニコニコと愛想がよく、手を合わせてお辞儀をしてくれるが、その実少しいい加減なところがあるみたいだ。私と妻はひそひそとこんなことを言いあった。

「タイはほほ笑みの国、っていうのよね」

「うん」

「でもその実態は、なんでもニコニコしてやり過ごしていくってことじゃないかしら」

「そんな感じは確かにあるね」

さて昼食となった。イーサーン地方ではタイ米ではなくインディカ種のもち米が主食でそれが出された。青パパイヤのサラダ、スパイスに漬けて焼いた焼き鳥、豚の炙《あぶ》り焼きなどが出た。全体的に唐辛子の辛みが強いのが特徴だ。イーサーンでは食事は手で食べるが、それがおいしいとされている。

私たちはタイのスパイス類が得意ではないので、食べられそうなものを少しつまんで、タイでポピュラーなシンハービールを飲んだ。タイにはビールの種類が結構あって、この後いろいろ飲んでみたが、暑い国のビールらしく薄めな味のものが多かった。

午後はパノムルン遺跡に向かう。途中の村々では今は米の収穫期である。米は日本のものより背が高い。クボタの農機具も入ってきてはいるが、通常刈り入れは家族総出の手作業で穂先だけを刈っていく。そして庭先や道路にシートを敷いて干しているのだが、その光景をあちこちで見た。昔は干さずにそのまま売っていたそうだが、干して乾燥させた方が値段が高くなるので近年はそうしているのだそうだ。農民は千キログラムを日本円で五万三千円ほどで売るのだとか。

パノムルン遺跡に到着した。パノムルンとはクメール語で大きな山（丘）という意味で、標高三百八十三メートルの死火山の山頂にある遺跡である。ピマーイやアンコールワットと並ぶクメール王朝時代の重要な寺院なのだ。

この遺跡は十世紀半ば頃から作られはじめ、十三世紀には有数のクメール寺院となった。衰退してからは長い間ジャングルに覆われていたが、一九六〇年代に再発見された。

参道の入口あたりを行くとたくさんの店が並んでいる。魚を焼いている店が多い。鱗《うろこ》の大きい白身魚でパームという魚だそうだ。秋篠宮殿下が日本に紹介した魚なんだと

パノムルン遺跡の寺院

か。

他には籠の店、衣料品の店、土産物の店などが並んでいる。ピマーイ遺跡より観光客が多かった。

さて寺院の敷地に入る。溶岩がごろごろところがる道を進んでいくと、王が着替えをしたという宮殿がある。祭礼の時、国王が身を清め、身支度を整えた潔斎所というわけだ。赤砂岩と、扉や窓枠の白い石との対比が美しい。

さらに行くと真っすぐに石畳が整備されたきれいな参道に出る。参道は幅七メートル、長さ百六十メートル、参道の両側には蓮《はす》の花の蕾《つぼみ》をかたどった石灯籠が七十基並んでいる。昔は乙女たちが並んで花びらを振り掛けた参道だ。正面には長い階段と神殿の塔が見える。

一九八八年に十七年がかりの修復工事が終了し、当時を偲ばせる堂々とした姿になったのだ。

参道をさらに進むと五つの頭をもつナーガに守られたテラスに出る。その先の急な階段を上っていくと頂上の広場に出る。二つの方形の池があり水を湛《たた》え、神殿の塔を水面に映している。そして熱帯睡蓮《すいれん》が美しい花を咲かせている。

神殿はピンクと白の砂岩でできていて、重厚な作りと規模で荘厳な雰囲気を漂わせている。入口正面には有名な「水上で眠るヴィシュヌ神」のレリーフがあった。内部にはシヴァ神の乗り物である牛の像が祀られている。ほかに、リンガを祀った堂もあった。破風やまぐさ石には随所にヒンズーの神々をモチーフにした精緻なレリーフがほどこされている。

山頂から南方面を眺めると、イーサーンの農村、そしてカンボジアの山々を望むことができる。カンボジアとの国境はすぐそこなのだ。

2

次にムアンタム遺跡に行く。パノムルン遺跡からは南東に五キロメートルほどである。

十～十一世紀頃の建立とされるヒンズー寺院で、イーサーン地方に点在するクメールの遺跡のひとつである。

百二十メートル×百七十メートルの赤砂岩の周壁に囲まれた中には、四つのL字型の池が中央の建物群を取り巻くようにシンメトリーに配置されている。池の水面には建物が映り込み、たくさんの熱帯睡蓮があったが夕方なので花は閉じかけていた。

中央には回廊に囲まれた中に、赤みを帯びた砂岩で作られた大きな四つの塔といくつかの建物があり、装飾にはテラコッタ（赤土）のタイルが用いられていた。彫刻は非常に保存状態がよく美しい。特にシヴァ神や象に乗るインドラ神のレリーフは見事であった。

ここも一九八八年から一九九六年にかけて、タイ芸術局により修復工事がされたのだ。遺跡の周囲は芝が植えられ公園のように整備されている。

この遺跡を観光したのは夕方だったため、空は紫色を帯びていて、そこに赤砂岩とテラコッタの建物群があり、美しい池の水面との組み合わせは神秘的とも言える大変印象的な光景だった。

ここまででイーサーン地方のクメール遺跡を三か所廻《まわ》った。クメールの寺院はヒンズー教の宇宙観に基づいて建てられているのが特徴である。堀や池に宇宙の大海、周囲の

ムアンタム遺跡の寺院

壁は山々、聖堂の塔は須弥山《しゅみせん》を象徴しているのだ。

仏塔の形はクメール様式のものはごつごつとしたトウモロコシ型で、細部はヒンズー教の影響のある彫刻で覆われている。

遺跡を三つ見て、今日の観光は終わり、バスで今夜のホテルのあるスリンの街に向かう。

車窓に見る地方都市にはまだ高い建物はなく、せいぜい五～六階どまりだ。木造二階建てで一階が店舗、二階が住宅という建物が多い。敷地内に屋敷神のようなものを祀っている家が多い。

お祈りタイムがあるようだ。街中の野仏のようなところに十数人が集まり、熱心にお祈りしている光景を見た。

ところが、ここでいきなりトラブルが発

生して景色どころではなくなった。バスの後部からもくもくと黒い煙が出てきたのだ。

煙はだんだんひどくなり、とうとう途中のガソリンスタンドで立ち往生してしまった。ドライバーはバンコクから代わりのバスを呼ぶなんて言っている。冗談ではない話で、バンコクから四百キロメートル近く離れている場所なのだ。ここで朝まで待てというのかと絶望的な気分になった。

仕方なくカフェやコンビニの併設されたガソリンスタンドでただ時を過ごす。みんなは不機嫌になり、添乗員や現地ガイドは真っ青であった。

ところが、一時間ほど待った時、スリンからバンコクへ戻る空の観光バスがそのガソリンスタンドに入ってきたのだ。そこで添乗員がそのドライバーと交渉して、アルバイトでスリンまで行ってもらえることになった。ああよかったと、荷物を持ってバスを乗り換え、スリンまで運んでもらえたのだ。地獄で仏、というような気分だった。

結局、予定の時間より二時間ほど遅れただけでスリンのホテルに到着することができた。あんなピンチは珍しいことであった。

チェックイン後、すぐにショーをやるレストランへ行った。食事はビュッフェ形式だった。疲れて食欲がなく、少しの食べ物とたっぷりのビールになった。

タイでは私たち夫婦が食べられるものが少ないのである。パクチーが苦手なのに、ほとんどの料理にそれがたっぷりと入っている。

周囲には仏像が祀られている場所もあるが首のないものも多い。お顔の残っている仏像には黄色い袈裟が掛けられていた。

また仏塔を取り囲むようにして蓮の花びら型の白い結界石が並べられていた。仏塔の周囲をぐるりと回って表に戻ると、そこにはウィハーン・プラ・モンコン・ボピットという寺院がある。この寺院は一六〇三年ナレースエン王の時代にここに移ってきたが、他の寺院と同じようにビルマ軍によって破壊された。一九五六年にビルマからの援助もあって礼拝堂が復元された。三角屋根が印象的な建物である。

高さ十七メートルのプラ・モンコン・ボピット仏を本尊としている。

ここは現役の寺院で参拝者が絶えない。靴を脱いで堂内に入ると金ピカの本尊が坐っている。祭壇には花や供え物が飾られ、たくさんの賽銭箱が置いてある。賽銭箱がたくさんある理由は、ミャンマーとは違う。ミャンマーでは自分の曜日用の賽銭箱があったのだが、ここは目的別に賽銭を供えるのだそうだ。たとえば建物の修理用、仏像の修理用、水道光熱費を払うため用など。珍しい習慣だなあと思った。

堂内をぐるりと回ると、ほかにも多くの仏像や金箔を貼るための仏頭、お供え物を置くための棚などがあった。お供え物はプラスチックのバケツにインスタントコーヒーなどの飲み物、お菓子や缶詰などの食べ物、洗剤やシャンプーなどの日用品がぎっしり入ったセットになっている。バケツのセットのお供え物とは面白いな、と思った。

スリン象祭りの合戦風景

また、タイ料理には砂糖、酢、唐辛子を混ぜた調味料もよく使われているのだが、甘くて、酸っぱくて、辛くて食べられないのだ。ほんの少しだけ食べて、ビールで口の中を洗っているような具合になるのだった。食事に関しては、私たちにはつらい旅行だったのである。

さて、三日目の目玉はスリンの象祭りである。スリンは象で有名な街なのだ。毎年十一月に開催される象祭りには多くの観光客が集まる。私たちのツアーも象祭りの日程に合わせて組まれているのだ。

タイ全土から二百頭以上の象が集められ、象一色のお祭りとなる。スリンで象祭りが行われるのは、象使いを代々家業として営んできたクイ族の故郷がスリン県だからだ。

街中を象が練り歩くパレードや象の餌づ

けが十日間ほど行われる。最後の第三土日には、普段はサッカー場であるスタジアムが象祭りのメインイベントの特設会場となり、二百頭以上の象が参加する盛大なショーが繰り広げられるのだ。

そのスタジアムの近くへ行くと、子象が何頭もいて、餌のサトウキビをおねだりしてくる。妻がサトウキビを買ったら、子象はすぐに気づいて近寄ってきておねだりだ。象にさわったり、一緒に写真を撮ることもできる。

「お尻がプリプリしていて可愛ーい」

と妻は歓声をあげた。

「日本の動物園で見る象はほとんどが年寄りばっかりで、お尻なんてしわしわじゃない。なのにこんなプリプリしたお尻の象もいるのね」

もっぱら象のお尻に感動していた。

象のショーは朝八時半頃から始まる。私たちもスタンドの席に着いた。

まずは王様へのご挨拶から始まり、象が鼻でフラフープをまわしたり、バスケットのシュート、ダーツ、お絵かき、サッカーなどが次々に行われ、観客も参加しての象のマッサージや綱引きもある。その間にダンサーたちの民族舞踊も催された。

最後は昔行われたというアユタヤとビルマの戦闘風景の再現が壮大な絵巻のように繰り広げられる。象群と象使いたちは立派で華やかな衣装を身につけ、大将役の人は象の背中に乗せた立派な輿に納まり、両軍がスタジアム狭しと駆け回る様は圧巻であった。

とにかく大人の象から子供の象まで、こんなにたくさんの象を一度に見るのは初めてのことで、それだけでも見る価値があった。ショーは十一時半まで続いたのだが、見ていて飽きることはなかった。

外国人観光客だけでなく、タイの人々も大勢来ていて、物売りもたくさん出ていた。その中に天秤棒で振り売りをしているおばちゃんたちがいて、何を売っているのか覗いてみると、なんと虫だった。いろんな虫を揚げたり、炒《い》ったりしたものを売っている。スナック菓子といった風情で、それも面白かった。

タイでは象は昔から高貴な人の乗り物で、特に白象は幸運の象徴と言われてきた。今でも白象が捕獲されると王様に献上され、王室の特別な囲い地に保護されるのだそうだ。

象のショーを見終えて、昼食のレストランへ行った。ココナッツ入りのシーフードカレーなどが出たが、相変らずスパイスが合わないのでタイ料理はパスだ。中華風の野菜炒めなどを少し食べ、ビールを飲むばかりである。

午後はアユタヤまで約六時間のロングドライブだ。途中何か所か渋滞もあって、アユタヤのホテルに着いたのは七時二十分頃だった。

スリン県では米を年に二回収穫する。一回はもち米、一回はジャスミンライスを作るのだそうだ。

夕食はホテルのレストランでビュッフェ形式で食べた。食べられそうなものを探すのに一苦労である。

アユタヤでもお祭りが開かれているそうで、ホテルの窓から紙の天灯《てんとう》が上がっていくのがぽつんぽつんと見えた。大きな紙袋の下のほうで火をたいて、上昇させる熱気球のようなものである。それを自分で上げることになるとは、この時は想像もしていなかった。

3

四日目はアユタヤの観光である。アユタヤはバンコクから北に約八十キロメートルのところにある都市だ。アユタヤ時代には国名がシャムであった。

アユタヤは一三五一年、ウートン王によって建設され、一七六七年にコンバウン王朝のビルマ軍の攻撃で完全に破壊されるまでの四百十七年間、アユタヤ王朝の都としてタイの中心であり続けた。

チャオプラヤー川（メナム川）とその支流に囲まれた地形で水運に恵まれ、十七世紀にはヨーロッパと東アジアを結ぶ国際貿易都市として発展した。

現在は古都アユタヤの名前でユネスコの世界遺産に登録されている。アユタヤ遺跡群はチャオプラヤー川と支流に囲まれた中州に集中していて、アユタヤ歴史公園となっている。

アユタヤには寺院が多い。仏塔は釣鐘型のスリランカ様式のものが多い。

まずはホテルから日本人町跡へ行く。十六〜十七世紀に盛んだった朱印船貿易に携わった日本人の居住地域である。アユタヤでは十六世紀初め頃からポルトガル、オランダ、イギリス、フランスなどの西洋諸国、ベトナム、マレーなどの近隣諸国、中国や日本などから外国人商人が交易のために訪れていた。アユタヤの王はこれら外国人に住居を与え、町を建設することを許可した。日本人町のほかにポルトガル人町や中国人町があった。

日本人は商人のほか、関ヶ原や大坂夏の陣で敗れた武士たち、秀吉により禁じられたキリスト教徒などもやってきた。

交易物資は日本からは銀や刀剣、タイからは象牙や革製品、陶器、塗物などだったそうだ。日本人町には最盛期で千人から千五百人が生活していた。彼らは交易に従事したり、王宮に仕えて傭兵《ようへい》となったりしていた。

その後、商業的にも政治的にも勢力を伸ばし過ぎて疎まれることとなったため、日本人町は焼き払われ、国王の重臣だった有名な山田長政《ながまさ》は左遷されてその地で客死した。

さらに一六三三年には鎖国令が出されたため日本人町は衰退していった。

現在はチャオプラヤー川の東側に日本人町跡として残され重要史跡になっている。隣接する資料館には江戸時代に日本から送られた親書などが展示されている。朱印船の模型や山田長政の像もある。

ただし、当時を偲ぶ建物の遺構などは全く残っていない。「アユチヤ日本人町の跡」と彫られた石碑がひとつあるだけの公園である。

我々は次に歴史公園内に行き、ワット・ロカヤスタに行った。ワットは寺院の意味。

全長二十八メートル、高さ五メートルの露天の涅槃仏があった。中期アユタヤ様式とも、アユタヤ時代の末期頃の建立ともいわれている。当時は他の仏教施設もあったのだそうだが、今はお釈迦様だけが長々と寝そべっている。建立当時のものはいつ誰が作ったものかは伝えられていないが、現在のものは一九五六年に復元されたものだそうだ。

仏像の建築はレンガで形を作り、漆喰《しっくい》で固めたものである。露天であり、おまけに雨期に洪水があったりするので漆喰が剝げ落ちている部分もある。特に二〇一一年には大洪水があり、仏像も水に浸《つ》かったのだとか。

新しい黄色い袈裟が掛けてある。信仰はよくされているようで、あたりにはお供え物を売るおばさんたちがたくさんいる。二十バーツ（約六十円）で蓮の花、ロウソク、線香、小さな金箔のセットを売っている。仏像の前に祭壇があり、花を供える場所、線香を立てる場所などがある。涅槃仏の前の祭壇に小さな涅槃仏があり、金箔はその小仏像の体の、自分の体の悪い場所と同じところに貼るとよくなると信じられている。妻はお供えセットを買い、小仏像に金箔を貼っていた。

次にワット・プラシー・サンペットに行った。一四四八年建立のアユタヤ王朝の王室守護寺院である。バンコクにある今の王朝の守護寺院ワット・プラケオ（まだ行ってない）に相当する寺院だそうだ。

古くは王宮のあった土地で一四二六年に王宮が火災で焼失、移転した跡地に、トライローカナート王によって建てられたとされる。

一五〇〇年には高さ十六メートル、総重量百七十キログラムの黄金に覆われた仏像があったが、それもビルマ軍によって破壊されてしまった。その後も増改築が繰り返され、最盛期には大小合わせて三十四もの仏塔が並んでいたとされる。

現在残っているのは三基のスリランカ様式の大仏塔のみ。それぞれに、歴代の三人の王の遺骨が納められている。

ビルマ軍によって大きな破壊を受けた寺院が多い中で、ここは当時の状態が比較的よく保存されており、漆喰なども残っている。アユタヤ時代の建築をそのまま見ることのできる貴重な遺跡である。三基の仏塔は大変大きく立派で、見るものを圧倒する迫力がある。

ワット・プラ・マハタートの木の根に絡まれた仏頭

次に、ワット・プラ・マハタートへ行った。アユタヤではワット・プラシー・サンペットと並び重要視される大寺院だ。

一三七四年、ボロムラーチャー一世の時代に建設が始まり、ラーメスワン王の時代に完成した。その後何度も崩れて修復が繰り返されてきたが、一七六七年ビルマ軍の占領で破壊された。人々の信仰の中心的寺院であったため、より徹底的に破壊されたのだ。

建設当時は敷地の中央に高さ四十四メートルの仏塔があったのだそうだがそれもビルマ軍によって破壊された。

この寺院で有名なのはガジュマルの木の根に絡まれてしまった仏頭だ。ビルマ軍侵攻の時に切り落とされた仏像の頭部が木の根に覆われてしまったのだ。地面から三十センチぐらいのところに仏像の白いお顔だけが覗いている。思わず写真を撮りたくなる不思議さだ。花が一輪供えてあった。

ここは大変広い寺院で、たくさんの石作りやレンガ作りの建物の廃墟《はいきょ》が残っている。ところどころに元は建物の中にあったと思われる仏像が野ざらしになっていた。すっかり崩れ落ちた大塔や小塔、回廊や柱の跡が草むらの中に延々と続き、当時の姿は偲ぶべくもないが、規模の大きさだけは感じられた。

観光を終えて昼食をとる。トム・ヤム・クンが出た。世界三大スープのひとつとして有名だが、トムは煮る、ヤムは混ぜる、クンはエビの意味だそうだ。レモングラスの酸味のある味が特徴。ちょっぴり味見してみたが、レモングラスは苦手だと思った。私と妻は、これを世界三大スープに入れるのは反対、と言いたくなった。

午後はスコータイまで移動である。北へ約三百五十キロメートルだ。

移動中にタイの生活のあれこれをまとめておこう。

タイにはタイ暦がある。仏滅紀元というそうで、釈迦が入滅した翌年の紀元前五四三年を紀元元年とするのだ。

アユタヤには寺院が多いが歴史がある寺院には僧は住んではいない。

タイの宗教は九四パーセントが仏教徒。残りがキリスト教、イスラム教、バラモン教など。

仏教は上座部仏教で、戒律は厳しい。五つの戒律があって、それは非殺生、盗まない、酒を飲まない、不道徳な性行為をしない、嘘《うそ》をつかないだ。

僧侶になると厳しくて二百二十七条の戒律がある。タイの男性は普通一生に一回は僧になる。二十歳ぐらいでなることが多いが、少年僧もいる。

出家は短期では一週間から二週間だが、普通は三か月ぐらいだ。僧侶は五つの戒律を一つでも破ると辞めさせられる。

タイには兵役がある。二十一歳以上で徴兵される。条件は身長百六十センチ以上で、軍医が健康状態を調べて大丈夫となると、くじ引きで決める。赤紙を引くと二年の兵役だが、黒紙だと兵役免除だ。そういうくじ引きをして赤紙を引くと泣き、黒紙を引くと喜ぶのだそうだ。

五月一日から二年間の兵役につく。しかし兵役後、会社に入る時、会社側は兵役体験者を採用したがるので優利になるのだそうだ。

ゲイの場合は、軍医が徴兵できるかどうかを決めるのだそうだが、どういう基準で決めるんだろうなあ。

さて、スコータイが近づいてきた。スコータイは米の収穫は年一回だそうだ。今はこの辺りは米の収穫期ではないようで籾干《もみほ》しはやっていなかった。

スコータイのホテルに着き、レストランで夕食をとった。空芯菜《くうしんさい》の炒め物が出たので、それだけを頼りにビールを飲んだ。

4

五日目はスコータイの観光である。スコータイはタイ族最古のスコータイ王朝の都があった街だ。スコータイ王朝は十三世紀から十五世紀にかけてこの地を中心に栄えた。スコータイの中心部から西に十二キロメートル離れたところにスコータイ歴史公園がある。面積約七十平方キロメートルの広大な公園で、東西一・八キロ、南北一・六キロの三重の城壁に囲まれた旧市街とその周囲が世界遺産に登録されていて、多くの寺院など二百以上の遺跡が残っている。

遺跡群は数百年の間、ジャングルに覆われ放置されていたが、タイ芸術局とユネスコが協力して整備し、周囲には芝が植えられ、池には熱帯睡蓮が咲いている美しい公園になった。

まずはそのひとつ、ワット・マハタートへ行った。城壁内のほぼ中央にあって、スコータイ歴史公園内で最も大きく重要な王室寺院である。マハタートは釈迦の骨や遺灰すなわち仏舎利のことで、どの王朝にも仏舎利を納める寺院が必ず建立されている。

二百メートル四方の境内の中央には、スコータイ独自の建築様式である蓮の蕾型の巨大な仏塔が立っている。境内は増築や修復を繰り返したため複雑であるが、二百九基の塔、十の礼拝堂、八つのお堂、四つの池などが点在する。

礼拝堂や堂のあったところには、屋根や壁を失った大小の釈迦の坐像や立像がいくつも見られ印象的だ。華奢《きやしや》な姿のスコータイ独特の遊行仏《ゆぎようぶつ》もあった。遊行仏とはななめ横向きに歩いている姿の仏像である。

特に目を引いたのはレンガの台座の上の、二列に残る柱の間に坐している巨大な仏像で、ほっそりとして面長で静かな顔をしていてすがすがしい感じがした。これはアユタヤ時代に増築された部分だそうだ。

また境内にはスリランカ様式の釣鐘型の仏塔や、円錐型のタイ様式の仏塔もある。それらの基部には礼拝する釈迦の弟子たちのレリーフが刻まれている。様々な彫刻の中にはヒンズー教風のものも多くある。

次に、ワット・シー・サワイへ行った。ワット・マハタートから三百五十メートル南にある寺院だ。

ゆっくり歩いていく途中の道には堀や池があり樹木の影が濃い。芝が植えられ広々としていて気持ちがよい。

ワット・シー・サワイは三基のクメール様式の仏塔が印象的だ。スコータイでは最も古い寺院で、十三世紀にクメール人によってヒンズー教寺院として建てられ、後にスコータイ王朝になってタイ人の仏教寺院に改宗されたのだそうだ。スコータイの歴史を知る上で重要な遺跡のひとつである。

境内は赤土とレンガの二重の囲いの中にあり、三基並んだ仏塔は下部に広がりがないのが特徴で、本当にトウモロコシ型をしている。その姿は重量感があって見事だった。ヒンズー教の神々のレリーフが随所にほどこされている。

次にワット・スラ・シーに行った。ここは貯水池の中の島に建つ寺院だ。橋を渡って境内に入ることができた。

スリランカ様式の釣鐘型仏塔が堂々とそびえている。そのほかスコータイ様式の本堂や礼拝堂の柱と大きな仏像が残っている。女性のように美しいこの仏像はスコータイで生み出され、タイ仏教美術史上の傑作と言われているそうだ。

貯水池では手漕ぎの舟を出して水面の掃除をしていた。また、ビニール袋の中に生きた川魚を入れて売っている。それを買い功徳のために池に放すのだ。

次にラームカムヘーン大王記念碑に行った。スコータイの最盛期を築いたラームカムヘーン大王のブロンズ像がある。右手に経典を持ち、左手で国民にその教えを説いている姿だ。王の生涯を描いたレリーフのある立派な台座の上にのっている。一九七五年に制作されたものである。

ラームカムヘーン大王はスコータイの三代目の王で、スコータイを一地方の王国から広大な領土を持つ王国に発展させた。その業績からタイ三大大王の一人に数えられ、大王の尊称で呼ばれているのだそうだ。

ブロンズ像は黄色い花で飾られ、記念碑の前には供え物を携え線香をささげて熱心に拝む家族連れが来ていた。今でも信仰されているのだろう。

次にラームカムヘーン国立博物館へ行った。

一九六四年にオープンした博物館で、スコータイとその周辺で出土した美術品が展示されている。遺跡の模型、スコータイ独自の遊行仏像、数々の仏像、ヒンズー教のリンガとヨニ（女性器の像）などがあった。

次にワット・シーチュムに行った。ここで見るのはスコータイ最大の坐仏像だ。スコータイを代表する仏像はアチャナ仏といい、恐れを知らない、動かぬもの、変わらぬものという意味だそうだ。

三十二メートル四方、高さ十五メートル、壁の厚さ三メートルの屋根のない礼拝堂の空間の中に、巨大な坐仏像（高さ十五メートル）がいっぱいに納められている。

仏像はレンガに漆喰をかけて作られている。修復がなされているので状態は比較的よい。しかし屋根がなく雨ざらしのため漆喰にかなり黒カビが出てしまっている。目は半眼になっているのだが、まぶたの上に丸くカビが生えていて、遠くから見るとどんぐり

ワット・シーチュムのアチャナ仏

目《まなこ》のように見える。

「カビがなくて伏し目がちの半眼の像なら見事な仏像なんだがなあ」

と私が言うと、妻はこういう意見だった。

「でも、カビのせいでどんぐり目のように見えて愛嬌《あいきょう》があって面白いという気もするわ」

ここの礼拝堂や横にある本堂などは、ラームカムヘーン大王の時代に建立されたものだそうだ。

ランチの時間を挟んで、午後はスコータイ市から北に五十キロメートルほどのシー・サッチャナーライ市に行った。ここはスコータイ時代にスコータイに次いで二番目の都市として栄え、副王が住んでいたところで、シー・サッチャナーライ歴史公園になっているのだ。

ヨム川沿いに二百以上の遺跡があり、タイ文化庁のもとで保護、管理されている。ここも城壁に囲まれていて、遺跡は城壁の内外に広がっている。

まずはワット・チャン・ロームに行った。ここは城壁内のほぼ中央にあり遺跡群を代表する寺院のひとつだ。

十三世紀にクメール軍を破った戦勝記念として、ラームカムヘーン大王の命により建てられた寺院といわれている。

東側の正門から入ると、広々とした芝生の上に正方形の二段の基壇があり、その上にはスリランカ様式の仏塔が建っている。基壇の一段目の四方面には合わせて三十九頭の象の前半身の彫刻がある。特に四つの角の彫刻は高さが二・四メートルもあり、装飾も手の込んだ彫刻がほどこされているが、その彫刻がかなり崩れてしまっているのが残念であった。

基壇の二段目の壁の窪みには二十体の坐仏像が納められている。

チャンは象、ロームは囲むの意味だ。この基壇を象の彫刻で支える形はスコータイ時代によく作られたものだそうだ。境内にはほかにも大小の礼拝堂がある。

次に、すぐ向かいにあるワット・チェディ・チェット・テウに行った。

中央にはスコータイ様式の蓮の蕾の形をした、ほっそりと背の高い仏塔が建っている。

境内には釣鐘型や宮殿型など様々な様式の三十三の仏塔が点在していて、それぞれの壁には仏像が納められている。礼拝堂や本堂の建物、その他大小の建物も残っている。

続いてワット・ナンパヤーに行った。

十五～十六世紀に建てられた釣鐘型の仏塔のある寺院である。全体的に傷みがひどく仏塔には草が生えている。このあたりは木々が深くジャングルの中のような雰囲気だ。

最盛期には七つの礼拝堂があったそうだが、現在は入口近くにひとつだけ残っている。その礼拝堂の縦格子の窓には蔓《つる》植物がモチーフとなった美しいレリーフが見られる。初期アユタヤの様式だそうだ。

次に城壁から東南に二キロメートルほど離れたワット・プラ・シー・ラタナー・マハタートへ行った。クメール時代に建てられ、アユタヤ時代に改築されたといわれている寺院である。そのため建築様式が交じりあっているのだそうだ。

クメール時代といわれる根拠は門の上にクメール時代のバイヨン様式の四面仏がのっているからだ。

仏塔の形はトウモロコシ型のクメール様式だ。仏塔の前には大きな坐仏像があり、礼拝堂の柱も残っている。

隣には大きな遊行仏がある。ななめ横向きに歩いている姿で、ほっそりとしなやかで流れるようなフォルムの、女性的な美しい仏像だ。スコータイ時代独特の様式だ。

境内はかなり広く、ほかにもレンガで出来た土饅頭のような仏塔や、かなり大きい立像や坐像がある。

またこの寺院には現在も僧侶が居住する本堂があり、そのお堂の中には新しい仏像がたくさん祀られている。地元の参拝者も多く訪れる信仰の対象となっている寺院なのだ。

この日の観光はここまでである。この後、スコータイ空港からバンコクへと飛んだのだ。スコータイ空港は花が咲き乱れ、遺跡のレプリカが置かれた可愛らしい空港だった。

バンコクに着いてから夕食のレストランへ行った。結構有名なシーフードレストランだそうで、小エビの蒸し物、大きなエビの入ったトム・ヤム・クンや魚の丸揚げの餡《あん》かけ、エビやカニの炒め物など、かなり豪勢な食事だった。ここでは食べられるものが多く、救われたような気がした。

ホテルに到着したのは九時半であった。

5

我々は首都バンコクに戻ってきた。クメール朝の繁栄したイーサーン地方、アユタヤ、スコータイと巡ってきたので、ここでタイの歴史をなるべく簡単にまとめておこう。

タイの歴史はイーサーン地方の先史時代の数多くの遺跡から始まる。その中でも、紀元前三六〇〇年頃から紀元後三世紀にかけての集落跡とされるバーンチェン遺跡は早くに農耕文明を持っていたところで、東南アジアでも重要な遺跡のひとつとして世界遺産に登録されている。ただし、その担い手の民族は今のところ不明だそうだ。

その後、六世紀から十一世紀にかけてはモン族の国ドヴァーラヴァティーが、チャオプラヤー川流域のナコンパトムなどにいくつもの環濠《かんごう》都市を作り、仏教を信仰する高度な文明を持っていた。

同じ頃マレー人の国シュリービジャヤが、スマトラ島からマレー半島にかけて海上貿易を行い、大乗仏教を信仰していた。

九世紀になると現在のカンボジアにあったクメール王朝がアンコールを首都として、タイのイーサーン地方へ勢力を拡大し、十二世紀にはタイ全土のみならず、インドシナ半島の大部分を勢力下とする大国へと成長した。しかし、十三世紀になるとクメール王朝は衰退を始めるのだ。

一方タイ人は一千年程以前から中国の東南部から南下を続け、十一世紀頃にはタイ各地にいくつもの都市国家を建設していた。その多くはクメールの支配下にあったが、スコータイもそういう土地のひとつだった。

チャオプラヤー川中流域にあったスコータイとシー・サッチャーナライの士族たちは、インタラーティット王の下、クメール勢力を駆逐し、一二三八年に「スコータイ」（幸福の夜明け）と名づけた王朝を開いた。スコータイ王朝は三代目のラームカムヘーン大王（タイの三大大王の一人）の時、飛躍的に国力を伸ばし、領土はラオスからシンガポール辺りまで広がった。大王はタイ文字の制定を行い、スリランカから上座部仏教を取り入れ国教に定め、多くの寺院建設を行い、陶器の生産や森林物産を背景とした交易で経済力を高めて、周辺の都市国家を次々に支配下としていった。

スコータイ王朝は約二百年、九代にわたり続いた。しかし十五世紀になって南部のチャオプラヤー川沿いに台頭してきたアユタヤ王朝の属国となってしまい、その後、跡継ぎが途絶え、一四三八年にアユタヤ王朝に吸収されてしまった。

目を転じてタイ北部を見ると、スコータイ王朝と同時期に、メンライ王により一二九六年ランナータイ王国が建国され、チェンマイに首都を置き勢力を広げていた。ラオス北部やビルマ北部、中国の一部にも影響力があった。スコータイ王国とは同盟を結んで国を守っていたが、一五五八年にはビルマの属国となってしまった。

話が前後するが、アユタヤ王朝は一三五一年にチャオプラヤー川流域にあったロップリーとスパンブリーが統合され、ウートン侯がアユタヤに首都を移し、自らラーマティボディー王となり成立したのである。

以降、歴代三十四人の王による統治が約四百年続いた。しかしその歴史は平坦なものではなく、初期には東方のクメール王国に侵攻して一四三一年にはその首都アンコールを陥落させた。また北方ではチェンマイと戦い、南方ではマレー半島に支配権を確立してマラッカまで遠征した。

十六世紀になるとビルマのタウングー朝の攻撃を受け、一五六九年には敗北してタウングー朝の属国となってしまう。

しかし、十五年間の属国時代の後、ナレースアン大王（タイの三大大王の一人）が出現し失地回復をはたし、広大な領土を持つ中央集権国家を確立した。この頃の支配地域は、ベトナムとビルマの一部を除くインドシナ半島のほぼ全域というほどのものだった。

アユタヤはその恵まれた立地を背景に周辺の農村や森林地帯からの物資の交易拠点として繁栄した。アユタヤは海岸線からは百キロメートルほどの奥地だが、当時のチャオプラヤー川のデルタは広大で、アユタヤが川港としてはちょうどよい位置だったのだ。

十七世紀頃にはアユタヤはシャム国の首都として隆盛を極め、また国際貿易港としてヨーロッパと東アジアを繋ぐ重要な拠点となっていた。日本も朱印船貿易の時代だけでなく、鎖国後も唐船と称して長崎からの貿易を行っていたのだそうだ。

しかし末期になると各地で内乱が続き、ビルマのコンバウン朝からの侵略を受けるようになってきた。コンバウン朝に十四か月包囲された後、一七六七年四月七日の総攻撃を受け一夜にして破壊しつくされ滅亡した。

次のトンブリー王朝はビルマ軍を撃退したアユタヤの将軍がタークシン王となって築

いた。バンコクの対岸のトンブリーに首都を置く王朝である。しかしこの王朝は戦争に明け暮れ、王も精神に異常をきたし十五年間だけ存在して短命で滅びた。

一七八二年トンブリー朝の宰相だったチャオプラヤー・チャクリーはクーデターをおこしタークシン王の王位を剝奪し内乱を治めて、トンブリーの対岸のラッタナコーシン島に新しい都を建設し、ラーマ一世として即位した。これが現在も続くラッタナコーシン王朝（チャクリー王朝ともバンコク王朝ともいう）である。

ラーマ一世は衰退したタイ文化の復興に力を注ぎ、国内を整備した。また中国との貿易を重視し、地方では封建制による統治を行っていた。

しかしラーマ三世、ラーマ四世の頃になると国際情勢が変化し、ヨーロッパの列強が押し寄せ、フランスはベトナム側から、イギリスはビルマ側から植民地化を進めてきた。ラーマ四世は一八五五年イギリスとの間に自由貿易を原則とする修交通商条約を結び、その後他の西洋諸国とも同様の条約を結んだ。

次のラーマ五世はチュラロンコーン大王（タイの三大大王の一人）とも呼ばれる王で、思いきった中央集権化と近代化の政策を行う一方、巧みな外交と領土の割譲を容認することでタイの独立を守った。イギリスはビルマを、フランスはラオス、カンボジアを手にすることとなった。

タイが列強の間で植民地にされず、独立が守られたのはイギリスとフランスの植民地間の緩衝地帯の役目があったとも言われているそうだが、タイの政治力もあったのだろうと思う。

ラーマ五世の時、司法、行政制度の整備、財政の立て直し、郵便通信事業、鉄道、教育制度、軍政改革、奴隷制度の廃止など近代国家の基礎を築き、絶対君主制が確立された。

一九三二年ラーマ七世（プラチャーティポック王）の時、絶対君主制への不満から人民党によるクーデターが起き、立憲君主制へと移行した。ラーマ七世は混乱を避けるために外国に亡命し、ラーマ八世が即位した。これで王は象徴的な存在となった。

一九三九年、シャム国からタイ国へと国名が変わった。

一九四六年ラーマ八世が他殺され（事故説もあり）、弟のプミポン現国王（ラーマ九世）が即位した。プミポン国王は国民の間で非常に人気が高い（プミポン国王は二〇一六年十月に亡くなった）。

それ以降は、タイ独自の民主政治の形を模索しつつ、タイ式クーデターを繰り返しながら現在に至っている。

タイ式クーデターは政治上で問題が起こると軍がクーデターを起こし、国王がそれを承認するという流れが普通らしい。国民は国王と軍に対する信頼が大変厚いため、政治問題がそれで解決してしまうのだ。タイは植民地にもならず、共産化もまぬがれてきたため、民主主義のスタイルが少々違っているのだそうだ。

「この前のタイのクーデターの時にね」

と妻が言う。それは一九九二年のことだ。

「プミポン国王の前に、首相と民主化運動のリーダーが呼び出されて、二人とも横すわりで膝をついて手を合わせていて、国王が何か言ったらそれで騒動が終わっちゃったじゃない。ニュースでその映像を見て、こんな国があるんだわと驚いちゃった」

「タイ国民にしてみれば、すべて王様のおかげでうまくいってる、というところなんだろうなあ」

そういう安定期にあるのが今のタイである。タイの歴史をざっくりとまとめてみればこんなところなのだ。

6

六日目は駆け足のバンコク観光だ。まずはバスでバンコク市内を南に走りダム・ヌン・サドゥアク運河の船着き場に向かう。そこにある水上マーケットを観光するのだ。バンコクは五時とか五時半とか朝早くから人が活動していて、交通渋滞がひどい。車

ダム・ヌン・サドゥアク運河の水上マーケット

は九十パーセントが日本車で、その半分がトヨタだ。

　高層ビルも結構ある。バイヨークスカイホテルというビルが八十八階建てで最も高い。

　バスで八十キロメートルほど走り、船着き場に着いた。狭い運河に細長い船がたくさん停泊しており、それに乗り込んで運河を猛スピードで行くのだ。

　運河沿いの家々に住む人の、洗濯したり、水浴びしたりする風景を眺めながら船は進む。

　運河沿いには電柱が立っていて電線もかけられている。バナナ畑や椰子畑があったり、露座の仏像が祀ってあったりする。運河沿いは生活の場なのだ。

　ダム・ヌン・サドゥアク水上マーケット

に着いた。

バンコクはかつて水路が発達していて「東洋のベニス」と呼ばれるほどだったが、近代化に伴い陸上交通網が発達し水路は減少してしまった。タイ政府は伝統的な文化の保護と観光客誘致のため、一八六八年ラーマ四世の時代に作られたダム・ヌン・サドゥアク運河に手を入れて再開発し、この水上マーケットを作ったのである。

野菜や果物を積んだ小舟、お菓子や日用品の小舟、おかず類や、鍋で麺や揚げ物を作ってくれる小舟など、たくさんの小舟がひしめいている。小舟に乗って商売をしているのは独特の帽子をかぶった働き者の女性たちだ。

観光客を乗せた船もたくさん来ていて、商売する小舟と両方で大混雑である。

通常は明け方から午後二時ごろまで開かれるそうだが、朝方が最もにぎわって活気があるのだそうだ。

運河沿いには木造の建物があり、その中では主に工芸品やTシャツなどの土産物が売られていた。そういう店にあがって見て回ったのだが、

「こういう店は見て楽しいけど、買いたいものはないね」

というのが妻の感想だった。

水上マーケットの観光を終え、バンコク市内に戻りワット・ポーに行く。ここはバンコク市内で最大かつ最古の寺院だ。

アユタヤ王朝末期のプラペートラチャ王時代（一六八八〜一七〇三年）に作られた寺だが、その後バンコク王朝のラーマ三世が十七年かけて本堂と回廊、寝釈迦仏とそのお堂、礼拝堂、七十一の仏塔を建てさせて最大の寺となった。

寝釈迦仏専用に作られたお堂には、全長四十六メートル、高さ十五メートルの黄金の寝釈迦仏がいっぱいに横たわっていて窮屈そうだ。目を半眼にして肩肘をついてゆったりと寝そべっている。横たわっているのは悟りを開き、涅槃の境地に達しているからだそうだ。足の裏には螺鈿《らでん》細工で仏教の世界観を表す百八の文様が描かれている。

ラーマ三世はタイの様々な知識を収集させてこの寺院に置いた。そのためタイ初の大学とも呼ばれているのだそうである。

医学の分野ではタイの古典医療の資料が集められていて、治療方法のひとつとしてタイ古式マッサージの資料もあるのだそうだ。今ではタイ古式マッサージの総本山として有名で、境内にはマッサージを教える学校やマッサージが受けられる東屋がある。

ワット・ポーを出て食料品などを売っている小道を少し歩き、チャオプラヤー川の船着き場に出る。渡し船があり、対岸にはワット・アルンの仏塔が見える。船に乗り込み、あっという間に対岸に着いた。

ワット・アルンのアルンは暁の意味で、三島由紀夫の小説『暁の寺』の舞台となっていることが有名だ。

一七六七年、タークシン将軍は荒廃しきったアユタヤを離れ、チャオプラヤー川を下り、とある夜明けにこの土地にあった寺院にたどり着いたのだそうだ。そしてこの周辺を拠点にトンブリー王朝を築き、自らタークシン王となった。

その寺院はワット・マコークという名前の小さな寺院だったが、その時のいきさつから暁の寺ワット・アルンと呼ばれるようになったといわれている。

トンブリー王朝では王宮寺院だったので、ビエンチャン攻略の戦利品として持ち帰られたエメラルド仏（エメラルド色をしているのでそう呼ばれるが材質は翡翠である）が祀られていたこともあった。

ここは美しい見事な仏塔を鑑賞する寺である。現在の仏塔はラーマ二世の頃に建設が始まり、ラーマ三世の時代に完成した。バンコク様式の塔で、十バーツ硬貨に描かれている。

すらっとした裾広がりの美しいシルエットを持つ七十五メートルの大仏塔と、それを取り巻く四基の小仏塔がある。大仏塔はヒンズー教のシヴァ神が住むというカイラス山を模したものといわれている。

大小いずれの仏塔も陶器の破片で飾られている。あいにくの曇り空であまりきれいには見えなかったが、陽に照らされたら美しいだろうと思った。

仏塔には様々な彫刻もほどこされ、タイ仏教とヒンズー教の融合を見るようだ。また境内には様々な彫刻が置かれているが、仏像のほかに布袋《ほてい》のような像や中国の武人のような像、動物の像もあり興味深かった。

また渡し船で対岸に戻りラッタナコーシン島にあるワット・プラケオと王宮に行った。ラッタナコーシン島はラーマ一世がトンブリー王朝を滅ぼした後、遷都した島でバンコクの中心だ。王宮や重要な寺院があり、旧市街も残っている。

ワット・プラケオは以前ワット・アルンにあったエメラルド仏を本尊とする王宮守護寺院。王宮の敷地内にありタイでは最も格式の高い寺院だ。エメラルド寺院とも呼ばれる。本堂は金箔と色ガラスのモザイクで装飾された美しくきらびやかな寺院である。

一七八二年ラーマ一世のバンコク遷都の際に建設が始まり、一七八四年に完成した。その後も歴代の王たちが建築物を次々に付け加えていった。タイ仏教建築の粋を集めた多くの建築物を持つ寺院である。プラシー・ラタナー・チェディというスリランカ様式の黄金の仏塔には仏舎利が納められているそうだ。

エメラルド仏の納められている本堂はアユタヤの王宮を模したものといわれている。本尊は高さ六十六センチ、幅四十八・三センチで、現王朝の名ラッタナコーシンという名前を持っている。壁には一面に釈迦の生涯や仏教の宇宙観を表した壁画が描かれている。

年三回、季節ごとに国王自らが本尊の衣装を取り替える厳かな儀式が行われるのだそ

王宮のチャクリー・マハ・プラサート宮殿

うだ。この時は十一月だったので、多分冬の衣装だったのだろう。仏様は金ぴかの衣装で覆われていて、顔の部分しかエメラルド色を見ることができなかった。本堂の奥のはるかに遠いところにいらっしゃるので、妻はカメラのズームをめいっぱい望遠にして見ていたが、

「手ブレして写真が撮れないわ」

と言っていた。

次に王宮へ行ったが、白壁に囲まれた二十万平方メートルの敷地内に、ワット・プラケオと隣りあって建てられている。王宮はタイ国内の数ある宮殿の中でも最も権威があるもので、今でも王室の重要な祭典などに使われている。

歴代の王により芸術の粋を凝らして建設、改築された宮殿や建物が建ち並んでいる。

中でもタイ様式と西洋様式が融合したチャクリー・マハ・プラサート宮殿は見事で、大変興味深い。ラーマ五世により王朝の百周年を記念して建てられ一八八二年に完成したものだ。

最も古い宮殿はラーマ一世によって一七八九年に建てられたドシット・マハ・プラサート宮殿で、歴代の王の戴冠式に使われてきたそうだ。屋根が何重にも重なるタイ風のスタイルが面白い。

王宮側は大きい建物が多く、通路もゆったりしているので広々とした感じだ。それにしても、ワット・プラケオも王宮も大変な数の観光客であった。

そこまで見て、バンコクの一日駆け足観光は終了である。空港へ行き、夕方の便でタイ北部のチェンライへ飛ぶのだ。この日の夕食はチェンライに着いてからだった。

7

七日目はチェンライとその周辺の観光だった。

チェンライはタイ最北の地チェンライ県の県都である。ミャンマー、ラオスと国境を接していて、周辺の山岳地帯は標高約千二百メートルあり、タイでは最も涼しい気候である。コーヒーや茶が生産される。

チェンライ県の人口は約百二十万人。そのうち三十パーセントが少数民族である。

チェンライはかつてランナータイ王朝の最初の都があった場所である。後にランナータイ王朝が遷都したチェンマイなどと共に、現在もタイ北部独自の「ランナー文化」が色濃く残っているのだそうだ。市内には美しい寺院や文化施設が数多くある。

一方周辺の山岳地帯には数多くの少数民族が暮らしている。タイ全体では九十三万人以上の少数民族が住んでいるそうで、それぞれが独自の文化と習慣を守っているのだ。

国境周辺にはいくつかの民族が集まって住んでいる所が多いのだそうだ。それぞれ違う言語を持っているが、同じ土地に住むようになって言葉が混じり、「北部タイ語」のようなものが出来上っているそうだ。

少数民族の村のひとつ、シェン村へ行った。ここはタイ政府がいくつかの民族を集めて村を作り、観光資源としているところだ。

シェン村には、カヤン族（バドゥン族とか首長族ともいうがそれは蔑称）、ヤオ族、アカ族が住んでいた。

カヤン族は女性たちが首に真鍮《しんちゅう》のリングを巻いて首が長いことで有名だが、実際には首が伸びるのではなく、子供の頃から巻き続けた結果、鎖骨の位置が押し下げられて首が長く見えるのだ。真鍮の首輪の重さは四キロから八キロくらいだそうだ。

カヤン族はビルマ系の民族で四十年程前にタイに来た。ミャンマーを旅行した時にも首の長い女性が観光地にいたではないか。

カヤン族は高床式の椰子の木や葉で作った家に住んでいる。女性たちは村で機織りをしてその布で作ったスカーフなどを売って商売しているが、一枚百五十バーツ（約四百五十円）ぐらいだ。男性は出稼ぎに行くことが多いのだとか。

ヤオ族は中国系の民族で揚子江以南の中国各地からベトナム、ラオス、タイにまで住んでいる。タイには三〜四万人が住んでいるが、それらの人々は百年程前にラオスから移り住んだらしい。

ヤオ族は漢民族文化の影響を強く受けていて、年長の男性は漢字の読み書きができる人が多い。土間式の家に住み、箸を使って食事をする。

ヤオ族の女性の衣装は独特で、赤いボアのようなたっぷりと大きいヘチマ襟のついた黒い上着と、細かい精密な刺繍のほどこされたモンペ状のズボン、それに藍染めのターバンを巻く。儀式の時はさらに銀のアクセサリーをたくさん付けるのだそうだ。大変目立つ華やかな衣装である。

彼女たちの仕事は、大変精巧な刺繍やアップリケをほどこした壁掛けやテーブルクロスを作って売ることだ。

もうひとつのアカ族も中国系の民族で、タイには約六万五千人が住んでいる。昔から農業で生計を立てていて十種類以上の米やトウモロコシなどを作っている。食文化が豊かでたくさんのハーブを料理に使う。

アカ族の女性の衣装で特徴的なのは、たくさんの銀で派手に装飾した被り物だ。頭巾のような形で頭部には銀細工の飾りがいっぱい付けてあり、両サイドには毛糸の房がついていて、あご紐がネックレスのように下がっている。結構重そうだ。服は黒に鮮やかな色合いのパイピングをほどこした長袖の上着と短めのスカートで、足にはカラフルなソックスをはいている。

売り物はカラフルな帽子やベルト、銀製品などだ。アカ族の民族舞踊を見せてもらえた。

次に私たちはメーサイの町へ行った。ミャンマーとの国境の町だ。サーイ川に架かる橋のたもとに入国管理事務所の建物がある。橋を渡ればミャンマーのタチレイという町なのだ。

ここを行き来するタイ人やミャンマー人はパスポートは不要だそうで、国境パスを見せれば簡単に入出国できるのだ。タイ最北端のモニュメントがあり、道路には国境を越える車が行列していた。

町はかなり賑わっていて、果物や乾物、宝石などを商う商人がやってくるのだそうだ。国境見物の観光客も多く、メインストリートの両側にはたくさんの土産物屋やレストランが建ち並んでいる。土産物にはミャンマー製品も多い。またすぐ近くの市場で売っている物の九十パーセントが中国製品で、衣料品や電気製品にはコピー品も多いのだそうだ。

ランチの後、ゴールデン・トライアングルへ行った。チェンライ市内から北へ約七十キロメートルのメコン川とルアック川の合流地点で、タイ、ラオス、ミャンマーの三国が国境を接している。今は麻薬作りはされなくなったが、かつては世界最大の芥子の栽培地帯として知られた所だった。

ワット・プラタート・プー・カオという寺の階段を上り、さらに寺の裏の坂道を上っていくと展望台がある。眼下に川の合流地点があり、ラオスとミャンマーが見渡せる。第二次世界大戦の日本軍戦没者慰霊碑もあった。

近年は川沿いをリゾート開発していて、隠れ家的高級リゾートホテルなども出来ている。ミャンマー側の大きな建物はパラダイスリゾートというカジノを持つホテルだそうだ。オーナーはタイ人だとか。タイはカジノが禁止されているので国境を越えてミャンマーに行って遊ぶのだろう。

お寺の脇の船着き場からメコン川クルーズの船に乗る。船着き場には作り物の大きな象があって、その象のお腹《なか》の下を通ると幸せになれるという言い伝えがあり、腹の下が入口になっていた。船はまずミャンマー側へ行き、パラダイスリゾートの近くでUターンしてラオス側へ。

ラオスのドンサオ村で船を下り自由行動。村には観光客目当ての土産物屋がたくさん店を出していて、ラオス土産を売っている。建物はトタン葺きでとても粗末だ。ラオスのシルクやラオスビールを売っている。ビールを買えば私はこう言う。

「ビールが買えたんだから飲もうよ」

だが妻に、

「これは冷えてないからおいしくないわ。ホテルの冷蔵庫で冷やしてから飲みましょう」

と言われて納得した。

次に、ほど近いチェンセーンの町に行った。ランナータイ王朝の前身のチェンセーン王朝の都として一三二八年に開かれた町で、チェンセーン様式の仏塔や寺院が残っている。十九世紀には中国との交易で栄えたところだ。

ワット・チュディ・ルアンに行った。ランナータイ王朝の三代目の王セーンプーにより一三三二年に建立されたチェンセーンで最も高い、高さ十八メートル、土台の幅二十四メートルのパゴダがそびえる寺院だ。土台の部分は八角形で上に行くにしたがって丸い鐘の形になるのが特徴である。これがチェンセーン様式のパゴダの見本となった。

地震のため破壊されたが一九五七〜一九五八年に文化庁により修復された。古い写真を見るとパゴダの前には仏像があるが今はない。パゴダはすっかり苔《こけ》むしている。

次にワット・パーサックに行った。セーンプー王により一二九五年に建立された。パーサックとはチークを意味する言葉で、二十五万平方メートルの敷地内は三百本のチーク林と二十二の遺跡からなる公園になっている。

ワット・パーサックのパゴダは高さ十二・五メートル、土台の幅八メートルで仏像や神々の彫刻がほどこされ、保存状態もよい。

その後チェンライのホテルに戻り休憩後夕食をとった。風呂上がりに冷やしておいたラオスビールを飲んでみたところ、なかなかおいしい。タイの次はラオスへ行く予定を立てていたので、このビールがあるならいいな、という気になった。

八日目はチェンライ市内の観光である。

まずはワット・プラケオから。同じ名前の寺がバンコクにもあったが、チェンライの町で最も有名な歴史ある寺院である。バンコクのワット・プラケオにあるエメラルド仏はかつてここにあった。

現在のこの寺にもエメラルド仏があるが、これはカナダ産の翡翠を中国で仏像にしたもので、一九九〇年に国王の母の九十歳のお祝いとして作られたものだ。バンコクにあるエメラルド仏とほぼ同じ大きさである。

木造の寺院はあまり大きくはない。境内は緑と様々な花であふれている。信者から寄進された象の像が置かれてあり、釣鐘が並んだ一角もあった。

次にワット・プラ・シンに行った。十四世紀に建立された典型的なタイ北部様式の寺院である。

タイ北部で最も神聖とされていたプラ・シン仏が安置されていたが、その後都がチェンマイに遷都されると、チェンマイにも同名のワット・プラ・シンが作られ、プラ・シン仏はそちらに移された。

屋根の形が独特で、赤い瓦屋根が六つのパーツに分けられて重なりあっている。急勾配の流れるようなラインを持ち、破風の装飾も美しい。裏側には金の仏塔があった。沙羅双樹の花が咲いていたが日本のものとは違う花だった。

次にメーコック川に出て六人乗りのボートに乗る。川を遡ること五十分でルミット村というカレン族の村に着いた。

ここで象のトレッキング体験をするのだ。二階建ての建物のテラスから象の背中に取りつけられた二人乗りの椅子に坐って出発。田舎の田園風景や村の中の小道をのんびりと一周する。途中で象使いのお兄さんが写真を撮ってくれたりした。

ところがそのお兄さんが象から降りてどこかへ行ってしまった。おそらくトイレであろう。で、象に乗ったまま、象はその辺をぶらぶら歩きまわる。ほんの二〜三分だったが、不安な気持ちにさせられた。

帰りはまたボートに乗るが、今度は川下りなので三十分で着いてしまった。

昼食をチェンライ唯一のデパートの中にあるセルフサービスのタイスキの店でとった。ツアーでこういう店に行くことは珍しい。

ところが私はタイ料理にすっかりまいっていて、自分で肉や野菜を取ってきて鍋にする意欲がゼロだった。甘くて酸っぱくて辛いつけ汁にもうんざりである。白菜をほんの少し食べた程度で、ほとんど食べられなかった。

寝酒のつまみを持っているからいいのだけれど。

午後はチェンマイまでのロングドライブだ。四時間ほどだった。途中のドライブインで現地ガイドがカシューナッツをふるまってくれた。このあたりの名物なのだそうだ。

8

チェンマイに到着後、ナイトバザールに行った。

チェンマイは北部の田舎から来ると大都会だ。人口は約二十万人だそうだ。街中には七百年前に作られた四角い堀と城壁で囲まれた旧市街地があり、東西南北に計五つの門がある。旧市街の中の建物は三階建てまでで、寺院や住宅が多い。一方街の中心部は旧市街の東側に広がっていて賑やかだ。

チャン・クラン通りの両側の歩道にびっしりと露店が出ている。ナイトバザールビルという小さな店がいっぱい入った建物や、カフェやバーが入った建物もある。

フリータイムということで店を見ながらぶらぶらしたが、人出も多くて混雑していた。売っている物はTシャツなどの衣類、雑貨、民芸品などのお土産系のものが多い。食べ物はごくわずか。石鹸《せっけん》を彫刻して花の形にしたものをやたらに売っていた。刺繍したバッグも多い。同じようなものを売っている店が多かった。私たちは土産に中国風の茶碗《ちゃわん》を買った。

その後夕食のレストランへ行く。タイ北部の民族舞踊のショーを見ながら、チェンマイ名物のカントーク（円卓）ディナーだ。なんとか食べられるものがあったので助かった。

九日目はメーサ渓谷というところに向かう。

チェンマイの女性は美人が多いのだそうだ。涼しいので色白になるのだそうで、そもそもタイの人は肌がきれいだ。

チェンマイには日本人が約三千人いる。レストラン経営などをしているそうだ。物価が安く、アパートは月三万円、分譲住宅は三百万円くらいだそうだ。

三十分程でメーサ渓谷に着いた。オーキッドファームを見学する。蘭《らん》の栽培場兼即売場である。

ここには様々な品種の蘭があり、全部で三百種あるそうだ。あでやかでゴージャスな花が多く、色もカラフルだった。

土産物屋も併設していて七宝で作った蘭をモチーフにしたアクセサリーがたくさんあった。生の蘭の花も売っているのだが、日本で税関を通すことは無理だそうだ。

次は同じメーサ渓谷にあるメーサ・エレファント・トレーニング・キャンプに行った。ここは雌四十頭、雄三十二頭の象がいる。

スリンの象祭りで象はさんざん見たが、ここはあまり広くないので芸をしているところを近くで見ることができる。周りが森なのもいい。

まずは餌やり。お客がバナナなどを象の鼻に手渡しする。

次に水浴び。天然の川に入って水を浴びる。横になって体を洗ってもらったり、岩に体をこすりつけたり、鼻から水を吹き上げたりして気持ちよさそうだ。

次は場所を変えて、象使いが象に様々なことをさせる。鼻を高々と上げたり、お坐りをしたり、寝そべったりする。マッサージもする。そして次はサッカー。

最後はお絵描き。七〜八頭の子象が鼻で筆をつかみ絵を描いていく。花の絵や木の絵が多いが風景画を描く子象もいる。結構器用だ。描かれた絵は千六百バーツ（約四千八百円）から六千バーツ（約一万八千円）ほどで買うこともできる。

近くで見ていたのでわかったのだが、象使いが横から細かく指示を出している。この色で縦線を引けとか、ここを緑で塗れとか、指示されてそうしているのだ。つまり、象は自分が花を描いているとか、風景を描いているとか自覚していないのだと思う。そうと気がついて、わからないままうまく絵を描いてしまうことに感動した。

主に芸をするのは若い象だそうだ。三十歳以上になると細かい芸ができなくなるので乗り物として使われる。

途中のゴルフ場にあるホテルのレストランでビュッフェ方式の昼食をとった。そのあと、いったんホテルに戻って休憩。

午後四時にホテルを出発してコムローイ祭り（イーペン祭り）に向かう。会場はメージョー大学の敷地内だ。気になったので調べてみたが、日本の名古屋にある名城大学とは何の関係もないタイの大学だった。

コムローイ祭りは、陰暦の十二月の満月の日（イーペン）に行われるローイクラトンという仏教のお祭りのひとつである。川の恵みへの感謝の気持ちを表し、自らに宿る穢《けが》れを濯《すす》ぐため、ろうそく、線香、花で飾られた灯籠《クラトン》を川に流す。たくさんの灯籠が水上に浮かんだ天の川のように幻想的で美しい祭りだ。

このローイクラトンは全国各地で行われるが、チェンマイではコムローイ（天灯）も飛ばすため、コムローイ祭りと呼ばれる。コムローイは紙で出来たランタンのようなものだ。コムローイを飛ばすのはお釈迦様がいる天国に気持ちが届くようにというためだ。

　このメージョー大学で行われる祭りの主催者はプロではなく、スタッフは大学生で、売り上げは山岳少数民族の子供たちの奨学金にあてるのだそうだ。

　祭りの参加者は千五百人ほどでそのうち千三百人が日本人だそうだ。

　五時頃に登録を行うと女性たちが花で作ったレイをかけてくれて、タイの布製のバッグに入ったお土産をくれる。会場手前の広場では踊りや歌でもてなしてくれる。サンドイッチやライチジュース、少数民族のお菓子などの食べ物も置いてある。

　六時頃会場内に入り席に着く。前にはステージがあって大きな半月形の明かりが灯《とも》っている。まずコムローイの飛ばし方の実演があった。次に黄色い衣をまとった僧侶たちが現れステージに着く。一時間ほどの説法と読経がある。

　コムローイは一人に二つ配られている。所々に立っている松明《たいまつ》に火が入れられ、そこにコムローイをかざし燃料に火を点《つ》ける。松明の火でコムローイが燃えるのではないかと心配したが、案外燃えにくい紙でできていてそういう事故はなかった。燃料が燃えてコムローイが大きく膨らんだら、合図に合わせて手を放すと、千五百以上のコムローイがいっせいに空へと上がっていく。それはオレンジ色の光に包まれた神秘的で夢のような光景だった。二つ目も同様に飛ばす。少し風に流されながらすうーっと空に消えていく。

その後、灯籠をもらいろうそくに火を点けて大学内の池に浮かべる。九時頃に祭りは終了した。

夕食は帰りのバスの中でお弁当。ホテルに戻った。

十日目はチェンマイ市内のお寺巡りだ。

最初はワット・チェット・ヨート。一四五五年にランナータイ王朝九代目のティロカラート王により建立された。一四七七年にはランナータイ国中の僧侶を集めた仏教会議が開かれたことでも知られている。

チェット・ヨートは七つの仏塔の意味で、大きい一つの仏塔を囲むように六つの小さい仏塔がある。仏教の聖地インドのブッダガヤのマハーボディ寺院を模したとされ、インド仏教美術に影響を受けた彫刻がほどこされている。

次はワット・ドイ・ステープ。市内から十六キロメートル離れた標高千八十メートルのステープ山の山頂に建っている。一三八三年六代クーナ王により建立された。タイ北部で最も神聖な寺院といわれている。

門を入ると両側をナーガ（蛇神）に守られた階段（三百六段）がある。二十バーツ（約六十円）払ってケーブルカーで登ることもできる。

「上りはケーブルカーで行き、下りは歩いて下りましょう」

と妻に言われ、やれやれ助かったと思う私であった。

ワット・ドイ・ステープの仏塔

眩《まばゆ》いほど金色に輝く高さ二十二メートルの仏塔には仏舎利が納められ、今も人々の信仰を集めている。仏塔の脇にはランナータイ王朝風の黄金の傘が立てられている。

寺院のテラスからはチェンマイの市内が一望できるが、この日はあいにく霞んでいてぼんやりとした景色だった。

ビュッフェ方式で昼食をとる。

午後はワット・プラシンから。チェンマイ市内で最も大きい寺院だ。

一三四五年に第五代パユ王により建立された。初めはワット・リーチェンプラと呼ばれていたが、後に第七代セーンムアンマー王がチェンライからプラシン仏を迎え入れてから、ワット・プラシンとして市民の間で親しまれるようになった。

プラシン仏に現在境内の奥にあるウィハ

ーン・ラーイカムというこぢんまりした礼拝堂に祀られている。

見どころは十四世紀から残っている木造の美しいお堂。内部には仏陀の生涯や地方の人々の暮らしの様子が描かれた壁画が色鮮やかに残っている。

次はワット・チェン・マン。一二九六年にメンライ王によるチェンマイ遷都の時に建立されたチェンマイで最も古い寺院である。かつては王の宮殿として利用されたこともあった。典型的なタイ北部のスタイルである。

本堂には珍しい大理石の仏像「プラ・シーラー・カオ」と水晶の仏像「プラ・セータン・カマニイー」が安置されている。本堂内部は色鮮やかな壁画で覆われている。基部を十五頭の象の彫刻で支えられた方形の仏塔もあった。

以上でチェンマイの観光は終わりだった。いったんホテルに戻り、夕方の帰国の便（バンコクで乗り換え）に乗るためにホテルを出るまでは自由時間だった。

タイの印象を妻と語りあい、結局いちばん印象に残ったのはいっぱい見た象と、コムローイ祭りの夜空に浮かんだコムローイだったなあと、話がまとまった。

実はタイでは私たちが帰った翌日から全国的に大規模な反政府デモが始まったのだが、それにぶつかることなく無事に帰国できたのである。

第三章　ラオス

1

東南アジア巡り三か国目はラオスである。ラオスは共産主義国だときいているが、それ以外の知識はひとつも持っていなかった。

自分の目で見て知っていくしかない。

二〇一四年の二月の旅だった。成田から出発してベトナムのホーチミンで乗り継ぎ、ビエンチャンに着くと午後七時二十分だ。空港でラオスの通貨キープに両替えをした。一ドルが八千キープだった。バスに乗り、午後八時頃にビエンチャン市内のホテルに到着した。

空港から市内への道の周辺には、ゴルフ場、ビール工場、タバコ工場などがあった。現地ガイドのティーさんがつたない日本語で情報を教えてくれる。ゴルフ場は主に韓国人が経営している。ベトナム人が経営しているところもある。プレー代が高いのでラオス人はゴルフをしないのだそうだ。

ラオスのビールは昔はまずかった。フランスやドイツの会社ができてから、おいしくなったのだそうだ。代表的なビールは、ビア・ラオで、タイ旅行の時にラオス側に来て買ったものもビア・ラオだった。レギュラー、ダーク、ゴールドの三種類があるのだとか。国際コンテストで金賞を受賞したこともあるそうで、確かにおいしいビールだ。ビア・ラオは一日四万五千ケース作っている。五パーセントは輸出もしている。

若い人はビールを飲み、年配の人はアルコール度数四十五度の地酒を飲むのだそうだ。

さて、観光は二日目から始まる。ホテルで朝食をとったあと、ビエンチャンの市内観光だ。ツアーのバスは韓国製の中古が多いが、ハングルがそのまま書いてあるようなことはなく塗装しなおしてあった。

ティーさんがいろいろな話をしてくれたが、どこの国へ行っても現地ガイドの話というのは大ざっぱだ。そして、ジョークのつもりでムリなオチをつけたりすることが多い。その話をまとめてみると、ラオスは日本の本州ほどの国土面積の国だ。人口の約半分を占めるのが低地ラオ族、残りは四十八の少数民族からなる。

宗教については、低地ラオ族は主に上座部仏教を信仰し、他の少数民族は霊魂や精霊信仰で寺を持たない。

ビエンチャンの人口は約七十万人。十二〜三年前からビエンチャンでは道路が舗装され、高いビルが建つようになり街は大きくなった。

でも郊外に行くと未舗装の赤土の道が多く、バイクに乗ると髪や眉が赤くなる。それをラオス人はフランス人になったと冗談を言う（現地ガイドのジョークだ）。

交通事情はバスとソンテウという乗合タクシーと、トゥクトゥクという三輪タクシーが主体である。車は韓国のヒュンダイが多い。バイクは中国製だが六か月で壊れる。みんなビールを飲んで運転したり、信号を守らなかったりマナーが悪い。

女性は髪を伸ばす。学生は短くすると先生に怒られる。シンという巻きスカートをはく。シンは学生の制服にもなっている。シンにも模様や丈の流行があるそうだ。ミニスカートが流行《はや》った時はかなり短いのをはいたそうだ。

メコン川の水量を生かした水力発電をしていて、電力は豊富でタイなどへ輸出をしている。

さて、ブッダ・パークというところに着いた。正式名称はワット・シェンクワンというのだそうだ。ビエンチャンからメコン川下流方面に三十キロメートルほど行った郊外にある。

一九六〇年頃にルアンプー・ブンルア・スラリット師というお坊さんによって作られた、多くの仏像が無造作に置かれている公園だ。

たくさんの仏像があり不思議な雰囲気を漂わせている。仏像だけでなくヒンズー教の神々の像もある。宗教のテーマパークという感じだ。

巨大な寝仏がある。四面に顔を持ち、腕を放射状に広げているなんとも奇妙な像は遊園地の遊具のようだ。入口が恐ろしい顔になっている巨大南瓜《かぼちゃ》のようなオブジェは地獄、

ブッダ・パークの仏像

現世、天国を表しているそうで、中の階段を通って屋上のテラスに上ることができる。

所狭しと並んだコンクリート作りの何十体もの像たちは黒カビにまみれていて少し薄気味悪いがおかしくもある。

スラリット師は一九七五年にタイに亡命しメコン川の対岸にもこれと同じような寺院を建設しているそうだ。

私はため息まじりにこう言った。

「これはどう見たって、ゲテモノ仏像パークで、文化的価値はそう高くないよな」

「そうねえ」

「なのに、こういうものほど記憶に長く残っちゃうんだよなあ」

そういうちょっと困った公園であった。

次に、友好橋に行った。一九九四年四月八日に完成した、タイとラオスの国境のメコン川に初めて架けられた橋だ。全長千百七十四メートル、幅十二・七メートルで中央に単線の線路が敷かれ、両側に車道があり、端に歩道もある。橋の両岸には出入国管理所が設けられている。

鉄道が敷かれたのは二〇〇九年三月で、タイ側のノーンカーイと、ラオス側のターナレーン間を一日二往復している。列車はタイ側から来るだけでラオスは列車を持っていないそうだ。ラオスには鉄道がないのだ。今後作る予定はあるそうだが。

橋ができる前はここには渡し船があったそうだ。国境付近に住む人々は互いに相手国の言葉が話せる。ラオス語とタイ語は似ているのだそうだ。

対岸へ行くのには列車のチケットがあればよい。ラオスの人は対岸のタイへ行って買い物をするのだ。バンコクへ行くにはパスポートがいるし、長期滞在するにはヴィザが必要となるのだが。

橋を半分ほど渡ったところでタイ方面から列車がやって来た。カラフルに塗装された列車はゆっくりとしたスピードで通り過ぎていった。

橋の中央にはラオスとタイの国旗が揚げられ、それより先に行くにはパスポートが必要だ。

友好橋はラオスとタイで作ったのだが、友好橋からビエンチャン空港までの道路は日本のＯＤＡで作られた。もっと下流にもうひとつの友好橋があるがそれも日本のＯＤＡ

で作られたものだ。

橋から下を見ると、河川敷では鶏を飼っていた。それは闘鶏用の鶏だそうで、一羽がバイク一台と同じ値段なのだそうだ。

バスでビエンチャン市内へ戻ることにする。

ビエンチャンに着きタート・ルアンの観光をした。ビエンチャンのシンボルであり、ラオス仏教の最高峰の仏塔でラオスの象徴ともいえるところだ。

伝承では三世紀頃、インドからの使いの一行が釈迦の胸骨を納めるために作ったとされる。

一五六六年、ルアンパバーンからビエンチャンに遷都したセーターティラート王の命により建設された。

一八二八年にシャム（タイ）の侵攻を受け損傷したが、一九三六年に改修されて現在の姿になった。外壁は一辺が約八十五メートルの正方形で、その中に一辺約六十メートルの土台があり、その上に全面金色に輝く雄大な仏塔が建っている。見事な黄金の塔だが、金ピカ具合はミャンマーやタイの寺院と比べると少し弱いような気がした。

十一月（旧暦十二月）の満月の日には、ラオス最大の祭典であるタート・ルアン祭りが行われる。ラオス仏教の信者にとって最も重要な仏教行事で、一週間前から様々な出店が並び、タート・ルアンがライトアップされる。最終日には早朝から人々が集まり、読経と托鉢が大々的に行われるのだそうだ。

門前に小さな籠に鳥を入れて売っているおばさんがいたが、それを買って鳥を放してやると幸せが訪れると信じられているのだ。

表から寺院の敷地内に入り、裏に抜けるとセーターティラート王の像があった。あたりは広々とした空間で、隣には国会議事堂があった。

次にアヌサワリー（パトゥーサイ）に行った。一九六七年建設の戦没者慰霊塔である。パリの凱旋門《がいせんもん》をモデルに建てられたというが、上に三つの小さな塔があるところはアジアっぽい。完成しているように見えるが内部は未完成だそうだ。ただし内部の天井画は美しかった。

アヌサワリーとは記念碑という意味で、現在はパトゥーサイ（勝利門）と呼ばれているようだ。周囲は公園になっていて大勢の観光客がそぞろ歩いていたり写真を撮ったりしている。地方から出てきたラオス人が必ず訪れるスポットなのだそうだ。

普段は上の展望台に上れるのだが、この日は何かの行事のせいで上ることができず、残念だった。

「でも、上ってみれば階段がきつかった、と音をあげるのよ」

と妻には言われてしまったが。

次にタラート・サオを見物した。タラートは市場、サオは朝で、朝市の意味だが、ここは夕方まで開いている。そして実態は、高低二つの建物からなっている大型ショッピング・センターだった。

生鮮食品以外のあらゆるものを売っている。低いほうの建物が旧館で、小さな店がびっしりと並び、タマリンドやマンゴスチンなどのフルーツ、干し魚、もち米を蒸す籠、民芸品、文房具、化粧品、生活家電、シンの布、Tシャツ、貴金属などが売られている。しかし、生活雑貨のほとんどはタイや中国からの輸入品のようだった。高いほうの新館では衣料、雑貨、CD、DVDなどが売られている。商品は豊富だった（輸入品だが）。

その後、レストランへ行き昼食をとった。ご飯はもち米の赤米を蒸したもの。ラオスでは普通のご飯の時もあったが多くはもち米だった。白いもち米、赤米のもち米、その二つのミックスなどが出てくる。もち米が出ることは聞いていたので胡麻塩を持っていったのだが、皆さんに大好評だった。

ほかには、カオ・プーという麺、エビと野菜のてんぷら、揚げ春巻き、揚げ魚の甘酢餡、チキンカレー、野菜炒め、柿のような梨のようなフルーツといったラオス料理が出された。

先走って書いてしまうと、ラオスの料理は南部ではタイ料理に近くて私たちには食べにくく、北部では薄味でさっぱりしていて食べやすかった。ビエンチャンはその中間というところ。でも、もち米が出るので何も食べられなくて困る、ということはなかった。

ワット・シーサケートの回廊

2

午後はワット・シーサケートの観光からだった。ビエンチャン最古の寺院で、一五五一年にセーターティラート王により建設が命じられたと伝えられる。

現在の建物は一八一八年アヌ王により建設されたものだそうだ。市内の寺院で唯一建設された当時の姿を保っている。回廊に囲まれ、本堂の周囲に広縁を持つビエンチャン様式の建物なのだとか。

本堂には二千五十二体の仏像があり見事である。回廊の壁には三千四百二十の小さな穴が彫られていて、二体ずつ仏像が納められている。そのほとんどは打ち続く戦乱により、目にはめられていた宝石類や頭部の金属細工などが奪われてしまっている。でも、ずらりと並んだ穴ごとに二体の仏像があるのは見事であった。

　次にワット・ホーパケオに行った。

　一五六三年にセーターティラート王の命により建立された。ビエンチャン遷都の折、エメラルド仏（パケオ）をルアンパバーンの旧王宮から移し安置するために作られたのだ。

　当初は王の祈りの場として建立された寺院であったが、一七七八年シャムとの戦争により建物は焼失し、エメラルド仏は持ち去られた。

　一九三六年に現在の建物がフランスによって再建されたが、当初のデザインが残っていなかったため異なるスタイルになったのだそうだ。現在は博物館として使用され、国内各地から集められた仏像が並べられている。

　現地ガイドが、ここはエメラルド仏を祀るためのところで、寺ではなく祠だと言っていた。

　私は首をかしげて言った。

「エメラルド仏って、タイのバンコクで見たあれのことなの？」

「そう。ワット・プラケオにあったあれよ。あれはあちこちを転々としている仏像なの」

妻の言う通りで、あの仏像は初めスリランカにあったそうだが、次にアンコール・トム、そしてアユタヤ、カンペーンペット、チェンライ、チェンマイ、ルアンパバーン、ビエンチャン、トンブリー、バンコクと移動しているのだそうだ。時に戦争の戦利品として、時に遷都などによる平和的移動で。

さて、これでビエンチャンの観光は終わりである。バスでロングドライブをして、バンビエンに向かう。

途中の道に少数民族の住む村が点在している。ラオ族とカム族が一緒に住む村もある。ビエンチャンでは一般的な給料は一万円くらいである。これでは一人では生活できないため、大家族で暮らす。果物の木を植え、鶏や牛、水牛などを飼って半自給自足の生活をする。地方に行くと完全な自給自足生活だそうだ。

山道を進むうち、突然道路沿いに干し魚の屋台が数十軒並んでいるところが現れた。電気を明々とともして大量の干し魚を売っている光景は壮観だ。ワイモー村の付近だという。

山の中になぜ干し魚なのかといえば、ダム湖ができて淡水魚が獲《と》れるからだそうだ。魚の種類は非常に多い。長距離バスが止まって土産に買うので一日中商売をしているのだそうだ。売り手は女性が多く、赤ん坊を背負っている人もいる。生魚も少しはあった。

午後七時頃、バンビエンのホテルに到着した。

夕食は白いご飯だった。川海苔《かわのり》と豆腐のスープが出たが、外国で海苔が出たのは初めてである。海苔は香りがよく、さっぱりしていてとてもおいしかった。きけばモン族の料理だという。

さて三日目が明けた。ホテルの部屋の目の前にナムソン川を挟んで、ラオスの桂林《けいりん》といわれるバンビエンの岩山が見える。麓には赤い屋根のバンガローがいくつも並んでいて、美しい景色だった。

ナムソン川へ行き、二人乗りのモーターボートに乗りこみクルーズをした。川の景色を眺めて楽しむという趣向だ。清流の向こうに奇岩がそびえ、木々が茂りとてもきれいな風景だ。

手すりもない華奢な木の橋がいくつも架かっているが、驚いたことにその上を車や自転車が渡っていく。あんな橋歩いて渡るのだってこわいのに、と思った。

川辺の家々は粗末な木造で錆《さ》びたトタンや椰子の葉で葺いてある。牛が水辺で水を飲んでいた。

対岸で船を下り、タムチャン洞窟に行った。百四十七段の整備された階段を上ったところにある鍾乳洞だ。

鍾乳洞の中はライトアップされていて、様々な鍾乳石が次々と現れる。「托鉢」「きのこ」「仙人の椅子」「太鼓」などの名前がつけられている。

奥のほうに仏像が祀ってある。ベトナム戦争の時、ここはお寺として利用されていたのだ。

「でも、やっぱり洞窟は好きじゃないな」

と妻が言う。これまでに、ヨルダンでも、ハンガリーでも、スロベニアでも大きな鍾乳洞を見物したが、閉所恐怖症気味なところがある妻は洞窟嫌いなのだ。

ラオスとベトナムの国境地帯にある多くの洞窟は、ラオスの共産主義革命勢力の要人が隠れていたのでアメリカ軍によって爆撃されたのだそうだ。バンビエンには米軍基地の跡があり、今では空き地になっているのだとか。バンビエンは北部山岳地帯への攻撃、物資輸送の拠点として駐留米軍の基地が置かれていたのだ。

現地ガイドはベトナム戦争のことをアメリカ戦争と呼んでいた。戦争はベトナムだけでなく、ラオスやカンボジアでも行われていたのだ。ラオスにも多くの爆撃が行われ、地雷が埋められた。

私は、ベトナム戦争の時にラオスも戦場だったというのを、ここできいて初めて知った。

ベトナム戦争の陰にもうひとつの戦争があったのだ。自分の無知をちょっと恥じた。

洞窟観光の後出発して、今日の目的地シェンクワン県の県庁所在地ポーンサワンまで行く。ランチを挟んで八時間の道のりだ。

その途中にはモン族、アカ族、カム族が住む村が多い。特にモン族が多い。ラオスのモン族はタイ南部に住んでいるモン族とは別で、中国から移住してきた民族だ。主に高地に居住する。ラオスには四十五万人のモン族が住む。

ベトナム戦争の時、アメリカ政府がインドシナの共産化を防ぐためにモン族を雇用し、パテト・ラオ（一九五〇年代から七〇年代にあったラオスの共産主義革命勢力）と戦わせた歴史がある。そして、共産側が勝ったので二十万人のモン族がアメリカに渡った。今では彼らはアメリカからラオスの親戚に仕送りをしているのだそうだ。もうひとつの戦争の名残りである。

モン族は他民族と結婚しないので顔立ちが皆似ている。結婚は十二～十五歳でする。十八歳になると晩婚とされる。

正月に民族衣装を着て男性が女性にボールを投げる祭りがある。結婚相手を決めるために行われるもので、女性は投げてきた相手が好きだった場合は投げ返し、嫌いな場合は他の人に投げる。

略奪結婚もあり、略奪して三日経《た》ったら女性の親に謝りに行って結婚する。女性には断る権利がない。

アカ族はラオスのほかタイ、ミャンマー、中国の山岳地帯に居住し全体の人口は十五万人ほどだ。ミャンマーに多く住んでいる。

祖先崇拝と精霊信仰を行う。銀をあしらった女性の被り物が特徴。陸稲《おかぼ》を焼畑農業で作る。

子供を産む時は森林に入る。双子は縁起が悪いとされ、生まれた場合、一人を殺してしまう風習があった。今では養子に出すそうだ。高床式の家に住む。

カム族はラオス北部を中心に居住するモン・クメール語族系の民族だ。山腹ラオ族のほとんどがカム族。タイや中国の雲南省にも住んでいる。カム族の家も高床式。

カーシーという町の標高千五百メートルの峠にある見晴らしのよいレストランで昼食をとった。デザートにミカンが出たが、甘味はあるものの水分が少なくあまりおいしいとはいえなかった。

プーランチャン村でモン族の家を見せてもらった。粗末な木造の家で屋根は藁葺きだ。高床になっている建物は倉庫だそうでネズミ返しがついていた。住む家のほうは屋根が低く、中は土間で窓がない。窓がないのは高地なので夜寒いからだ。中央に炉があった。

人々は主に外で作業していた。この日は鶏を飼う丸い籠を編んでいた。

子供たちも外で遊んでいて、着ているものは豊かではないが、中には手の込んだ美しい刺繍がほどこされた民族衣装を着ている子もいた。足元はゴム草履かサンダルだ。

プースン村へ行き、日本のイオングループが建てた小学校を見物した。コンクリート製の平屋の校舎で、五～六個の教室が並んでいる。木の机を向かい合わせにして木の椅子に坐り勉強している。先生は一人で何クラスも見て回っている。紙や鉛筆は行き渡っているようだった。

子供たちは人懐っこく、手を振るとニコニコと振り返してくれる。少数民族の子供は可愛い子が多い。

イオングループの他にも、ライオンズクラブやＮＰＯなどもラオスに学校を作る運動をしているそうだ。

ここからシェンクワン県までは山道で景色がいい。もう焼畑をしている畑もあった。青空トイレと村の茶店で二回のトイレ休憩の後、バスの中から美しい真っ赤な夕日を眺め、暗くなってからポーンサワンのホテルに到着。ホテルで夕食をとり、この日は終了だった。

3

四日目の朝をポーンサワンのホテルで迎えた。朝食後ホテルを出発する。このあたりは標高千五百メートルほどで朝は肌寒い。

ホテルの周辺では焼畑が始まっている。三月になると周辺は火だらけになるそうだ。

ポーンサワンはジャール平原観光の拠点となる町である。シェンクワン県はモン族の人々が多く暮らしている。モン族は精霊信仰なのでここには寺が少ない。

ポーンサワン・マーケットから観光が始まった。ここは朝から賑わうマーケットでたくさんの小さな店が並んでいる。様々な野菜、色つやのよい果物、生きている淡水魚、切られて台の上に直に置かれた肉、檻《おり》に入れられた生きている野生動物（食用である）、麺、調味料などの食料品の店、衣料品店、靴屋、生活雑貨の店、不発弾を素材にしてスプーンなどを作り売っている金物屋、もち米を蒸す籠やざるを売る店、食器店、調理用品の店、鋤《すき》、鍬《くわ》などの農業用品の店、などなど品物も店も豊富で、この地域に住むラオスの人々にとっては、ここに来れば何でもそろうという感じだ。

衣料品、生活雑貨、調味料などは中国製かタイ製のものが多い。ラオスには水力発電くらいしか工業がなく、軽工業もないのだ。

中には大きなスペースに食堂の並ぶ一角もある。朝食をとっている人もかなりいた。見てみるとご飯や麺の上におかずののった料理が多い。しかし皿などの食器類やテーブルに敷いてあるビニールのクロスなど、あまり衛生的とは言えない感じだった。

二日目のランチで出た、柿のような、梨のようなフルーツの名が、マングスだとわかった。

再びバスに乗りジャール平原に行く。ジャール平原はラオスの巨石文化の遺跡が残り、考古学上も重要な遺跡だ。

広々とした草原に無数の巨大な石壺が転がっているという不思議な風景を見ることができる。

ここは一九三一年にフランス人の考古学者コラニーによって発見された。ジャールとはフランス語で壺の意味である。

石壺群はシェンクワン県内に約六十か所あり、壺の総数は千個以上とも一万個以上とも言われているが、ジャール平原で現在までに発見されているのはサイト6まで。サイト1からサイト3までが見学できる。

ジャール平原にはアメリカ戦争の時、大量投下された不発弾や地雷が埋まっているので、まだすべてを観光することはできないのだ。

サイト1からサイト3までを見学するのにも決められた道を歩かなければならない。草原には爆弾が炸裂《さくれつ》した時にできたクレーターが点在しているのだ。

いつ、何のためにこの遺跡が作られたかはまだ謎だそうで、コラニーによる最初の発掘の時すでに壺の中は多くが空っぽだったが、いくつかの壺の中には人骨やガラス玉が残っていたそうだ。また周辺調査によって土器片や石器、腕輪や首飾り、鉄製のナイフなどが出土していることから、石壺は遺体を埋葬する石棺であるとの説が有力だそうだ。近くには遺体を火葬したといわれている洞窟もある。

さらに、一九九四年に日本人考古学者新田栄治氏による発掘調査が行われ、石壺の下にも埋葬の層が発見され、ここは紀元前五〇〇年頃から埋葬の地だったことがわかったのだそうだ。石壺は一五〇〇年前頃から墓として使われるようになったらしい。

一方ラオスの伝説では、かつてこの地方には巨人が住んでいて、この石壺に酒を貯蔵したともいわれている。

いずれにしても、近くに石切り場もなく、これだけの石材をどこからどのようにして運んだか、その大事業をなしえた人々はどのような文化を築いていたかなど、まだわかっていないことが多いのだそうだ。

サイト1を見学した。ここが一番大きい石壺が並んでいる最も広いエリアだ。石壺の最大のものは高さ三・二五メートル、直径三メートル、重さ六トンだ。全部で三百三十一個の石壺がある。蓋はほとんど失われているが、いくつか蓋のある石壺もある。低い丘に大きな石壺がごろごろと転がっている。上を向いているものもあるが、ひっくり返っているものや、壊れてしまっているものもある。石は濃い灰色に白い斑点のあるもので、形は上部がすぼまったものや円筒形のものがある。大きさも様々だ。それらがいっぱい転がっている様はなかなかの迫力である。

爆弾投下によるクレーターの横を歩いて洞窟に行く。ここはアメリカ軍から隠れて火葬した場所だ。洞窟内は黒ずんでいるが火葬の際に煤《すす》で染まった跡であろう。

さらに石壺を見ながら進んでいくと、開けた広場には少し小さめの石壺がたくさん並んでいる。円盤状の大きめの蓋が載っているものもあった。

小高い丘に登る。道がつけられていて、その途中にも一個だったり、二〜三個かたまったりして石壺がある。丘の頂上からは枯草の平原を見渡せる。

丘を下るとサイト1の入口に戻ってくる。

あたりの丘陵地帯にはほとんど緑がないが、アメリカ戦争の時に農薬爆弾（黄色い雨）が投下されたせいだそうだ。木や草が枯れ、作物も枯れ、家畜や水もダメになり食料がなくなった。もちろん人間にも多大な被害があった。

この町にパテト・ラオの指導者が隠れていたため、アメリカ軍の爆撃がひどかった。シェンクワン県には七万五千トンもの爆弾が投下されたという。

ラオスでは火葬が一般的で（少数民族は土葬）、アメリカ軍は火葬の火を察知して攻撃してくることもあったそうだ。

アメリカ戦争はハイテクのアメリカに、ローテクのラオスが勝った戦争だ。ラオスの戦争はベトナム戦争ほど報道されなかったので秘密の戦争といわれている。

ジャール平原で、古代の巨石文明である石壺群と、ほんの四十年程前のアメリカ戦争の空爆の跡を同時に見て、とても違和感を抱いた。文明と戦争を一緒に見させられたような気がしたのだ。

ジャール平原を後にして、少し時間にゆとりがあったので、おまけの観光として近くの織物工場へ行った。

シルク織物工場に着いて見学を始めた。このシルク会社は社長が女性で、郊外の貧しい人々に働き場所を提供しているのだ。現在四十五人の女性の従業員と五人の男性の従業員がいる。

ここは蚕を飼うことから始めて、糸を紡ぎ、手織りで布を織るところまでを行っている工場だ。

四十二ヘクタールの敷地の中には桑畑もある。作っている桑の八十パーセントはお茶にし、二十パーセントが蚕の餌用だ。

蚕棚のある建物がいくつかあって、そのひとつは研究所のようで、いろいろな成長段階の蚕や、繭になるまでを見せて説明をしてくれた。蚕を飼っている建物には他の虫が入らないように石灰が塗られている。

繭の八十パーセントは糸にして、二十パーセントは孵《かえ》して次の卵を取るそうだ。

次の建物では繭を煮て糸を採っている。それを紡いで一定の太さの糸にする。

隣の建物では染色が行われている。染料は天然染料を使っている。

最後の建物には手織機が何台も並び、女性たちが織物を織っている。出来上がった薄手の織物は非常に繊細できめ細かく、深い味わいの感じられるものだった。

ここに限らず少数民族の作る物も含めて、ラオスには美しい織物がたくさんある。最後に売店があり織物や桑茶を売っている。売店の前では桑茶を振る舞ってくれた。少し香ばしい香りのする味わい深いお茶だった。

そのあと移動して風が気持ちいい静かなレストランで昼食をとった。また川海苔のスープが出た。

食後、空港に行く途中にあるツーリスト・インフォメーション前へ。ここは閉まっていたが金柵の門越しに、敷地内に芯を抜いた大小の不発弾がいっぱい展示してあるのが見えた。

「ベトナム戦争の時、ラオスでも戦争してたなんて全然知らなかったね」

と妻が言った。

「うん。誰もそんなこと教えてくれなかったような気がする」

と私は言った。でもシェンクワン県にはそういうことがあったのだ。

ポーンサワンにはまだ多く残る不発弾の処理をする組織があり、爆発させて処理している。今でも事故が時々あり、亡くなる人もいるそうだ。

シェンクワン空港に行き、ビエンチャン行きの飛行機に乗る。シェンクワン空港は小さな空港だった。到着便の客を出迎えるきれいな民族衣装を着た三人の娘さんがいて、観光客たちの写真におさまっていた。

ツーリスト・インフォメーションに並べられた不発弾の殻

フライト時間三十分でビエンチャンに到着。ホテルに入った。

ビエンチャンの観光はもうすんでいるのになぜまた来たかというと、翌日朝早くの飛行機でラオス南部に行くので、ただホテルに泊まるだけのために来たのだ。

ホテルで夕食をとったが、伝統舞踊のショーを見ながらの食事だった。大きなお盆にラオス料理が一人前ずつ載せられて供された。

4

五日目は早朝にホテルを出発した。ビエンチャン空港からパクセー空港へ飛ぶのだ。飛行機には空港の建物から歩いて乗る。簡単な機内食（朝食）が出た。あっという間にパクセー空港に到着。

パクセーは人口十万人で、ラオス第二の都市であり、ラオス南部の中心的な街だ。このあたりは土地が平らで道路も広い。ベトナム人が多く住んでいる。

パクセーからサラワン県にかけてはコーヒーの産地で輸出もしている。パクセーでは米も作っているが輸出できるほどの収穫はない。

メコン川に架かるラオス・日本大橋を渡る。これは日本のODAで架けられたもので千三百八十メートルの長さがある。メコン川を渡る橋はラオスには四本あるが、三本はタイとの国境の橋で、ここだけは両岸ともラオスなのだとか。

雨期になると川の水は茶色く濁る。このあたりより南のメコン川には淡水イルカが生息している。

橋を渡った先にはカジノの建物が見える。メコン川沿いにカジノを作って人を呼ぼうという狙いなのだ。

ベトナム人の墓地があった。ベトナム人と中国人（華僑《かきょう》）は土葬なのだそうだ。

有料道路を走ったが、それは個人のもので通行料はバス一台五万キープ（約五百円）。ラオスの物価から考えるとやや高い。

一時間ほどでチャンパーサックという町に着く。このあたりはコーヒーやお茶の産地である。

十八～二十世紀にはチャンパーサック王国の首都だったが、最後の王がパクセーに遷都した。そこでガイドの説明が、昔はチャンパーサックの町は大きかったが、今は賑わいがパクセーに移った、というものになる。

ワット・プー遺跡に到着した。

山麓に遺跡の広がる山はプー・カオ山といい、「女性の巻髪の山」という意味だ。この山は山頂がリンガ（男性器）の形をしていることから聖なる山とされていて、リンガ・パルバータとも呼ばれる。しかし俗人の目には先がちょっと飛び出した山容から乳房のように見える。

ワット・プー遺跡はクメールの遺跡で最初は五～六世紀に造られたが壊されて、十一～十二世紀に造りなおされたとガイドは説明したが、詳しく調べてみるとこういうことのようだ。

五世紀頃ベトナム中部で栄えたチャンパー王国がメコン川流域にまで勢力を伸ばし、この地域に古代都市を築いた。その後十一世紀頃カンボジアのアンコール王朝が隆盛してきて、チャンパーサック王国との戦いを繰り返し、ここはアンコール王朝の土地となった。その時ここにクメールのヒンズー教の寺院が建てられたのだろう。初めはシヴァ神が祀られていたのだ。

ラオス最南部のこのあたりはカンボジアとの国境に近く、ここからアンコールの地まで古代のクメール街道で結ばれているのだ。

　十三世紀頃、この地はタイのラオ族に引き継がれ、寺院は上座部仏教の仏教寺院となった。

　ワットは寺、プーは山の意味で、山寺という名だ。二〇〇一年ユネスコの世界文化遺産に登録された。

　まずは遺跡の手前にある博物館に行く。靴を脱いで裸足で入る。

　ワット・プーから出土したものを展示した博物館だ。十一世紀頃から後のヒンズー教の石像が多い。

　リンガ、ヨニ（女性器）、ヒンズーの三大神シヴァ神（半分男性、半分女性）、ヴィシュヌ神、ブラフマー神、ヴィシュヌ神の乗り物ガルーダ、ナーガ（蛇神）、瓦などが展示されている。仏教が入ってきてから壊されたものも多い。

　カート（簡易園内バス）に乗り二つの四角い聖なる池（バライ）の間の道を走る。バライは大海を表すとともに稲作の灌漑《かんがい》施設としても利用されていたそうだ。クメール寺院には付き物の池だ。参道の手前でカートを降りる。

　参道の両側にはリンガをかたどった石柱が並んでいる。広い山麓の草原から山腹へと真っすぐに伸びている。

　少し上った所に参道を挟んで二つの宮殿が建っている。左の南宮殿と右の北宮殿だ。

二つの宮殿は似ているが微妙にデザインが違う。

さらに進むと急な階段の下に出る。ここではマークベンというバナナの葉とマリーゴールドの花で作られたラオス独特のお供え物を売っている。

急階段は両側にずらっとラオスの国花プルメリアの木が植えられている。階段は単に急なだけでなく、石組みがガタガタになっているところが多く足元が悪いので、まさによじ登るという感じだ。

上りきると中央の祠堂が現れる。祠堂にはヒンズーの女神や門衛神の像、柱や梁《はり》には美しいレリーフが刻まれている。

祠堂の中に入ると、どこかユーモラスな黄金の大仏が祀られていた。十九世紀になって祀られた像だそうで、今も人々の篤い信仰の対象となっている。

祠堂を出て左手の裏に回ると巨大な岩が洞窟のように張り出していて、その下側から水がしたたっている。この湧き水は聖なる水と信じられていて、頭から浴びたり、ペットボトルに入れて持ち帰る人が後を絶たない。

一方祠堂の裏から右手奥にはレリーフがたくさん見られる。ヒンズーの三大神の三神一体の像もある。そして明らかに文化や時代がもっと古いと思われる岩の形をうまく利用した象、人身御供の生贄《いけにえ》を入れたとされるワニ、折りたたまれた二匹のヘビなどが天然石に力強く刻まれている。

祠堂の前から参道のほうを眺めると、長々と伸びた参道、その向こうに二つの池、そして広がる平原が見渡せる。

「すごく広々としてのびやかな遺跡で、気に入っちゃった」

と妻は上機嫌であった。

帰りは急な階段を避けて、その両側に広がる草原の坂道を下ってきた。

再びバスに乗り、パーヴァン川の畔にある野ざらしの石仏のところで写真ストップをした。素朴でのんびりした顔の仏像で、オレンジ色の衣も新しく、この地域の人々の信仰の対象となっているのだろう。

メコン川が目の前に見えるレストランで昼食。南部の料理のほうが香辛料がきつい気がする。匂いも強めで、ちょっと食べにくかった。

食後はシーパンドーンを目指して出発。ラオスの最南部で、カンボジアとの国境に流れるメコン川に数千もの島々が点在する地方だ。

途中でトイレ休憩をとる。そこは二軒のお土産屋と公衆トイレのある場所で、トイレは有料（二千キープ〈約二十円〉）だった。

トイレの前に小さなテーブルとパラソルを出して、六歳ぐらいの女の子がトイレの使用料を受け取っている。その子が優秀で大きなお金やバーツ（タイの通貨）を出されても瞬時にお釣りを計算して返してくれる。そして四歳ぐらいの妹がトイレットペーパーの切ったものを渡してくれる。もうひとり二歳くらいの妹がいて、その子はバケツに水を入れて遊んでいるだけ。記憶に残る可愛い三姉妹だった。

　コーンパペンの滝に到着。コーン島という島があり、その周辺には島がいくつも集まっていて、その間は岩が露出し落差が何段にも重なっているのであたり一帯にいくつもの滝があるのだ。

　コーンパペンの滝はその中でも最大で最も迫力のある滝だ。その大きさは幅三百メートル、高さ十五メートルだ。瀑布《ばくふ》が大音響をたててあちらこちらに流れ落ちる大迫力の景色だった。この滝はラオスのナイアガラとも呼ばれている。

　滝は川幅いっぱいにあるように見えるが、島と川岸に挟まれた一部分でしかない。メコン川は広いのだ。

　そのメコン川はシーパンドーン地方ではたくさんの島が浮かび滝も多く、船の航行ができないのだ。それにしても、滝というのはつい写真を撮りまくってしまうところだ。

　滝観光の後、川を上流へ二十キロメートルほど行きフェリー乗り場に着いた。あたりは雑然としていて、ココナッツ売りのおばさんたちが地面に坐って斧《おの》でココナッツの殻を叩《たた》き、剝《む》いていた。

　船がやってくる。ポンツーンという平底船でバスも車も人間もいっしょくたに乗り込む。船はいっぱいになるとすぐに出発。あっという間に向こう岸（島）に着く。

船の上から、すぐ近くで架橋工事をしているのが見えた。その橋ができれば、この素朴な渡し船もなくなるのであろう。

着いた島がコーング島（コーン島とは別）だ。コーング島はシーパンドーン地方に約四千ある島のうち最大の島で南北二十四キロメートル、東西八キロメートルもあり、約一万人が生活している。

島に高床式の家が多いのは雨期になると水が上がってくるからだ。雨期には農業、乾期には漁業をし、牛を飼って生活する。

コーング島は元大統領の出身地だそうで、したがって文化的な町なのだそうだ。

「大統領が出たから文化的っていうのは変よねえ」

と妻は首をかしげていたが。

観光が盛んでホテルも多い島なのだ。

島の中心的な町であるムアンコーングのホテルに入る。ホテルの裏がメコン川だ。このホテルには猫の赤ちゃんがいっぱいいてうろついていた。

ホテルにて夕食。側に置かないでほしいような匂いのスープが出た。当然食べられなかったので後で食べた人に味をきいたら酸っぱかったそうだ。ここでも、赤いもち米とビールだけで乗り切る。ラオス南部の料理は私たち二人にはどうしても合わなかった。でも、もち米の蒸したものに胡麻塩をかければ十分にビールのつまみになって、なんとか乗り越えていけるのだったが。

5

旅の六日目をコーング島のホテルで迎えた。朝食後、八時にホテルを出発。再びフェリーに乗って対岸に渡らねばならない。コーング島の船着き場付近には粗末な店が何軒か並んでいて、衣類や生活用品などを売っていた。

人通りは少なかった。生きた鶏をいっぱいバイクに括《くく》りつけたお兄さんや、トヨタの中古トラックや、藁を山ほど積んだトラックと一緒にフェリーで対岸に渡る。

その後バスでナーカサン港に行った。ここからはデット島へのクルーズ船が出ているのだ。そこでボートに乗り換えたところ、エンジントラブルで動けない、という。別のボートに乗り換えてやっと出発することができた。

ボートでメコン川のたくさんの島々がある風景の中を行く。メコン川は雨期と乾期で大きく水位を変えるので、今見えている小島などは雨期には水面下に沈んでしまうのである。

二十分程ボートに乗って、デット島の港に到着した。メコン川のこのあたりは一八六四年頃からフランスが視察に入り、デット島の港は一九一四年フランス人によって作られた。フランス植民地時代に荷物の積み下ろしに使われた埠頭《ふとう》跡が残っている。

デット島はコーン島の北隣に位置する周囲七・五キロメートルの島だ。二十年程前から欧米のバックパッカーが多く訪れるようになり、バックパッカーの聖地と呼ばれている。そのためのバンガローがたくさんあり、ラオス最大のリゾート地だそうだ。

この島の道はほとんどが舗装されておらず、乗り物はトラックバスだ。土埃がひどくて、ナーカサン港の近くの店にカラフルなマスクがいっぱい売られていたわけがわかった。

私たちもトラックバスに分乗して出発する。のどかでのんびりした風景の中をしばらく走り、橋を渡ってコーン島に入る。途中貸自転車に乗った多くの欧米系バックパッカーとすれ違った。

ソンパミットの滝に着いた。ここは精霊が棲《す》む滝といわれている。

昔はリーピーの滝と呼ばれていた。リーピーとは魚を獲る簗《やな》のことだ。しかし戦争中、簗に遺体がたくさんかかったのでよくないイメージができ、名前を変えたのだそうだ。現在のソンパミットとは人々が出会う場所という意味である。

メコン川のこのあたりは十三キロメートルにわたっていくつもの島があり、その間は滝になっているところが多く、水の城塞と呼ばれているのだ。

滝は幾筋にも分かれていて、露出した赤茶色の岩の間のあちこちに白く泡立って流れ落ちている。落差はあまり大きくはないが、かなり広い範囲が滝になっていて、それを川岸に沿って見ることができるように、あたりは公園のようになっている。

ところどころに簗がかけてあった。材木と蔓で作った船底のような形のもので、今は中はゴミだらけだが、もう少し水位があれば魚がかかるのかもしれない。

次に鉄道跡と橋に行く。フランス植民地政府はメコン川の水運を利用していたが、メコン川はこのシーパンドーン地方で川幅を大きく広げ、無数の中洲《なかす》が散らばり、多くの滝を持つ地形となり、船の航行がままならないことで水運を妨げていた。そこでフランスは一八九三年、コーン島に鉄道を敷き、鉄道車両に船を乗せて運ぶことにした。当時の船は六トン位だったので鉄道で運べたのだ。

一九一〇年にはデット島との間に鉄橋を完成させ、蒸気機関車も導入した。線路はコーン島に五キロメートル、デット島に二キロメートルあった。ラオス初の鉄道である。

しかし第二次世界大戦で日本軍が進駐してきて、鉄道はわずか三十五年しか使われず、放棄された。

今は線路は残っていないが、蒸気機関車の残骸や橋が残されている。蒸気機関車の置かれた展示場には、鉄道のルートの地図や当時の写真が展示されていて興味深かった。

再びトラックバスに乗り、ボートに乗り換えてナーカサン港に戻る。そこからパクセ

ラオフィヤンさんの市場

ーの街までバスで移動した。
パクセーのレストランで昼食をとる。昼食の後はラオフィヤンさんの市場を見物。チャンパーサック県内はもとより、近隣の県からも多くの買い物客がやってきて大いに賑わうという大市場だ。ラオフィヤンさんという昔貧乏だったが、現在は成功してこの市場を経営する女性がいるのだそうだ。いきなりそれだけを聞かされても波瀾《はらん》の人生を想像することはむずかしい。大きな市場だと思うだけだ。
食料品売り場にはメコン川で獲れた大きな魚や、豊富な肉や野菜が並ぶ。衣類、生活雑貨、貴金属までなんでもそろう。近郊の村々で作られた織物や民芸品のお土産もあるので観光客もやってくる。
その後、パクセー空港に移動。十六時五

十分の便で北部のルアンパバーンに飛ぶ。飛行機の窓から焼畑の煙が見えた。十八時三十分ルアンパバーン着。

南部の島々や滝を見物していた旅が、いきなり北部の昔栄えた古都の旅にガラリと変化したわけだ。

ルアンパバーンの名は、ルアンが町で、パバーンは仏像の意味である。

まず夕食をとった。ラオス風のフランス料理のレストランだった。ちょっと珍しい食事である。

メインを、ポークソテー、グリルチキン、魚のグリル、パスタの中から選べるときいて、私の妻はこう考えた。

ポークは柔らかいかどうかわからない。魚は海なし国ラオスなんだから多分淡水魚、パスタは茹で加減が信用できない。そこへいくと、チキンはどこの家でも放し飼いで飼っているし、生きた鶏を運んでいる風景もよく見たし、鶏の姿もしっかりしていて多分味がいいのではないか。

「だからグリルチキンにする」

と言うので私もそれにつきあった。そうしたらとてもおいしくて大成功だったのである。

フランス料理といってても家庭料理風のものではあったが、食べやすくておいしい食事だった。そして、ここまではビア・ラオばかり飲んできたのだが、この店にはワインがあったので白ワインを頼んだ。満足できる味であった。

食事後、ホテルに到着して休む。

七日目は古都ルアンパバーンの観光ということになるのだが、その前にラオスの歴史を簡単にまとめておこう。

ラオスの歴史は一三五三年にラオ族のファーグムによって興されたルアンパバーンを首都とするラーンサーン国に始まるとされている。

しかしラオスには、ジャール平原の石壺群や、チャンパーサックのワット・プー（どちらも既に見てきた）など、それより古い遺跡があるわけだ。

ジャール平原の石壺群はラオスの先住民による集団墓地と推察されるもので、石壺が置かれたのは西暦五〇〇年頃かららしいが、それより以前の紀元前五〇〇年頃からそこは埋葬地だったという説もある。

それらを作ったのは中部ラオ族にあたるクメール系の人々であるといわれている。つまりラオスの先住民はクメール系であるというわけだ。

一説によれば彼らは石器時代、青銅器時代からラオスに住み、後に一部が南下してカンボジアでクメール王朝を作ったとされる。

一方、ワット・プー遺跡は十一世紀から十三世紀にかけてクメール人によって建てられた遺跡で、カンボジアのクメール王朝と同時代のものである。

ただしそれらは歴史的連続性を持っていない。それが古代から多くの民族が移動、居住を繰り返す土地であったラオスの特徴であり、ラオス史を語る上での難しさになっているのだそうだ。

また多くの民族が文字を持っていなかったため文字資料が残っていないこと、考古学的調査や研究も進んでいないことが、古い時代のラオス史に多くの謎を残しているのだ。

さて、低地ラオ族はタイ系の民族の一派で、タイ系の民族は十一世紀頃から中国南部から東南アジアの大陸部に移動してきた民族であるとされる。

低地ラオ族はメコン川両岸の稲作適地に定住し、ムアンと呼ばれる政治的まとまりを作っていった。

十四世紀になると、それらをまとめ、ルアンパバーンを首都としたラーンサーン国が成立した。ラーンサーンとは「百万の象」の意味だそうだ。ラーンサーン国は現在のラオスだけでなくタイ東北部をも版図とし、上座部仏教を国教とした。

ラーンサーン国が最も栄えたのは十六世紀の十六代の王セーターティラートの時代だった。セーターティラート王は一五六〇年、ビルマのタウングー朝の侵攻からの防御のためルアンパバーンからビエンチャンに遷都した。

ビエンチャンには王国の守護寺院としてタート・ルアンが造営された。またワット・

ホーパケオやワット・シーサケートなど多くの寺が建立された。

その後十七世紀のスリニャウォンサー王の時代に仏教文化の最盛期を迎えるが、スリニャウォンサー王の死後、王国は分裂状態に陥る。

一七〇七年にビエンチャン王国とルアンパバーン王国に分裂し、一七一三年にはビエンチャン王国からチャンパーサック王国が分離した。

十八世紀になるとベトナムやシャムが勢力を増す一方、ラオ族の王国は勢力を弱め、一七七〇年代には三王国ともシャムの支配下に置かれた。

その後、一八二七年と一八二八年にはビエンチャン王国のアヌ王が二度にわたってシャムに反旗を翻すが、シャム軍に捕えられバンコクで死去した。これによってビエンチャン王家は廃絶され、ビエンチャンの街は徹底的に破壊された。

このことはタイ側では属国の反乱ととらえられるが、ラオス側にしてみればシャムからの独立を求めた英雄的行為であり、語り継がれることになった。

十九世紀半ばのラオスでは、ビエンチャン王国はなくなり、チャンパーサック王国はシャムの属国に、ルアンパバーン王国はシャムとベトナム両方に朝貢する国になっていた。

ラオスの苦況はまだ続く。しかし、ここで歴史をひと区切りしよう。

6

ラオスの歴史の続き。

十九世紀半ば以降、カンボジアとベトナムを植民地としていたフランスが、ラオスに目をつけた。シャムに対してメコン川以東の土地を要求したのだ。フランスとシャムの交渉はなかなかまとまらず、最終的にはフランスが武力を行使して一八九三年シャムに要求を認めさせ、現在のラオスとほぼ同じ領域がフランス領ラオスとなった。

フランスはルアンパバーン王国を保護国とし、その他の土地は直轄領としてビエンチャンに首都を置いた。

しかしラオスは人口も少なく経済的発展も見込めない儲からない植民地とみなされ、フランスは経費をかけずに維持するという体制をとった。そのため鉄道や道路などのインフラ整備も行わず、教育制度の導入や医療の整備などにも消極的だった。

それでも、住民には様々な税が課せられ、特に少数民族にとってその負担は大変重いものだったので、彼らによるフランスへの抵抗が続いた。

第二次世界大戦が勃発すると、フランスはドイツに降伏し、弱体化したフランスは日本のインドシナへの駐留を認めざるを得なくなる。一九四五年三月、日本軍のもとでの「独立」をすると、フランスの植民地統治は一時中断する。

この頃からラオス独立を目指すナショナリズム運動が起こり、ラオス臨時人民政府が成立した。

日本が敗北して戦争が終わると、一九四六年フランスによるラオス再植民地化が始まる。ルアンパバーン国王を擁立し、ラオス王国を建国して実質的な植民地体制の維持をもくろんだ。

ラオス臨時人民政府はバンコクに亡命していたが、フランスにより解散させられる。しかしその一部が一九五〇年ラオス自由戦線を結成しフランスに抵抗する。

やがてフランスとの交渉により独立を得ようとする右派と、徹底抗戦により独立を勝ち取ろうとする左派（パテト・ラオ）に分裂し、ラオスは内戦に向かっていくことになる。

一九五三年フランスはラオス王国を完全独立させるが、左派の抵抗運動は継続された。一九五四年インドシナ問題解決のためにジュネーブ条約が結ばれる。ラオスではラオス王国と北部に集結する左派政府の両方が国際的に認められる。

その後、フランスが撤退し、代わってアメリカがラオス王国に軍事援助をすることになった。一方北部の左派政府にはソ連、ベトナムなどが援助を行い、東西冷戦が反映されることとなった。

一九五七年第一次連合政府が誕生するも、すぐに崩壊して内戦に突入する。一九六二年には第二次連合政府ができるが十か月しか持たなかった。

一九六四年にはアメリカ軍による解放区への爆撃が始まり、内戦はいっそう激化していく。一九六九年頃になるとラオス愛国戦線と名を変えた左派が軍事的に優位に立ち、王国政府に和平を呼びかけるようになる。

一九七四年第三次連合政府が成立しラオス愛国戦線の力が増すとともに、右派勢力は次第に瓦解していった。

一九七五年十二月、軍事行動なしにラオス愛国戦線に政権が移譲され、王制は廃止、ラオス人民民主共和国が樹立される。

こうして社会主義国となったラオスだが、経済は低迷し社会は混乱していた。一九九〇年代になって他の社会主義国と同様に市場経済化が進み始め、自由化、開放が促進されて現在のラオスとなっているのである。ここまでが簡単なラオスの歴史だ。

さて、今日はメコン川をクルーズしながらあちこちの見どころを見て回るのである。

八時四十分、船着き場から二十五人乗りのボートにゆったりと乗って出発した。朝なので寒いのだが、ボートが川風を切って進むので、一段と寒い。ありがたいことに、ボートで温かいコーヒーとお茶のサービスがあったので助かった。

メコン川は全長四千三百五十キロメートルあり東南アジア第一の河川だ。水源は中国のチベット高原東部、青海省の南部。南下してミャンマー、ラオス、タイ、カンボジアを流れ、ベトナム南部で海に注ぐ。このあたりのメコン川の川幅は六百〜七百メートル。ビエンチャンあたりで一キロメートル、南部に行くと一・三キロメートルもある。その三地方を私たちは全部見たわけである。行ったところすべてにメコン川が流れていた。

川は穏やかに流れているように見えるが、結構流れが速くて泳ぐことはできないのだそうだ。

川の両岸はのどかで緑豊かな山村の風景だ。流域にはモン族の村が多い。

十時二十分にサンハイ村に到着した。サンハイのハイは壺のことで、壺作りの村だった。後にその壺に入れて発酵させた酒作りが盛んになる。酒はラオ・ラーオというラオスの焼酎で、アルコール度数は四十五度だ。

船を下りて村に上がっていくと、川べりで大きなドラム缶を使ってラオ・ラーオを蒸留しているところが見られる。小瓶に入った酒が並べて売られている。中にはコブラやハブの焼酎漬けになったものもある。試飲もできるという。米から作った酒なので日本人の口にも合うという話だったが、ちょっと飲む気にはなれなかった。

村の奥に入っていくと土産物屋が並んでいる。最近はラオ・ラーオより織物のほうが売れるので酒作りをやめて織物作りに変える人が多いそうだ。そのため織物を売っていある店が多い。

村の中の細い道をたどっていくと寺に出た。こぢんまりとはしているが、赤と金で装飾されたかなり派手な寺だった。そこまでを観光して船に戻る。

再び船でクルーズして次のスポット、タムティン洞窟に行く。ここはルアンパバーン市内から約二十五キロメートルの地点で、ナムウー川がメコン川に流れこむところにある。パクウー洞窟とも呼ばれるのだそうだ。

二つの洞窟があり、下の洞窟は川に面して切り立った崖にくりぬかれたようにあるタム・ティン、そこから階段と坂を五分ほど上った先の上の洞窟はタム・プンという。タム・ティンには毎年四月のラオスの旧正月（ピーマイラオ）にルアンパバーンからお参りに来た人々が奉納した仏像がびっしりと並んでいる。仏像は増え続けていて四千体以上あるとか。仏像はすべてメコン川を見下ろすように並べられていて圧巻だ。仏像のスタイルは様々で、立像、坐像、涅槃像などいろいろだ。

タム・プンは内部が真っ暗で、洞窟の前では懐中電灯の貸し出しをしている。中に入ると真っ暗な中に仏像があちこちに点在している。金色の仏像が多い。最奥にはストゥーパ（仏塔）のようなものが安置されていた。

特に歴史的価値のある場所ではないが、今でも人々の信仰の対象となっている場所で、プリミティブな雰囲気が面白かった。

タムティン洞窟の内部

また船に戻りクルーズ再開。次はメコン川を眺めるレストランでランチである。

船を下りると河川敷には作物が植えられている。乾期にはこうして畑にするのだとか。誰が作ってもいいそうだ。

少し上ってレストランに到着。川よりはかなり高いところにあるが、それでも雨期には水没してしまうこともあるそうだ。

午後は再びクルーズしてサンコン村へ。ここは紙漉《かみす》きの村として有名だ。紙漉きの様子も見ることができる。道沿いには漉いた紙がたくさん干してある。土産物屋ではノートやランプシェード、ラオスらしい絵が描かれた紙などが売られていた。しかし紙は分厚く粗くて、ノートなどには適さない。

またこの村も織物の店が多くあり上質な

織物を作っている。店は織物工房を兼ねていて娘さんたちが機織りをしている様子が見られる。シルクとコットンの織物があったが、シルクのものは非常にきめ細かく繊細な模様が織り込まれており、コットンのものは大胆で面白い柄のものも多かった。

「こんな布、額に入れて飾るといいわね」

と妻が小さなシルクの繊細な布を指さし、土産としてそれを一枚買った。それは今うちのトイレに飾ってある。

その後、クルーズ船に乗りルアンパバーンに戻り、いったんホテルに戻る。

一時間ほど休憩の後再び出発。ナイトマーケットを見物するのだ。

毎日午後五時から十時まで、市内の目抜き通りであるシーサワンウォン通りを歩行者天国にして、道いっぱいに出店が並ぶのである。

出店しているのはモン族の人々が多く、彼ら独特のデザインをモチーフにした鞄《かばん》、袋物、クッションカバー、スリッパ、壁掛け、もち米を蒸す籠、手作りのお菓子などが売られている。デザートの屋台や、ラオスコーヒーの粉を売る店もあった。

広い通りのかなりの部分が、すべて店になり、敷物の上に商品が並べられている様子はとても賑やかだ。買いたくなるものはあまりないのだが、見て歩くだけで楽しくなってくるマーケットだった。これを毎日やっているのかと、感心してしまった。結局、コーヒーの粉を土産に買った。

ルアンパバーンのナイトマーケット

道路沿いのお寺がライトアップされていてきれいだった。

マーケットをじっくり見た後、ルアンパバーン料理のレストランへ行き夕食をとった。蒸したもち米、カオンイという麺、野菜料理が多く、味も南部に比べると優しくて食べやすかった。当然のように、ビア・ラオを楽しんだ。

7

八日目は早朝に起きて托鉢風景を見に行った。

ラオスの男性は修行できる年齢になると一度は出家して僧院で僧侶の見習体験の暮らしをする。期間は人それぞれで、現地ガイドくんはお祖母《ばあ》さんが亡くなった時、三日間だけ僧侶になったと言っていた。

僧侶になり勉強して大人になると還俗《げんぞく》して普通の職業につく。一方女性の出家は許されていないので在家信者がほとんどだ。ミャンマーやタイでは女性の僧侶も見たが、ラオスは違うのだ。

一九七五年、ラオス人民革命党は社会主義国家を作るが、仏教の目指すものと共産主義の理想は共存可能であるとした。一方で、僧侶も働いて稼いで食べてゆくべきとの考えから托鉢は禁止になった。

だが、在家信者にとって喜捨は魂の救済のための非常に重要な行為で、喜捨をすることで先祖の霊に食べ物を送り日々の暮らしを守ってもらうという考えがあった。そのため托鉢禁止は取り下げられた。

僧侶の食事は朝と昼の一日二回。正午から翌朝までは食事をとってはいけない。ただし飲み物はいいそうだ。

普通の托鉢はひとつのお寺の僧侶たちが五、六人で回っていることが多いが、ルアンパバーンの托鉢は観光化されていて、多くのお寺の僧侶たちが決まったルートを練り歩くそうだ。

メインストリートのシーサワンウォン通り、サッカリン通りに沿って近隣のたくさんの寺の僧侶たちがいくつもの列を作って托鉢して回るさまは壮観だ。

また観光客のために托鉢の時間も他の土地より遅く、日の出の時間に合わせているのだそうだ。観光客が写真を撮りやすいように配慮しているのだ。

そして観光客も喜捨できるように喜捨用の食べ物を売っている人々もいる。ご飯だけでなく、菓子なども喜捨するのだ。

ただし、観光客側もマナーを守ることを求められる。敬意を持って、近づきすぎず静かに見物することや、フラッシュをたかない、露出の多い服装を避ける、女性は僧侶に触ってはならない、などのルールがある。

托鉢を見物してから、一旦ホテルに戻って朝食をとった。

再び出発してルアンパバーンの市内観光へ。メコン川とナムカーン川が合流するところにあるルアンパバーンは、一三五三年から約二百年にわたりラーンサーン王国の首都として栄えた街だ。ラーンサーン王国が分裂した後も、シャムの属国だったり、フランスの保護国だったりはしたが王国としての命脈はなんとか保ってきた。

数十もの寺や、古い民家や店舗、フランスの保護国時代のコロニアル様式の建物が混じり合い、独特の雰囲気を持った落ちついた街だ。街全体が世界遺産になっている。

メインストリートにはしゃれた店やカフェがあり、路地に入ればラオス風の民家が並び、小さな寺がひっそりと佇《たたず》んでいる。欧米系の観光客が多く、日本でいえば小京都といった感じだ。

中国人も多く住んでいて中国人街もある。ほとんどが商店を営んでいるそうだ。

王宮博物館（国立博物館）に行く。博物館の建物はフランスの保護国時代の一九〇四年から一九〇九年にかけて、シーサワンウォン王の宮殿として建てられた。伝統的なラオ様式と、十九世紀にフランスで流行したボザール様式が融合した建物である。メコン川沿いに面する裏手にはかつて要人が船でやってきたときに出迎えた桟橋がある。

一九五九年に王が亡くなった後も王家の家族が住み続けていた。しかし一九七五年パテト・ラオ（現政権につながる）がルアンパバーンを掌握すると家族は北部に送られ、翌年博物館として開放された。

博物館の門を入るとすぐ右手にパバーン仏の祠がある。パバーン仏はラオスで一番貴重な仏像なのだそうだ。祠は二〇一三年にできたもので新しい。重なり合った屋根を持つ、金銀で装飾された豪華な建物だ。靴を脱いで中に入る。内部は撮影禁止。

向かい側にはインド叙事詩「ラーマーヤナ」をテーマにした伝統舞踊のショーの会場となっている。建物を背にしてシーサワンウォン王の銅像が建っている。シーサワンウォン王はラオス王国最後の王である。

正面の美しいプロムナードを進むと宮殿の入口がある。茶色い屋根瓦と真っ白な壁、正面の破風は赤と金で緻密な装飾がなされた瀟洒《しょうしゃ》な建物だ。ここでは荷物を預け、靴を脱ぐ。撮影は禁止。

儀式の間を通り抜けて、王の接見の間に入ると歴代の三人の王様の像があった。そのほか、謁見の間、王の書斎、王妃の間、王の間、子供部屋、食堂、書記官の間など、部屋がいくつもあった。王宮の裏には王家が使っていた車が展示されていた。

博物館の見学を終え、歩いて隣接したワット・マイへ行く。正式名称はワット・マイ・スワンナプーム・アハーンという。アハーンは美しい、スワンナプームは黄金の国土、マイは新しい、ワットは寺という意味だ。

ルアンパバーンの中でも最も美しい寺院のひとつである。一七八八年から一七九六年にかけて建立された。典型的なルアンパバーン様式の建物で五層の屋根を持つ。本堂正面の壁にある「ラーマーヤナ」や釈迦の説話をモチーフにした金色の装飾が印象的で素晴らしかった。

堂内も大変豪華で美しい装飾のほどこされた柱が並び、中央には黄金の大仏があり、その周囲には様々な仏像がたくさん並んでいる。その中に翡翠の仏像もあった。また、境内には石作りの祠がいくつも並び、その中にも金色の仏像が祀られていた。ここをちょっとゆったりと見物してから、バスで移動する。

次に行ったのはワット・シェントーンという寺院。そこへ行く参道には米で作った大きい煎餅が干してあった。そんなものは見どころではないのだが、やけに記憶に残ってしまう。

ワット・シェントーン

さて、ワット・シェントーンだ。ルアンパバーンはメコン川とナムカーン川の合流するところで、街の中心部は細長い半島のようになっている。その半島部の先端にワット・シェントーンはあり、ルアンパバーンを象徴する寺院なのである。

一五六〇年、セーターティラート王により王家の菩提寺《ぼだいじ》として建立された。かつて王族の神聖な行事に使用され、シーサワンウォン王もここで誕生した。

本堂は優雅で大胆に湾曲した九層の屋根を持つ建物で、屋根の傾斜はビエンチャンの寺院のものより緩やかだ。ワット・マイの五層の屋根も見事だったが、ここは九層の屋根だというのだから見ごたえがある。

本堂の壁面は赤地にガラスのモザイクで人々の生活の様子などが描かれ興味を引く。

本堂の裏側の生命の木のモザイクも見事だった。

境内には、赤堂、立像堂、霊柩車庫などいくつもの建物がある。霊柩車庫には一九六〇年に行われたシーサワンウォン王の葬儀で使われた霊柩車が納められている。霊柩車といっても底部に車輪がついてはいるが、いくつもの竜の頭部がついた船型の神輿のようなもので、大変豪華で葬儀の盛大さを偲ばせる。

この後、街のちょっと外側のレストランで昼食をとった。たまご焼き、パイナップルと豚肉の炒め物、ココナッツカレー、やきそば、菜の花炒め。食べやすいものだけを食べ、ビールを楽しんだ。

8

さて、午後は自由行動で、五時に王宮博物館の前で集合するまでは、めいめい好きなことをして過ごせばよい。

ホテルに戻ってマッサージをしてもらおうという人や、トゥクトゥクを雇って近郊へ行こう、なんて人がいる。

「どうやって時間を過ごそうか」

と言うと、妻はもう考えてある、という顔で言った。

「小さな街なんだもの、ガイドブックに載っているお寺を二人でいくつか歩いて見て回らない。歩けるでしょう」

もちろん歩けるさ、と私は答えた。

レストランを出発して、まずはほど近いワット・タートルアンを目指した。『地球の歩き方』の地図のページを開いて見当をつけて歩くわけだ。

ところが道を間違えて、小さなカフェのお姉さんに道を尋ねると親切に教えてくれた。ただしそのお姉さんの声がガラガラで、ゲイだとわかった。後でガイドにきくと、ラオスは結構ゲイの人が多いのだそうだ。きれいなゲイの人が多いようである。

ワット・タートルアンは一五一四年にビスンナラート王によって建立された寺院だ。一説にはインドから訪れたアショカ王の使節団が紀元前三世紀に建立したともいうが証明はされていない。現在の本堂は一八一八年にマンタトゥラート王により建設されたもの。

本堂と二つの大仏塔からなっている。本堂は白壁のシンプルな作りで、二段で構成された屋根はラオスでは珍しい。仏塔は金色に塗られたものと石作りのものがある。

ここは王家の火葬場として使われていて、最後のシーサワンウォン王の遺体はワット・シエントーンからここまで運ばれ、火葬した遺灰は金色の仏塔に納められた。

堂内にはルアンパバーン様式の釈迦像などが安置されている。裏手には修行僧の懺悔《ざんげ》小屋や水の女神ナン・トラーニの像がある。

次はワット・マノーロムに行く。サームセンタイ王の遺灰を納めるために息子のファーグム王が建立したと伝えられる寺院である。

十四世紀には高さ六メートル、重さ十二トンの銅製の仏像があったが十九世紀にホー族（中国雲南）の侵入で破壊され、現在の仏像は一九一九年に再建されたものだそうだ。

本堂はラオスの標準的なスタイルだが、とにかく大きくて堂々としている。壁や柱の装飾は赤と金で繊細にほどこされている。内壁は仏教世界を描いた壁画で埋め尽くされている。本堂も比較的新しいので再建されたものだろう。

次はワット・ビスンナラートだ。一五一三年にビスンナラート王により建立された。別名ワット・マークモー（すいか寺）とも呼ばれる。境内にある仏塔の形からそう呼ばれるようになったそうだ。

当時は四千本もの木材を使い、十二本の柱に支えられた高さ三十メートルにおよぶ豪華な木造建築であったそうだが、十九世紀のホー族の侵入により破壊され、一八九六年から二年かけて、サッカリン王によって再建されたのが現在の建物。

印象的な形の仏塔はタート・パトゥムといい、高さは三十五メートル、二段になった上の段の頂上が、すいかを半分に切ったような饅頭型をしている。一五〇五年ビスンナ

ワット・ビスンナラートの仏塔

ラート王の妃が建立させたといわれる。

　この仏塔が一九一四年、大雨で破壊された時、百四十点の金銀宝物類が発見され、王室に納められたそうだ。一九三二年に改築され現在の姿になった。

　本堂は二層の屋根を持つ真っ白な建物で、窓にはクメール・シャム様式の装飾がなされている。本堂内は金の大仏を中心に様々な仏像があり、本尊の基壇の周囲にもほっそりとした立像がぐるりと取り巻いていた。

　さて、二人で歩いて三つの寺を回り、少し疲れたのでシーサワンウォン通りに戻り、カフェでビールタイムということにした。オープンテラス席でビア・ラオを飲みながら道行く人を眺めてゆっくりと過ごす。

「この時が一番幸せそうな顔をするね」

　と言って妻が私の写真を撮る。そういう

写真がうちにはいっぱいあるのだが。

もうひとつ寺を見ようと、次はワット・セーンへ行った。サッカリン通りに面している寺院の中でも比較的規模が大きい。正式名称はワット・セーンスッカラム。

一七一四年キサラート王の時代に建立された寺院で、ラオスの伝統的な建築物だ。一九三〇年と一九五七年に修復され現在の姿になっている。

弁柄色の壁に金で装飾をほどこした美しい建物だ。本堂のほかにいくつかの建物があり、すべて同じような色彩で統一されている。

境内には金色のボートが奉納されているがこれはメコン川に近い寺院に共通するものだそうだ。

さて、五時近くになったので集合場所の王宮博物館前に行く。もうみんな集合していた。

向かいの道を入りプーシーの丘に登ることになった。ここは高さ百五十メートルの丘で、頂上からはルアンパバーンの街が一望できるといわれているのだ。

「でも、木が生い茂っていて見通しがいいとは思えないわ」

と妻が言う。

「疲れたから登るのはパスしてここで待っていよう」

ということにした。頂上まで行った人に後できいたら、やっぱり見通しは悪かったということだった。

夕食の時間には少し早かったので、路地の奥をぶらぶら歩きワット・シェンムアンという寺に寄る。ここは住宅街の中の小さな寺で、ちょうど夕方のお勤めの時間らしく本堂の大きな仏像の前で七〜八人の僧侶がお経をあげていた。数珠は持っていない。後方で近所の在家信者の人が数人お参りをしていた。

その後、レストランで夕食をとり、ホテルに戻った。

九日目は、朝食後エレファントビレッジへ行った。ここはルアンパバーン市内から十五キロメートルのところにある、ラオスの象乗りポイントとして人気の場所なのだそうだ。

ここの象はすべて雌象で優しくておとなしい。二人ずつ象の上の籠に坐り出発。民家の間を歩いたり、川の中をザブザブ歩いたり約四十分の散歩。

その後、ホテルに戻りチェックアウト。この日の夜、帰国の途に就くのだ。

昼食を、日本人夫妻が経営するレストラン、ソンパオでとった。ルアンパバーンの民家を改造した素敵なレストランだった。

ここの料理はモン族の料理だそうで、とても優しい味で食べやすかった。川海苔のスープ、もち米の蒸したもの、魚のラープ（魚をそぼろ状にして香草と和えた料理）、野菜の春巻き、インゲンの炒め物、春雨の炒め物、デザートはプリンだった。

二階で食べたのだが、一階ではモン族の可愛い小物をいろいろ売っている。奥さんの仕入れだそうだ。

午後はクアンシーの滝へ行くのだが、ここでガイドのしてくれた話をまとめておこう。

ラオスの観光は二〇〇〇年頃から盛んになった。

一九八〇年頃ラオスに住む中国人は、六十万人位だったが、今は三百万人位に増えている（ラオスの人口は約六百四十九万人）。中国政府がラオスで商売を始める人に資本の半分を無利子で融資するので多くの中国人がやってくるのだそうだ。

アメリカ戦争の時はベトナム人の女性がたくさんラオスにやってきた。ベトナムで男性が足りなくなったからだといわれている。

さて、クアンシーの滝だ。観光客もラオス人もやってくるピクニックスポットである。ルアンパバーン市内から三十二キロメートルのところにある。入場券売り場のあるゲートでバスを降り森の中の坂を上っていく。木漏れ日が美しい。いろんな珍しい花も咲いている。途中にマレーグマとツキノワグマの保護センターがあった。

十五分ほど歩くと滝に着く。滝は石灰棚のようになっていて泳ぐこともできる。実際に泳いでいる人もいたが今の時期は水温が低いそうだ。滝は石灰棚から石灰棚へと流れ落ちているが、落差はそんなにない。しかし水は大変澄んでいて、滝壺は神秘的なブルーの水を湛え、とてもきれいな滝だ。

何段かの石灰棚の脇の遊歩道を通って一番上に行くと大滝がある。大滝は落差五十メートルほどで大変迫力があった。

これで滝見物を終え、夕方、ルアンパバーンの空港に着いた。ハノイ乗継ぎで帰国の途に就くのだ。

ラオスはどんな国だったのかを振り返ってみる。行く先々でメコン川を見たなあ、という気がする。ラオスは軽工業もないやや遅れた国だったが、人々は優しく落ちついた国だった。もち米の蒸したものは食べやすかったなあ、と思う。モン族の料理もおいしかった。ビア・ラオばかり飲んでいたなあ。

そんな思いを抱いて、ラオスをあとにする私たちであった。

第四章　ベトナム

1

二〇一五年三月一日から一週間の、東南アジア巡り四か国目、ベトナムの旅が始まった。

一日目、成田からベトナム航空の飛行機で十時十五分出発、ハノイに十四時十分に着いた（時差がマイナス二時間あるので搭乗時間は六時間ほどだ）。ハノイ・ノイバイ国際空港だ。

現地ガイドのハイさんという男性に迎えられ、バスに乗って市内へ向かう。空港から市内への高速道路と橋は二か月前に完成したばかりで、日本のＯＤＡで作られたのだそうだ。空港から市内まで以前は六十分かかっていたのが三十分で到着できるようになった。

十日前に旧正月を迎えたところだという。ベトナム戦争を知っている私たちの世代は、テトというやつだな、と思うわけだ。これから田植えのシーズンで、田んぼでは田植えの風景があちこちで見られた。北部では年に二回米が作られるのだ。南部では三回だそうだが。土の良いところでは米を作り、土の悪いところでは野菜やトウモロコシを作るのだそうだ。

木をバイクに積んで運んでいる人をかなり見た。旧正月には梅と金柑《きんかん》の木を飾る習慣があり、使い終わった木を運んでいるのだそうだ。金柑は実がたくさんなるので子沢山を、梅はお金を象徴しているのだときいた。

正月休みは十日ほどあり、この三月一日の時点ではまだ皆あまり働いていない。

ベトナムの人口は約九千三百万人で、ハノイは約七百九十万人だが、ハノイだけでバイクが四百万台以上あるというバイク社会だ。バイクの免許は二か月ほどの練習でとれるが、五十ccのバイクは免許がいらない。ヘルメットは着用が義務化された。信号が少ないので道を渡る人はかなり注意しないといけない。

ベトナム人の八十パーセントが仏教徒で、毎月旧暦の一日と十五日にはお花を持ってお寺に行く。また、日曜日にもお寺は混雑する。

ベトナムの仏教は大乗仏教で、他の東南アジアの国と異なる。中国の仏教の影響が強いのだそうだ。

お寺の中心は仏像で、寺院の中は金ピカであることが多い。

間口の狭い家がひしめくように並んでいる。家の幅によって税金が決まるので狭くしているのだ。

街が近づいてきているので高層マンションもぽつぽつと目立つようになってきた。フランス植民地時代のコロニアルスタイルの黄色い建物も多い。ハノイタワーズという高級マンションもある。

道沿いに屋台がたくさんあるが、使っている油が汚いし、水道水も衛生的ではないので観光客には勧めない、と言われた。

果物はバナナとマンゴーはベトナム産だが、あとは中国産が多いそうだ。

街中にはカラオケ屋やマッサージ屋が多い。カラオケ屋は大変豪華な内装のところが多いのだとか。

ベトナムで流通している商品の八十パーセントぐらいが中国製品だそうだ。観光客はフランス人が多い。

教育事情としては、小・中学校は義務教育。高校は四十二パーセントぐらい、大学は二十五パーセントぐらいの人が行くそうだ。

鉄道はフランス植民地時代にフランス人がハノイ～ホーチミン間に敷いたのが最初。ベトナムの主な鉄道はその時代に敷かれているそうだ。

ブランドショップの集まったショッピングモールでは、建物がきれいなので、ウエディングドレスを着て結婚記念写真を撮るのが流行りなのだそうだ。

また、ハノイには世界一長いタイルのモザイクアートがあるのだとか。一〇一〇年にリー朝がハノイを都に定めて千年の記念イベントとして、ハノイを流れるホン川（紅河）の堤防に、二〇〇七年から二〇一〇年にかけて作られた。全長四キロメートルもありギネスブックにも認定されている。

ハノイはホーチミン市に次ぐベトナム第二の都市で首都であり、政治と文化の中心地である。また工業の中心地でもあり、農産物の集散地でもある。

ハノイは一〇一〇年から、一八〇二年にグエン朝が都をフエに移すまで王都であり続けた。

さて、バスは鎮国寺に到着、観光をしよう。

ここは六世紀に建立されたハノイ最古の仏教寺院だ。リーナム（李南）帝時代（五四四〜五四八年）にホン川のほとりに建てられ、当時の名前は開国寺といった。一六一六年土手が崩れたため、現在のタイ湖のキムグー島に移され、名前も鎮国寺と改められた。寺の前の道路沿いにはたくさんのお供え物屋が並び、赤や金色の線香や様々なお供え物や花を売っている。大変きらびやかだ。

橋を渡りベトナムの国旗と仏教の旗が掲げられた中国風の門をくぐって境内に入る。門には漢字が書かれていて、中国との関係の深さを感じさせた。

書を掛け軸にして売っている人もいた。地元の参拝客も多くかなりの賑わいだ。

本堂は屋根の大きい平屋の建物で、軒が低いのが印象的だ。レンガ色の瓦屋根の上にはこれも漢字で「鎮国古寺」の文字がのっている。中には阿弥陀如来、釈迦如来、弥勒菩薩の他、多くの神仏が祀られている。関羽《かんう》や、元軍を撃退したベトナムの英雄チャン・フン・ダオなども祀られている。

境内にはグエン朝時代の仏塔や歴代の住職の墓塔が並んでいる。湖岸から眺めると木々の間に仏塔がそびえ、それが湖面に映り、なかなか味わい深い趣があった。

そのあと、バスでちょっと行ってタンロン遺跡（旧ハノイ城址《じょうし》）に着いた。ここは世界遺産に登録されている。

ハノイは昔タンロン（昇龍）と呼ばれていた。十一世紀にリー朝が王宮を置いてから十九世紀までにチャン朝、レー朝などの諸王朝が王宮を置いたので、タンロン遺跡には三つのグランドレベルの遺跡が重なっていて、現在も発掘調査が行われている。

チケット売り場を過ぎて中に入ると見えてくるのは広い前庭を持った楼閣だ。瑞門《ずいもん》といい第一城壁にあった城の正門である。大変立派な建物で堂々とした姿で建っている。

前庭はかなりの広さで、ベトナム戦争当時の戦闘機まで展示してあった。ほかに、正月だということでたくさんの盆栽が展示してあった。ベトナムの盆栽は日本の物と比べるとかなり大きい。植木鉢の一辺は二メートル近くあり、木の高さも二メートルぐらいある。それが何十鉢と並べられていた。

瑞門には上ることができ、広大なタンロン遺跡の敷地を眺められる。

瑞門の裏に回ると龍の手すりの階段があり、その上が敬天殿跡で皇帝の宮殿があったとされる場所だが、今はフランス植民地時代の建物が建っていて博物館になっている。この地から発掘された貴重な品々が展示されていた。この辺りにはフランス植民地時代の建物が他にも残されているのだ。

その他、巨大な太鼓、二トンもあるという玉製の亀の置物、後楼、北正門などの建物が残っているが、広大すぎて印象がひとつにまとまらないような気がした。

次にホー・チ・ミン廟《びょう》に行った。ベトナム建国の父ホー・チ・ミンの遺体が安置されている廟だ。広い公園の真ん中に、グレーの御影石で作られ、赤のスタールビーがはめ込まれているかなり大きな立派な廟だ。

ホー・チ・ミンはフランス植民地時代のベトナム中部の貧しい儒学者の家の生まれで、後にフランスに行き共産党員になる。ベトナム独立運動に奔走し、フランスとの粘り強い交渉の末ベトナムの独立を認めさせた。

一九六九年に七十九歳で亡くなった時、ベトナム戦争のさなかで国は貧しかったにもかかわらずすぐに廟の建設が始められ、一九七五年九月二日の建国記念日に完成した。ホー・チ・ミン自身は立派な廟の建設は望んでいず、遺書に書かれていた埋葬に関する彼の希望は無視されたのだそうだ。こんな偉大な人に普通の埋葬なんてとんでもない、ということであろう。

レーニン廟をモデルに、遺体は永久保存され、廟はソ連の協力を得て建設された。場

ホー・チ・ミン廟

所は一九四五年ホー・チ・ミンがベトナム民主共和国の独立宣言をしたバーディン広場である。

ベトナム全土から毎日人々が参拝に訪れる。特にホー・チ・ミンが亡くなった九月二日の命日（独立記念日と同じ日なのだ）にはたくさんの人々が訪れる。

なかなか壮大で見事な廟だった。

次に私たちはハノイ36通り（旧市街）に行った。

36通りとは、十一世紀リー朝時代に職人たちが三十六の業種ごとに住んでいた地域の総称。たとえばその中のハンバック通りは、ハンは商品、バックは銀の意味で、昔は銀鍛冶、銀製品製造、換金業などに携わる人々が住んでいた。今でもハンバック通りには両替商が多い。

現在は同じ業種の店ばかりではなく他の業種の店も交じっているが、迷路のような道筋にはたくさんの店があって市場のような賑わいを見せている。私たちが歩いた道筋には靴屋や鞄屋が多いような気がした。

「こういう市場のようなところを歩くのってなんか楽しいね」

と妻が機嫌よく言った。

ホワンキエム湖に戻り玉山祠《ぎょくさんじ》（玉山神社）に行った。ホワンキエム湖の北側、真っ赤なテーフック橋（棲旭橋）を渡ったゴックソン島（玉山島）にある。

玉山祠には、文学の神文昌帝君《ぶんしょうていくん》、中国の三国時代の英雄関羽、中国の八仙のひとり呂祖《りょそ》、十三世紀に元の侵攻を撃退したチャン・フン・ダオら文、武、医の神が祀られている。

十三世紀に寺として建立されたが、その後崩壊し、十八世紀頃には関羽が祀られ、十八世紀の終わり頃には寺として修復され玉山寺となる。その後十九世紀前半には文昌帝君が祀られ、儒教教育、出版がなされるようになった。そのためここは寺でもあり、英雄を祀る神社でもある。現在の建物は一八六五年に建立された。

このあとに見る水上人形劇の時間が迫っていたので、橋を渡って「得月楼」（正殿）と記された門までしか行けなかったが、作りが凝っていて色鮮やかなところは中国の影響が強いのかなと感じた。

玉山祠

次に歩いてタンロン水上人形劇の劇場に行く。道すがらホワンキエム湖に映る街の灯《あか》りがきれいだった。

　水上人形劇はステージが水面になっていて、そこで繰り広げられる操り人形芝居だ。ステージ脇に台詞《せりふ》を語ったり音楽の生演奏をする一段高い舞台が設けられている。ハノイを代表するエンターテインメントだそうだ。

　出し物は民話、風習、伝説、民族的な話がテーマになっている。三～五分の短い話が九話演じられる。ベトナム民族楽器の音色にのって台詞まわしのうまい役者の声で語られる中、水上を人形がすいすいと動き回る。コミカルな話も多かった。

　人形使いは水中に隠された仕掛けを舞台裏から操っているのだそうだ。

水上人形劇の歴史は古く、千年も前から農民たちが収穫祭などで演じていたらしい。十一〜十五世紀には娯楽として宮廷にまで広まった。

この劇場は一九五六年ホー・チ・ミン主席が子供のために建てたものだ。

夜の観光に、という感じで外国人客が多い。帰りがけ出口付近に使われた木製の人形が飾ってあったが、カラフルな民族衣装をまとった素朴で可愛い顔の人形だった。

この後レストランでベトナム料理の夕食をとる。食べられるものもあったので助かる。ビアハノイという銘柄のビールを飲んだ。小瓶で四万ドンだった。ベトナムのドンには成田空港で両替えしていったのだが、一万ドンが五十六円だった。だからビールは二百二十円ほどで、物価が安いなと感じた。

ホテルにチェックインしてこの日の観光は終わった。

2

二日目の午前中はハロン湾を目指してバス移動。国道を東へ三時間半の行程だ。

バイクが非常に多い。最近はスピードの出しすぎ、ヘルメットの有無、乗車人数などを取り締まっているそうだ。とはいっても、バイクには大人三人まで乗れる。六歳までの子供がいれば四人乗りもＯＫだ。雨の日はカッパを着て乗っていい。そういう規制のゆるさもある。

結婚式の車も走っている。結婚式は二日がかりで行うのだそうだ。一日目はパーティー、二日目に式を挙げる。普通は家の前にテントを張ってそこで行う。

新婚旅行はない。景色の良いところで結婚記念の写真を撮るのが流行りだ。花嫁はウエディングドレスで、花婿も正装して撮る。

食堂がたくさんある。道端に低いテーブルと小さな椅子を出してそこでフォーや肉と青パパイアの炒め物などを食べさせる店だそうだ。

ベトナム国道一号線に入った。ここから中国国境まで千七百キロメートルの道だ。

高速道路をバスが走っている。乗りたい人は道端で手をあげてバスを止めるのだそうで、とても危険だ。バス停というものがないってことだ。

あたりは田んぼの多い地帯できれいに田植えがされた田んぼが清々《すがすが》しい。昔は田一枚の面積が大きかった。機械を入れて組合で田を作っていたのだ。一九八六年に個人に田を分けた。その結果田は小さくなり、今は手作業で田植えや稲刈りを行っているそうだ。

畑がきれいだ。畝ごとに様々な緑の野菜が植えられていて色のコントラストが美しい。

そういえば八百屋には青菜の種類が多かった。

田んぼの中に墓がある。ベトナムでは普通は土葬で、火葬はお金がかかるのであまり

ハロン湾

一般的ではないのだそうだ。韓国のサムスンのアジア最大の工場がある。スマートフォンやテレビを作っているのだとか。

工業団地が見えてきた。日本の企業では、キヤノンや矢崎が入っているそうだ。ハロン湾に近づいてきて遠くに奇岩が見え始めた。海が近いのでエビや牡蠣《かき》の養殖池が目立つ。

橋を渡りトゥアンチャウ港のある島に入る。あたりは大型リゾート開発をしていて、ホテルやマンションをいっぱい作っている。港にあるターミナルの建物の中にはリゾート地の完成予想の模型が飾られていた。ハロン湾をもっと観光の目玉にしようという意欲がまざまざと感じられた。

リゾート開発はベトナムの資本で行われ

ている。始まったのは二〇〇一年頃からで、今売られているマンションは一億円ぐらいするのだそうだ。

「ベトナムにしちゃあ高いなあ」

と私が言うと、妻はこう言った。

「主に外国人に売ろうとしてるのよ」

港から小舟に乗り、沖合に停泊しているゴールデンクルーズ号に乗船し、チェックインをした。この日はこの船に一泊するのだ。周りにもクルーズの船はいっぱいいたが、その中で一番大きな船だった。私たちの部屋は船首にあるスイートルームだった。キングサイズのベッドとセミダブルのベッド。大きいソファとテーブル。テラスにはこれまた大きいジャグジーがついている。カップル向きの部屋なので夫婦参加者に振り分けられたのだろう。ラッキーだな、と思いリゾート気分がわいてきた。

ハロン湾クルーズの始まりだ。

まずは船内のレストランでビュッフェスタイルの昼食である。

ハロン湾は広さ約千五百平方キロメートルの湾内に大小三千以上の奇岩が林のように浮かんでいるベトナムきっての景勝地だ。山水画のような風光明媚《ふうこうめいび》な風景で知られている。一九九四年ユネスコの世界遺産にも登録されている。

ハロンの、ハは下る、ロンに龍を意味し、ハノイの旧称タンロン（昇龍）と対をなしている。昔中国がベトナムを侵略した時、龍の親子が次々と宝玉を吹き出し、それが奇岩となって敵から守ってくれたという伝説に由来しているのだ。

海の桂林と呼ばれているが、実際に中国の桂林から広がる広大な石灰岩大地の一層を成しているのである。

午後は小舟に乗り換えてスンソット洞窟に行った。ボーホン島にあるハロン湾最大の鍾乳洞だ。三万年前からある天然の洞窟である。

約六百年前に地元民により発見された。スンソットはサプライズの意味で、洞窟があることに驚いたのか、そのあまりの大きさに驚いたのか、とにかくびっくり洞窟と名づけられたわけだ。

洞窟を見るには島の中を少し登っていく。中に入ると様々な珍しい形状の奇岩がライトアップされている。天井のでこぼこ模様は波の力で形成されたものである。

いろいろなところで洞窟を見るが、そう大きくない島にこれだけのものが、というところが珍しいわけだ。

次にティートップ島に上陸。ホー・チ・ミンと親交のあったソ連の有名なパイロット、ジャックマン・ティートップから名前をもらった島だそうだ。小さい島だが険しく標高の高い場所があり、四百段の階段を上ってハロン湾の風景を眺める。階段がきつく息があがってしまう。あいにく天気が悪く絶景とはいかなかったが、霞んだ風景もまた幻想的だった。

海から真っすぐに切り立った島が多い中で、この島にはビーチがあった。

そのあと、ゴールデンクルーズ号に戻る。

夕方、船内でドリンク・ハッピー・アワーというのがあり、デッキにあるバーでベトナムワインを飲みながら、暮れてゆくハロン湾の景色を眺める。他の船や島にある信号灯などに灯りが点《とも》りそれが水面に映る。そして島々の頂上が霧の中に霞んでゆく様子は大変神秘的だった。ベトナムワインの味は今ひとつであったが。

その後、春巻きクッキング教室が開かれた。私たちは見ていただけだが、船上でいろいろとイベントをやって楽しませようとしているわけである。

船内のレストランでディナーとなる。ベトナム風フレンチのコース料理だった。33《バーバー》3《バー》というビールと、さっきとは違うベトナムワインを飲んだ。ワインは少し薬草っぽい味がした。

デッキではイカ釣りのイベントが行われていたが、部屋に帰って休んだ。

クルーズ船の中のスイートルームにいるというだけでリゾート気分満点である。

翌朝、早朝にテラスに出て明けてゆくハロン湾を眺める。静まり返ったハロン湾の風景は美しかった。あいにく天気は悪かったが雨は降っていない。思いのほか船がたくさん停泊している。

ハロン湾ルオン洞窟の入口

朝はデッキで太極拳のイベントをやっていたらしいが行かなかった。

「太極拳とか、絶対しないよね」

と妻が私に言った。事実なので言い返せない。

朝食後、また小舟に乗り出発。しばらく行くと船着き場がありそこで手漕ぎの舟に乗り換える。もっと小さな舟でないと入っていけないところへ行くわけだ。

ルオン洞窟というところに入っていく。舟ごとトンネルのような洞窟を抜けると、島にすっぽりと囲まれた静かな入り江が現れる。ぐるりと奇岩に囲まれた入り江はエメラルドグリーンの水を湛えとても美しい。イタリアのカプリ島の青の洞窟の天井のないバージョンのようなものだ。

奇岩に生えている緑の木々の間をよく見

ると野生の猿がたくさんいる。船頭がバナナを渡してくれて、それを投げてやると猿は上手にキャッチする。

静かな入り江を一周して、外海へ出て、船着き場で小舟に乗り換えてゴールデンクルーズ号に戻った。

船のチェックアウトをしてデッキに出てくつろぐ。だいぶん港から離れたところまで来ているらしく、下船までは一時間四十五分ほどかかるらしい。

本来は、水上生活者の村に立ち寄る予定だったが、今日は水位が低くそこには行けないとのことで、違うルートで港に向かう。することがないので島々の写真をいっぱい撮ってしまった。

水上生活者というのは魚介の養殖で生計を立てている人々のことだそうだ。最近は政府の方針で陸上で生活するように指導されて減りつつあるらしい。

ハロン湾は水深が浅い。昨夜停泊していたところは水深十メートルぐらいだそうだ。

十一時に下船。バスに乗り少し走ってハロンの新市街のレストランで昼食をとった。

牛肉のフォーが出た。あまり好物ではないが、食べられなくはない。

午後は西に向かってハノイに戻る。

3

ベトナムの結婚事情について、ガイドがいろいろ話してくれた。今も昔もあまり変っていないそうだ。田舎では結婚が早く二十歳ぐらいでする。それまでは家の農業を手伝う。都会では女性は二十六歳、男性は三十歳ぐらいで結婚する。

離婚は多いそうで、三十パーセントぐらいが離婚する。結婚三年目で子供一人で離婚、子供は妻が引き取り、再婚はしない、なんてことが多いらしい。

少数民族は十二〜十三歳で中学をやめて結婚するのだとか。男の親が女の親に申し込む。

ベトナムの法律で結婚できるのは十八歳からだが、少数民族のことは見逃されているのだろう。

友愛マーケット（ラブマーケット）というものが年一回、三月に開かれる。男女が遊んだり、歌ったり、踊ったりして楽しむのだ。街コンみたいなものだと思えばいいのだろう。結婚していても参加できるのだとか。

モン族の場合は、男性が市場で女性を見つけて家に連れていく。一週間泊めて、その女性が役に立つなら結婚する。役に立たないなら返す。なんやそれ、男の身勝手なルールだなあ。

アカザ族は二階建ての家に住んでいる。女性の部屋は二階で、男性が意中の女性の家にやって来て長い竿《さお》で一階の天井をトントン突く。女性はＯＫなら下に下りる、ダメなら下りない。

子供は田舎では三〜四人、都会では一〜二人。

男性は家を持っていないと結婚できない。男の子が二人いると親は二軒の家を買わなければならない。

結婚後は北部では男女とも働く。南部では女性は仕事をしない。北部はフランス的考え方、南部はアメリカ的考え方だからとガイドは言ったが、ベトナムが南北に分かれていた頃、北は共産主義の国だったし、南は自由主義の国だったからではないだろうか。

結婚のこと以外も、ガイドはいろいろな話をしてくれた。ハノイまでの道はかなり遠いからである。

大学に行かない男性は徴兵される。二年間無給で、その後国から仕事がもらえる。軍に入る女性は少なく、入っても事務職に就く。

大卒女性は会社に勤めることが多く、給料は三〜四万円だ。八時から五時までの勤務時間。

ベトナム人の多くは朝食と昼食が外食で、夜だけ家で料理して食べる。

産業は八十パーセントが農業だが、最近外資系の工場が増えてきている。車、テレビ、電気製品などを生産している。純国産の製品はほとんどない。十年前国産車を作ったが良くなかったのでつぶれた。

日本車、韓国車が多い。なんと百二十パーセントもの関税がかかるので、五年落ちの中古でも値段はそう変らない。

バイクも百パーセントの関税がかかる。若い人にはヤマハが人気で、大人にはホンダのスーパーカブが人気で有名。

車はトヨタとホンダが有名。バスや大型車は韓国車（ヒュンダイ、キア）が多い。

学校は十キロメートル圏ごとに一つある。小学校から高校まで同じ場所にある。小学校が五年、中学校が四年、高校が三年。

田舎の学校では半日学校で勉強し、半日は家の農作業を手伝う。

まだ工場が少ないので仕事場が少ないのだが、専門学校を出ると仕事がある。

田舎は土地が安いので家は一千万円ぐらいで取得できる。街は土地の値段が高く、特に道路沿いは高い。

家はレンガで建てる。レンガ工場はあるのだ。

ドイモイ政策で土地は個人のものになった。

土地の相続税はない。

農家では一家に一頭牛を飼っているが、食べない。牛は労働力として使うのであり、一頭十万円ぐらいだ。

田舎では旧正月の後、田植えをする。田植えは三〜四日かかるが、その後お祭りをする。短い所で一週間、長い所では三か月間もお祭りをしているそうだ。

ベトナムの輸出品は石炭と石油が主で、それとコーヒーをアメリカに少しだけ輸出している。

携帯電話はかなり普及していて、何台も持っている人もいる。通話料金は一分二〜三円。

十年前には田んぼだったところに工業団地ができていて、五十社ほどが入っている。田んぼを持っていた人たちが働いているのだとか。給料は月四万円ぐらいで他の仕事より良い。

公務員の給与は一万円から。でも金持ちになります、とガイドが含みを持たせた言い方をした。賄賂社会だということなのだろう。

年金は女性は五十五歳、男性は六十歳からもらえるが、金額は月一万五千円ぐらい。

生活費は家族四人で田舎なら月二〜三万円、都会なら五〜十万円かかる。

ガイドのハイさんはベトナムの日本語学校で日本語を習った。今でも日本語学校には学生が多い。

今は日本語と韓国語の人気が高く、中国語は人気がない。

若い人は日本の漫画やファッションが好きである。

そんな話をききながら高速道路を走っているのだが、高速道路なのに人が歩いているのには驚いた。自転車も走っているし、物売りもいるのだ。故障じゃないのに停まっている車もいた。

夕方、バッチャンに到着した。ここはハノイ郊外約十キロメートルにある陶芸の村だ。ホン川沿いにある。

バットは茶碗のこと、チャンは村だ。六百年の歴史を持つ陶芸の里で人口五千人の村の住民の九割が陶芸関係の仕事に従事している。

元々この村はレンガ作りが盛んだった。今でも周辺にはレンガ工場が多い。しかし十五世紀頃から陶器作りが始まり、今では大小約百軒の工房がある。

十五～十七世紀には貿易用の陶器の生産で栄えた。当時、日本にも安南焼として伝わった。

土はハロン湾近くで産する。輸送は川の水運を利用していた。

一軒の工房を見学した。一～三階は店、四階より上で製品を作っている。昔の登り窯の模型があったが、今は電気の炉で焼いているそうだ。

バッチャン焼の店

製作工程は、
①ろくろは使わず型で形を作る。
②バミ（型からはみ出した部分）をとる。
③一回目の焼きは七百度。
④絵付け。
⑤釉薬《ゆうやく》をかける。
⑥二度目の焼きも七百度。

白地にブルーや朱色、グリーンなどで山水画や植物模様、金魚、トンボなどが描かれたものが多い。大きな壺からコーヒーカップや一輪ざしなど様々なものが作られている。焼く温度が低いのでやや素朴な味わいがある。

私たちはここで、ベトナムらしい味わいのコーヒーカップとソーサーを買った。

村はこぢんまりとしていて、陶器の工房と店がずらりと軒を並べている。観光客にも人気が高いのだそうだ。

その後、ハノイ、ノイバイ空港に行く。これからダナンに飛ぶのだ。その前に空港のレストランで夕食をとった。

十九時五十五分の便でハノイを発《た》ち、二十一時五分にダナン空港着。そこからホイアンのホテルに行きチェックインしてこの日は終わった。

4

さてここで、簡単なベトナムの歴史の前半をまとめておこう。ただし、簡単にといってもベトナムは中国との関係が深く、漢字も伝わっていたので、ラオスよりはかなり複雑なことまでわかっているのだが。

まず原始時代だが、ベトナムにおける人類最古の痕跡はベトナム北部タインホア省ド山で発見された約三十万年前の前期旧石器時代の石器だが、これは原人の残したものである。

紀元前一万年から紀元前五〇〇〇年頃になると現在と同じ気候、地理的環境になり原始農業や土器の出現がみられたと考えられている。これは新人である。

青銅器時代には三つの文化があり、これらの遺跡は紀元前二〇〇〇～紀元前一〇〇〇年の間と考えられ、いずれもベトナム北部ホン川の流域に分布している。農耕が主体で、階層分化のあらわれた時代である。

紀元前八～七世紀頃、ホン川沿いにヴァンラン国（文郎国）という国が現れた。その国は紀元前二五七年にオーラック国（甌駱国）に滅ぼされ、オーラック国は紀元前二〇七年まで続いたという伝説が残っている。

中国は秦時代から西方との交易の重要な拠点としてホン川デルタの支配を望んでいた。秦代の末期に、このあたりの辺境部の地方行政官であった趙佗《ちょうだ》が独立し、現在の広州を首都とする南越国を建国する。そこにベトナムも組み込まれた。

紀元前二〇二年、秦に次いで中国の統一国家となった漢が、紀元前一一一年に南越国を滅ぼした。ベトナムは漢の支配下に入り、これ以降千年にわたって中国の支配を受けることとなった。

ベトナムを支配した漢は官吏を送り込み、漢字を公用語とし、儒教も浸透させた。そして住民に対しては厳しい搾取を行った。そのことに住民が反発し逆に強い民族意識が形成され反乱を起こすようになった。大きな反乱が繰り返し起きた。

中国が唐の時代になると安南都護府（中国の辺境警護、諸民族統治のために置かれた軍事機関）が置かれたが、ますます反乱は多くなっていった。しかし反乱はどれも数年しか持続できず、中国の支配に甘んじていた。

遣唐留学生だった阿倍仲麻呂《あべのなかまろ》は中国皇帝により鎮南都護に任じられた時、山岳民族の反乱にあい、これを鎮圧している。

この頃のベトナムは現在の北部を指す。一方ベトナム南部ではオーストロネシア系の扶南《ふなん》という国が存在していた。

扶南王国はメコン川流域に一世紀頃に成立した王国で、インド文化の影響が強く言葉もサンスクリット語を使い、ヒンズー教が信仰されていた。中東や西洋と中国の貿易の重要な中継地点として繁栄し、海のシルクロードの中心となり高い文化水準を誇っていた。

しかし中国の分裂により貿易収入が減り始め、勢力は徐々に弱まり、五五〇年にクメール族の真臘《しんろう》に滅ぼされた。

また、ベトナム中部ではチャンパが独立国となっていた。

チャンパは一九二年にフエ地方に興った国で、チャンパの経済は農業と沿岸漁業と航海術が基盤であった。この国は中東と中国の中間に位置していたため貿易の拠点として経済的にも大いに繁栄した。

三四七年頃には建築や軍事に中国の様式を取り入れた。その後のパドラヴァルマン王はヒンズー教のシヴァ神を信仰し、チャム芸術の代表となるミーソン寺院（この時点ではまだ観光していないが行く予定になっている）を建立した。

八世紀半ばには二度遷都し、安南都護府の衰退によりさらに遷都を繰り返した。北ベトナムからの圧迫に対しては、メコンデルタに進出し何とか生き延びたが、一四七一年、ベトナム軍（後レー朝）に敗退し滅亡する。

このあたり、ベトナムの北部と南部と中部を順にまとめて語っているので、話が前後したりしているが、こんな説明しかできないのである。

さて、九〇七年に唐が滅ぶと、広州に南漢国が成立しベトナムは南漢国の支配下に入る。

九三八年、ゴー・クエンが南漢の軍をホン川デルタの入口バクダン江で破ると、九三九年コロアを都として自ら王になりゴー朝を起こし、長い中国支配から脱した。

しかしゴー朝は九六五年に滅亡し、その後ディン朝（九六六〜九八〇年）、前レー朝（九八〇〜一〇〇九年）と短命の王朝が続いた。前レー朝のレ・ホアンが中部のチャンパ王国を破ったため、チャンパはベトナムに朝貢するようになる。

一〇一〇年、リー・コン・ウァンがタンロン（現在のハノイ）に都を置き、国号を大越とするリー朝を興した。このリー朝がベトナムで最初の長期王朝であり、中央集権体制が始まったのである。リー朝は宋の大軍の侵攻を退け、チャンパを攻略して侵攻する力を奪い、国の安全保障を確保した。

名君と呼ばれる指導者が輩出し、政治、経済、社会組織など国家としての組織整備が行われ、本格的な国作りが始まった。

仏教を導入し、軍の組織が整備され、文学や芸術が普及した。また南洋諸国と交易し経済的にも繁栄した。

リー朝はチャンパ国に三度遠征してその土地の一部を奪い取った。

しかし中央集権国家といっても、平野部には権威は浸透していたが、山間部は他民族の居住地域で、中央集権が衰えを見せれば直ちに反乱勢力となる。リー朝も次第に衰え各地で反乱が続くようになる。

リー朝最後の王は国事に関心がなく、政治は混乱し、国力も急速に減退したため、国民は窮迫し、飢饉《ききん》が各地で起こった。

チャン・トゥ・ドが計略をめぐらし、王を退位させ七歳の王女を即位させ、自分の甥《おい》と結婚させることで、甥を王位に就け実権を握った。

一二二五年、チャン氏が政権を獲得しチャン朝が成る。首都はリー朝と同じくタンロンで政治制度も踏襲された。

この時代は前《さき》のリー朝も含めてリー・チャン時代と呼ばれるが、政治、軍事、社会、経済、文化が著しく発展した時代だった。

仏教を基本とした社会で、農業や商工業が発達し、貨幣経済が浸透し始めた。

文学の発展では、独自の文字チューノム（ベトナム語を表すために漢字を基に作られた文字）が作られた。

またチャン氏はもともと漁業に携わっていた人々で、チャン朝ができてから勇敢で、寛大で、開放的な空気が生まれたという。海に開けたチャン朝は東南アジア地域と積極的に交易を行い、水軍も強力だった。

この時代の最大の国難は、中国で宋を破った元が三度にわたって侵攻してきたことである。

モンゴル帝国の第五代フビライは中国に元朝を創建し初代皇帝になった。元の狙いはアジア交易で、東南アジアの国々を次々と攻撃し、ある国は占領、ある国は滅ぼしていった。

チャン朝はこれを迎え撃ち、ある時は首都タンロンを落とされたりしたが、チャン・フン・ダオ（チャン・クオック・トアンともいう）という名将が出て、チャン軍をジャングルや山岳地帯に退避させ、各地でゲリラ戦を挑み、ついに元軍を撃退した。チャン・フン・ダオはベトナムの英雄で今でも各地で祀られている。ハノイの鎮国寺にも、玉山祠にもチャン・フン・ダオが祀られていたではないか。

しかし、元を撃退したものの国力は疲弊し、飢饉が起こり、反乱も起こる。朝廷内でも権力闘争が起こり、一四〇〇年、権力をホー氏に奪われる。チャン氏とホー氏それぞれに与《くみ》する陣営の間で内乱が起こり、そこへ機を見るに敏な中国の明が侵入し明が支配するところとなる。チャン朝は一四一三年に滅びた。

明の支配は一四一四年から一四二七年まで続いた。明は徹底的な同化政策を強行し、ベトナム固有の言語や風俗を排斥、中国風を強制し、暴政を敷いた。これに対して一四一六年、レ・ロイとわずか十八人の同志は救国の戦いの誓いを立てた。

一四一八年、レ・ロイは蜂起し、ゲリラ戦を長期にわたって展開した。これに多くの民衆が付き従い明を打ち破ることができ、一四二八年にベトナムを解放した。

レ・ロイは帝位に就き後レー朝を興した。後レー朝は一時マク氏に政権を奪われた時があり、前期と後期に分かれる。

前期には九代の王が立ったが、中でも五代目の王レ・タイン・トンの時代はベトナムが最も発展した輝かしい時代と言われる。

後レー朝は巧妙な外交政策で、明とは朝貢関係を維持し、緊張はあまり起こらなかった。

またチャンパ王国を完全に支配し、ベトナム中部までを統一した。この後ベトナムは南進を始め、現在のベトナムの形へと向かっていく。

後レー朝の施政の中心は儒学だった。科挙の試験が制度化されるなど、中国寄りの王朝だったのだ。様々な制度が確立され、中央集権体制が完成された。

ところがレ・タイン・トンが亡くなると、後レー朝は急速に力を失っていった。無能な王が続き、国が乱れた。この乱世に、一五二七年にはマク氏が権力を奪った。

これをきっかけに分裂と動乱の南北抗争時代が始まる。権力争いはレ氏とマク氏の間で繰り広げられ、次の争いは北部のチン氏、南部のグエン氏の間で始まり、約二百年の間対立する。

グエン氏は南進を続けコーチシナ（ベトナム南部）を落としカンボジアの一部を併合した。

この間、反乱も各地で起こり、農村は危機的状況に陥った。

一七七一年、タイソン（西山）党の三兄弟が圧政と物価高騰に不満の声を上げ、グエン氏打倒のため蜂起した。タイソンの蜂起としてよく知られる戦いだそうだ。

三兄弟はグエン氏を追い詰め、北上してチン氏を追放した。タイソン三兄弟が一時的にでも権力を掌握できたのは、諸民族が参加したことと生活に苦しむ人々を救うという目的を明確にしていたからだ。

この時、タンロンで虚位に就いていたレ氏は、清に救いを求め、清軍がこれに応じる。清軍とタイソン軍はタンロン郊外のドンダで戦ったが、タイソン軍は百頭の象軍を持っており、清軍を蹴散らしてタンロンへの道を開けさせた。

一七八六年、タイソン三兄弟はタンロンに入城した。

ところが、三兄弟の軍の中で対立が生じて、グエン氏直系のただ一人の生き残りのグエン・アインの巻き返しを許してしまう。

一七八七年、タイにいたグエン・アインはタイソン三兄弟が互いに争っていると聞き、急ぎコーチシナに入り、奪還の戦いを始める。

グエン・アイン軍は北上を続け、一八〇一年、フエを落とし、一八〇二年、タンロンに入城する。

この時グエン・アインはフランスの志願兵と宣教師の力を借りており、これが後のベトナム史を複雑にしていくのだ。

しかし、現在のベトナム領をひとつにまとめ、フエを首都としたグエン朝が誕生したここまでを、ベトナム史の前半ということにしておこう。ベトナム史は中国との関係もあって、非常に複雑なのである。

5

四日目は、朝食後ホイアンのホテルから出発した。

ベトナム中部には、昨日飛行機で着いたダナンがあり、その北にグエン朝の首都だったフエ、ダナンの南に古くから中継貿易都市として栄えたホイアンと、三つの街がある。

昨夜到着したダナンはダナン空港があり、このあたりの中心的な街のようだ。人口は約百万人。街にはハン川が流れていて、十六世紀には寒漁村だったが、十八世紀頃から貿易港として栄え始め、ベトナム中部最大の港となった。

ベトナム戦争の時にアメリカが大規模な米軍基地を建設したので、ガイドの言うにはアメリカが作った街だそうだ。ここから南は南ベトナムでアメリカが支援し（一九五四年から一九七五年までアメリカが後押ししていた）、フエから北が北ベトナムだったそうだ。

昨夜到着した時、街には旧正月のライトアップが残っていて非常に明るく、モダンな印象の街だと思った。

ベトナム中部は物価が安く、治安もいいのだとか。そのため観光客が多く、特にフランス人が多いそうだ。

バスは田園風景の中を走り、小さな村の小学校に立ち寄った。まだ授業が始まる前なので校庭にはたくさんの小学生が遊んでいた。制服があって、赤いチェックのスカートとズボンで、上は白いシャツに赤いスカーフを結んでいる。みんな人懐こく、門の所に寄ってきて写真を撮らせてくれる。観光客が珍しかったのかもしれない。校舎は新しくてきれいだった。

一時間半ほど走りミーソン遺跡に到着した。ここは一九九九年にユネスコの世界遺産に登録されている。

電気自動車に乗り換えて遺跡の入口まで行く。遺跡の入口にある建物ではチャムダンスのショーをやっていた。チャムダンスはチャンパ族の踊りでいくつかのタイプの踊りがあるようだが、私たちが見たのはシヴァ神のポーズなどを取り入れたダンスだ。若い女性ダンサーが露出度の高い衣装でヒンズー教の神様たちの動きを演じる。腰をくねらせ、腕を優雅に動かし、そらせた指先の動きも繊細なダンスだった。

ここの遺跡は二世紀から十九世紀にかけベトナム中部一帯を支配したチャンパ王国の遺跡だ。ミーソンのミーは美しい、ソンは山の意味だ。ミーソンはチャム族の聖地として繁栄した。

遺跡は山に囲まれた盆地にあり、北には聖山マハーパルヴァータがそびえている。四世紀後半にパドラヴァルマン王が最初の木造のシヴァ神を祀る祠堂を建てたことに始まる。この祠堂は七世紀に焼失し、レンガで再建された。その後歴代の王たちがいくつもの伽藍《がらん》を建て、八〜九世紀には最盛期を迎える。そして十三世紀までに七十もの伽藍が建てられた。

長い間森林の中に埋もれていたが、フランス植民地時代の二十世紀初頭、フランス極東学院の研究者によって発見され、調査、研究が行われるようになった。遺跡はA〜N

のグループに分類され、今でも発掘調査が続けられている。

ベトナム戦争時、一部の建物を南ベトナム解放民族戦線が基地として使用していたため、アメリカ軍の空爆の標的とされ、八五パーセントが破壊されたと言われている。

遺跡は草木の生い茂る森の中に点在していて、滅びの美を感じさせる。

まずはB、C、D群から見学した。ここはかなり修復されていて、この遺跡のハイライトである。

主祠堂、副祠堂、小祠堂、聖水庫、宝物庫、碑文庫などレンガ作りの建物がいくつも並んでいる。シヴァ神を祀るための宗教施設や、お祈りのための空間で、チャンパ文字も刻まれている。

レンガは接着剤を使わないで擦り合わせという手法で積まれている。また屋根はアーチを用いずに架ける迫り出《せだ》し構造で、いずれもチャンパ文化の様式だそうだ。

壁面にはたくさんの様々な美しいレリーフが残っているが、これらはレンガを積み上げた後にほどこされた。

祠堂の中にはリンガやヨニが祀られている。外部にも様々な彫刻が置かれている。中に入ることのできる建物もあり、チャンパ芸術一級品の貴重な彫刻の展示室になっている。

B群、C群は王の住居でもあったそうだ。

次に少し小高い所にあるG群を見た。ここは相当破壊されていて、残っている建物はほとんどない。しかし建物の土台や、草むらの中に倒れた柱や壁の美しく味わいのある彫刻は見ることができる。

次にA群を見た。ここはベトナム戦争で最も大きな被害を受けた場所で、草むらの中に破壊された遺跡があって侘しさが漂っている。

「遺跡というよりほとんど廃墟ね」

と妻が言った。

A群、G群は王妃の住居であったそうだ。

遺跡見物を終え、外に出ると二〇〇五年に日本のJICA（国際協力機構）の協力で熊谷組《くまがいぐみ》が建てたサイトミュージアムがある。ここにも遺跡から出土した彫刻が展示されている。またパネルや写真によりミーソン遺跡の概要を知ることのできる展示もあった。

ホイアンに戻って昼食をとった。ホイアン三大名物のホワイトローズというバラの形をしたワンタン、揚げワンタン、カオラウという汁なし麺が出た。

午後はホイアンの街歩きをした。ここも一九九九年ユネスコの世界遺産に登録されている。

ホイアンはダナンの東南約三十キロメートルにある、トゥボン川の三角州に開かれた沿岸都市だ。チャンパ王国時代からグエン王朝時代にかけて、中国とオリエントやヨー

ホイアンの街並み

ロッパを結ぶ海上交易の中心地として栄えた港町である。グエン朝の時代に首都がハノイからフエに移されたため、その外港としての役を果たした。

　十六〜十七世紀には、御朱印船に乗った日本の商人も多く訪れるようになり、やがて日本人町が形成されていったが、徳川幕府の鎖国政策により日本人町は衰退した。最盛期には千人以上の日本人商人が住んだと言われている。

　今では来遠橋《らいおんばし》、別名日本橋や、郊外の日本人の墓にわずかに面影を残しているだけだ。

　日本人が去ってからは華僑《かきょう》の人々が多く移り住んだため、古い建物や街並みは中国南部の色合いが濃い。

　一七七〇年代にはタイソン党の乱で街は

破壊されたが、やがて再建され十九世紀まで繁栄した。しかしトゥボン川に土砂が堆積し大型船の航行に支障をきたすようになり、国際交易港の地位をダナン港に譲ることとなった。

けれども街並みは残され、ベトナム戦争で破壊されることもなく、当時の繁栄ぶりを今に伝えている。

まずは総合チケット売り場の前からグエンティミンカイ通りを進む。中国風の堂や祠が建っている。土産物屋にはランタンが並ぶ。道路の上にもランタンが吊《つ》るしてある。

フーンフンの家（馮興家）を見物した。築二百年の木造建築で、貿易を営む商人の民家だったところだ。屋根は日本、柱やドアは中国、壁はベトナムの建築様式で作られている。内部の装飾は中国風の色彩が濃かった。

ホイアンは洪水が多かったので、一階の天井には下の商品を二階に運び上げるための格子窓がついている。二階のベランダからの眺めは、通りを挟んだ向かい側に瓦屋根が幾重にも連なっていて趣があった。現在も子孫の人が住んでいて、土産物屋も兼ねていた。

次に来遠橋を渡った。一五九三年に作られた瓦屋根つきの木造橋だ。

幅三メートル、長さ十八メートルの小さな橋だがホイアンの旧市街のシンボルとなっていて、二万ドン札の裏側にデザインされている。

日本人が作ったという説があるが日本的な感じはなく、むしろ中国的だ。橋の両端には木彫りの猿と犬が一対ずつ祀られている。これは申年《さるどし》に建築が始められ、戌年《いぬどし》に終わったからという説がある。中央には小さな寺院がある。窓から眺められるトゥボン川の風景はのんびりした感じでよかった。

この橋を境に日本人町と中国人町があったとされているが、その場所は特定されていない。

橋を渡るとチャンフー通りで、だいぶん賑やかになってくる。観光客も多いし、華やかな寺院や博物館、華僑の出身地ごとの会館など見どころも多く、土産物屋やカフェもある。

ここから道の名が変わってファンチャウチン通りになり、海のシルクロード博物館（貿易陶磁博物館）に行った。

二階建ての古民家がそのまま博物館になっている。この周辺で発掘された陶磁器や沈没船から引き揚げられた遺物など百点を展示している。日本人町や御朱印船を描いた絵巻の資料や船の模型などもあった。

建物は複雑な作りで、室内の壁は黒々とした立派な木材が使われ、奥に進んでいくと中庭が二つあり、奥深い構造になっている。

ここも二階のベランダから眺められる甍《いらか》の波がいい感じだった。

次に福建会館に行った。十七世紀に中国の福建省出身の華僑が作った集会所だ。ホイアンの多くの会館の中でも規模が大きく、現在も使われているのだそうだ。

大変派手な建物でピンクの壁にグレーの瓦屋根の中国風のデザインだ。内部も原色を多用した作りである。

敷地は庭園風になっていて、お土産ショップや線香売り場、狛犬《こまいぬ》などがあった。内部の祭壇には福建省出身者が信仰する、航海安全の守り神の天后聖母（媽祖《まそ》）が祀られている。天井にはたくさんの螺旋状の線香が吊り下げられている。線香は吊り下げられると円錐《えんすい》形《けい》になり、火をつけると一か月も燃え続けるのだとか。

奥の祭壇には十七世紀に福建省からやって来た六家族の家長の像が納められている。

ここまで見て、フリータイムになった。私と妻は街並みに沿ってそぞろ歩きし、こじゃれたカフェで休憩し冷たいビールを飲んだ。

再集合した後、バスに乗り郊外へ行く。田んぼの中に日本人の墓があるのだ。

谷弥次郎兵衛という人のお墓である。彼はホイアンに滞在した日本人商人で、徳川幕府により鎖国令が出された時、日本に帰国するが、ホイアンに残した恋人が忘れられずに、またホイアンに戻ってしまった。そして一六四七年ホイアンで亡くなった、という言い伝えが残されている。この墓は故郷日本の方角に向けて建てられているそうだ。

田んぼの中にポツンとある墓である。そのあたりには、ベトナム独特の三角の笠《かさ》をかぶった農家の人たちが草取りをしたり、水牛に草を食《は》ませていたりする。のどかな田園風景であった。

街中に戻り夕食後、また来遠橋の近くに行く。ランタン祭りが開かれているのだ。毎月、旧暦の十四日、満月の日に開かれる祭りだ。ホイアン旧市街の家々ではカラフルなランタンをたくさん灯して街を彩る。暗闇に浮かぶランタンの柔らかい明かりが幻想的な風景を作る。

通りは歩行者天国になり、多くの出店やゲーム、音楽が演奏されていたりする。来遠橋の袂《たもと》から川べりへ下りると、多くの灯籠売りがいて、きれいに飾った灯籠を売っている。それを一つ買って川に流した。たくさんの灯籠が暗い川面を流れていくのが美しい。来遠橋もライトアップされていた。

この日のスケジュールはこれで終了で、ホテルに戻った。

6

五日目は、朝ホテルを出発し国道一号線を、海岸線を右手に見ながら北上し、フエに向かう。フエまでは約百二十キロメートル、約二時間半の行程だ。

日本のＯＤＡ（政府開発援助）で高速道路と高速鉄道を作っているそうで、四年後には完成するときいた。

道中の家々には屋敷神が祀られている。仏陀《ぶつだ》とは別に王様が亡くなると神様になるとガイドは話していたが、今は王様はいないので昔の王朝時代のことだろう。

ハイヴァン峠（標高四百九十六メートル）を抜ける全長六千三百メートルのトンネルは二〇〇五年に日本のＯＤＡで間組《はざまぐみ》が作った。それまでは峠越えの道だったので、四十分程の時間短縮になったらしい。

ハイヴァン峠のハイは海、ヴァンは雲を意味し、山頂に雲がかかっていることが多い。この峠を境にして、気候も人々の気質もすっかり変わるのだそうだ。

途中、美しい砂州と青い海の広がるランコー村のランコー・ビーチ・リゾートで休憩した。ベトナムコーヒーが出たが、深煎りな感じで香ばしい。練乳を入れて飲むのが特徴で濃厚な味わいだった。

ビーチに下りてみた。砂は白かったが、海の生物の死骸が多く含まれているようで、臭かった。

フエに入る。フエは一九九三年ベトナムで最初に世界遺産に登録された街だ。

ベトナム最後の王朝、グエン朝の首都だった。王朝は一八〇二年から一九四五年まで十三代にわたって続いた。

フエは古都らしく落ち着いた街だ。海岸からは十六キロメートル内陸にあり、街にはフォーン川が流れている。フォーン川では夜になると船の上で昔の音楽を演奏するロマンチックなイベントがある。

フエにはグエン朝の王宮、多くの寺院、そして郊外にはいくつもの皇帝陵などが点在している。しかしベトナム戦争中、テト攻勢の地となったため多くの建物が甚大な被害を受けた。しかし主だったところは修復され、世界遺産になったそうだ。

トゥドゥック帝陵に行った。ここはグエン朝で最長の在位期間（一八四七～一八八三年）の第四代トゥドゥック帝の陵墓だ。一八六四年二月から一八六七年三月までの約三年間をかけて作られたそうだ。

レンガ作りの門を入ると、右手に広い蓮池が広がり、釣殿と涼をとるためのサンチエム殿が設けられている。池に沿って進むと左手にはその時修復中だったが、皇帝を祀る寺がある。ここは皇帝の宮殿だったともいわれている。

林の中の道を奥に進み階段を上がると皇帝の功績を称《たた》える石碑があり、さらに奥に進むと石壁に囲まれた皇帝の墓がある。しかしトゥドゥック帝はここには埋葬されておらず他の多くの皇帝と同様、埋葬場所はわかっていないのだそうだ。

陵墓というより離宮とか別荘という趣だ。皇帝は晩年ここの池で舟遊びをし、詩や文章を書いて静かに生活したのだそうだ。

フエには百の寺があると言われているが、その中のひとつ、旧市街のはずれフォーン川沿いにあるティエンムー寺に行った。

ティエムは霊、ムーは姥《うば》の意味でフエが都に定まる前、皇帝の夢に白髪の老婆が現れ、フエを都にするよう啓示したという。それを受けフエに遷都し、ここに寺を建てたという伝説に基く寺である。

一六〇一年の建立。正面の階段の上には高さ二十一・二四メートルの七層八角の中国風の塔がそびえる。塔の名前はトゥニャン（慈悲）塔といい、幸福と天の恵みを意味している。各階には仏像が安置されているそうだ。

この塔はフエのシンボルだそうだ。

塔の裏にはここの歴史を漢字で彫った石碑があり、さらに奥に進むと本堂がある。本堂の前は両側にずらりと黄色い菊が飾られていた。黄色い菊は日本の門松のような意味があるのかもしれない（旧正月だから）。

祭壇は日本のお寺とよく似ている。ガラスケースに入った本尊は小ぶりの青銅仏で、木魚や鉦《かね》も日本のお寺を思わせる。

ベトナム戦争中の一九六三年、ここの住職ティック・クァン・ドック師が南ベトナム政府に抗議して焼身自殺したことでも有名だ。

寺の前のフォーン川はゆったりとした川で、川岸には船首に鳳凰《ほうおう》の飾りをつけた遊覧船が何隻も停泊していた。

街中に戻り宮廷料理のランチ。古い民族楽器の生演奏つきだった。

午後は王宮へ行く。この王宮はグエン朝の初代皇帝ザーロン帝が建設を始め、二代目のミンマン帝の時代に完成した。

旧市街の中心、フォーン川沿いに約三・六平方キロメートルの広大な面積を持つ王宮だ。四方は高さ五メートルの城壁で囲まれ、二重の堀がある。

当時は百四十六の建物があったが、多くはベトナム戦争中の一九六〇年代に破壊された。現在は修復が進み十五の建物が復元されている。

王宮の一角にはフラッグ・タワーがある。一八〇九年ザーロン帝の時に最初のものが建てられた。建設当初は木製で、戦争や嵐で何度も破壊され、今あるものは一九六九年に建てられたコンクリート製のものだ。台座は三層式で、塔のてっぺんまでの高さは二十九・五二メートル。ベトナムの国旗が掲げられていた。フラッグ・タワーの左右には大砲が置かれている。

王宮門（午門）から王宮内に入る。午は南の意味があり、すなわち南門である。この門は二代ミンマン帝の時代に作られ、十二代のカイディン帝の時代に再建された。

高さ十七メートルの石の門は、鳳凰をかたどったといわれる二層式の中国風の楼門である。門口は五つあるが中央の門は皇帝と各国大使が使用した。左右の門は文官と武官が使用していた門で、現在は観光客の入場門として使われている。さらに外側の門は兵士や馬のための門だった。通常はそこが観光客の出口だそうだが、この日は何かの都合のため塞がれていた。

建設当時は楼閣部分には金箔が貼られていたそうだが、今は残っていない。

入って正面にある大きな建物が太和殿《たいわでん》で、中国の紫禁城《しきんじょう》を模してザーロン帝が建設した。即位式、外国使節の引見、元旦の朝賀、皇帝の誕生日などの宮廷儀式に使われた建物で、王宮の正殿である。黄色い瓦屋根の平屋の建物で随所に龍の装飾があり中国風の味わいがある。

内部は金の龍が描かれた朱塗りの柱が並び、中央には精巧な彫刻をほどこされた天蓋を持つ豪華な玉座が置かれている。

ベトナム戦争中の一九六八年に全壊し、一九七〇年に再建された。

太和殿を抜けると石畳の広場になっていて、左右に左廡《さぶ》と右廡《うぶ》という高級官吏の詰所だった建物がある。左廡は文官、右廡は武官が使用していたそうだ。

その他、延寿宮や閲是堂《えつぜどう》といったいくつかの建物が再建されている。それらを結ぶ回廊は朱色の柱を持ち、二階部分の壁面には美しい壁画が描かれていた。

そういった建物には、皇帝の衣装の展示や、王宮全体のありし日の模型、皇帝や家族たちの写真などが展示されている。

またかつての宮廷舞踊のショーが行われたり、皇帝の衣装を着て写真を撮ったりできる場所になっている。

広場のはずれには低い塀がありその向こうにも続いているようなので行ってみると、草ぼうぼうの広い空間があり、その先にも低い塀がある。そこにもきっとたくさんの建物が建っていたのだろう。広すぎて全体のイメージが摑《つか》めなかった。

さて見物を終えて太和殿の前に戻ってくると、朱色の地に黄色の模様の派手な長い衣装を着た人々が楽器を持って何か準備をしている。何かイベントがあるらしかった。

そのせいか、正規の出口から出られず、係員に遠い出口から出ろと言われてしまう。ガイドは汗だくになってカートを探しに行った。ここは内部が広いので中にカートが走っているのだ。やっと二両編成のカートを捕まえ、みんなで分乗して、無事バスの駐車場まで戻ることができた。

フエの観光はこれで終わりである。この後、夕方の便でホーチミンへ飛ぶのだ。

7

さてここでベトナムの歴史の後半をまとめておこう。

一八〇二年、ベトナム史上初めてベトナム全土を統一し、フエに都を遷都したグエン・アインは初代ザーロン帝となりグエン朝の時代が始まった。この戦いでフランス人の志願兵と宣教師の助力を仰いだため、この後フランスの進出を許すことになる。

一八二〇年、第二代ミンマン帝の時代になると、グエン朝に統一されたとはいうものの、各地で反政府運動が活発になり、外国勢力の干渉もあった。ミンマン帝はカトリックの布教や西欧諸国を廃絶する鎖国政策を選んだ。

フランスは一八四七年四月十五日、ダナン港に砲撃を加え、ベトナム軍艦五隻を撃沈させ開国を迫った。時の第三代ティエウチ帝は怒ったが、ベトナム軍の士気は低下しており、軍事技術も遅れていてなすすべがなかった。

第四代トゥドゥック帝も外国勢力に対して強硬政策をとったので、フランスのナポレオン三世はスペインと同盟を結び、一八五八年八月三十一日、ダナンを攻撃させた。フランスの激しい砲撃と進撃により重要拠点を奪われたが、フランス軍は暑さに苦しみ病に倒れる者が多く、戦況を打開するためコーチシナに戦線を拡大した。

この後フランスは中国と開戦したのでベトナムからはほぼ撤退した。しかし中国との戦争が終わると、フランスは再びコーチシナに軍を展開し一八五九年二月、サイゴンに上陸し、コーチシナ各地に侵攻した。ベトナム軍は全戦線で敗退した。

一八六二年六月五日に条約が結ばれ、キリスト教の布教の自由、コーチシナ東部の三省の割譲、フランスとスペインの通商の自由が約束された。この条約は屈辱的なフランス植民地時代の幕開けとして記憶されている。

この後、地方官や農民の抵抗にあったフランスは、ベトナム全土の直接支配をめざしていくことになる。

一八六三年、カンボジアを保護領にしたフランスは、一八六七年、コーチシナ西部も占領し、コーチシナ全域を植民地であると一方的に宣言した。

フランスはメコン川を遡って中国の雲南までのルートを確保しようとしたが、雲南まで遡ることは不可能だったので、北部のホン川のルートを開発することを考えた。そして一八七三年十月二十日、いきなりハノイ城を襲撃した。ハノイ城は一日で落ちた。

この時は中国で太平天国の流れをくむ黒旗軍の乱が発生していて、その一部がトゥドゥック帝の要請を入れ、ベトナムに味方しハノイ城は取り戻された。

フランスとベトナムは全面戦争に入ろうとしていた。

フランスは一八八二年四月二十五日、再び突如としてハノイ城を攻撃した。ベトナム側も必死に応戦したが、火薬庫が爆発して守備隊が混乱し、城は陥落した。フランス軍は城、王廟を破壊した。

ベトナムは清国に救援を求め、清国はそれを利用してベトナムに介入しようと軍を派遣しホン川デルタの重要拠点を占領する。フランスも拠点を奪う。

この時フランス軍の指揮官が戦死した。これまでフランス国内世論はベトナムの植民地化には鈍い反応だったが、これをきっかけに強硬策へと変っていった。

一八八三年八月二十日には首都フエの海の防衛拠点を占領する。

七月十七日にトゥドゥック帝が死去していたので、フエ政府は窮地に追い込まれ、八月二十五日にはフランスと和平条約を締結せざるを得なくなった。この条約でベトナムはフランスの保護国となった。

フエ宮廷は和平派と抗戦派に分かれ、皇帝は派閥の間で暗殺されたり、幼くして皇帝になったりと混乱した。

一方で反仏の抵抗勢力も集まり始めていた。

清国はベトナムの宗主権を主張したが、フランス・清国間で停戦協定が結ばれ国境を尊重し、清国はベトナムから撤退することになった。西太后《せいたいこう》がこれに反対し戦端が再び開かれたが、清国はその戦いに敗れ、ベトナムにおけるフランスの保護権を承認する。

一八八四年、皇帝となったハムギー帝は反フランス派の二人の摂政と共にフランスに反旗を翻すが、フランス軍に撃退される。ハムギー帝はアルジェリアに流された。

このような反仏武力抵抗はあちこちで起こるがどれもゲリラ的なもので、フランスの圧倒的な武力に対抗できず、次第に潰されていった。

フランスの植民地運営は、政府の上部はフランス人が司《つかさど》り、下部はベトナム人に委ねるというものだった。その中で次第に対フランス協力者も現れるようになった。旧官僚や地方の支配者層である。

フランス化政策も行われ学校や大学も作られた。その知識層が後の南ベトナムの特権階級になっていった。

一八八七年、フランスはインドシナ総督府を設置した。ベトナム、カンボジア、ラオスを包括し、軍事、警察、財政、公共事業、郵便、農業、公衆衛生、貿易など重要なすべての分野で権限を握った。総督はあたかも独裁者のように振る舞った。

フランスはベトナム人を分裂させ、フランス軍の中にベトナム人部隊を創設し、反フランス抵抗闘争を平定する作戦を担当させた。そのため同じ民族同士で血を流す残酷な戦いが始まった。

またインドシナ総督府は植民地支配を確たるものにするため漢字をローマ字化する政策も行った。ローマ字化されたものをクォックグーという。

またベトナムの土地制度を無視し、国王の広大な土地を奪いフランスの所有権を設けたり、一時放棄されていた土地を勝手にフランス人植民者に分け与えたりした。

フランスはベトナムに対し不平等関税制度を導入し、中国や日本からも輸入を行ったので激しい貿易赤字を生み出した。

さらに酒、アヘン、塩を専売制度にしたため値段が高騰し、その利益は総督府に集中するようにした。

二十世紀になると反仏抵抗運動は大きく転回する。一つはゲリラ闘争から組織闘争へ、地域的な闘争から民族独立の旗を掲げた国民的闘争への発展をめざす動きである。

二つ目は反仏抵抗運動の目標がグエン王朝へも向けられるようになった点である。グエン朝にはフランス植民地体制を転覆しようとした皇帝も多くいたが、この頃には宮廷官僚の多くが総督府の権力を利用して私腹を肥やすようになっていた。宮廷官僚や、地方官吏たちの、賄賂を要求し、暴利をむさぼる底知れぬ腐敗体質は、農民やあらゆる階層の国民を苦しめていた。

抵抗運動の指導者は革命運動を組織したが、当時のベトナムは革命を成功させるために外国の援助が必要だった。日露戦争に勝利していた同じ黄色人種の日本に期待したが、日仏は友好条約を結んでいて援助を期待できなかった。

一九〇七年、そのため革命勢力となる人材を育てる目的で、青年たちを日本に留学させた。一時は百人もの学生が日本で学んでいた。しかしそれもフランスの要請で国外退去させられてしまう。

同じ年、ベトナム国内でも東京義塾という学校が作られ、革命勢力の人材育成を図った。しかしこれも次第に反仏の思想が強くなってくると閉鎖に追い込まれる。

日本に頼れないことを知った革命家たちは自らの手で革命を成し遂げなければならな

いと考えるようになっていった。

一九二〇年十二月二十六日、フランスで開催されたフランス社会党大会でホー・チ・ミンがベトナムの現状について演説し、参加者に強い印象を与えた。

この大会で社会党は分裂し、左派は共産党となり、ホー・チ・ミンは共産党に参加することになる。ベトナム人で初めてフランス共産党員になったのである。ホー・チ・ミンはテロやストライキなどの冒険主義に反対し、強力な組織を作り上げることをめざした。

一九二五年六月にはベトナム共産党の前身であるベトナム青年革命同志会が結成される。

一九二七年十二月にはベトナムの独立回復のための武力闘争を目的として、ベトナム国民党が結成される。各地で蜂起が計画され、一部では蜂起が実行されたが、未熟な戦闘技術、武器弾薬の不足から失敗に終わる。

第二次世界大戦が始まり、フランスがナチスドイツに敗れると、日本は大東亜共栄圏をスローガンにベトナムに侵攻した。

日本はナチスの傀儡政権であったフランスのビシー政権と結んだため、ベトナムはフランスと日本の二重支配を受けることとなった。双方は激しい弾圧と掠奪《りゃくだつ》を繰り返した。

一九四五年三月、日本軍は軍事クーデターを起こし、ベトナムに傀儡政権を発足させた。この時バオダイ帝は国名をベトナムと改めた。

地下に潜っていたベトナム共産党は、抗日、抗仏の武力蜂起を計画し、ベトミン（ベトナム独立同盟会）を結成した。一九四三年末には各地でベトミンのゲリラ活動が行われるようになった。

一九四五年八月十五日、日本の無条件降伏で戦争が終わると、ホー・チ・ミンは革命にとっての千載一遇の好機ととらえ、総蜂起を呼びかけた。

八月十七日には政府の集会を乗っ取り、十九日にはベトミンの大会が開かれ、二十万人の民衆デモが政府の官庁を占拠し、傀儡政府は崩壊した。

三十日バオダイ帝は退位し、グエン王朝は滅んだ。

ベトミンは二十三日から二十五日までに北部の行政機関を、二十五日から二十八日までに南部の権力機構を握る。

一九四五年九月二日、ハノイのインドシナ総督府前の広場（バーディン広場）でホー・チ・ミンは独立宣言を読み上げた。ベトナム民主共和国の成立だ。

しかしフランスはインドシナに復帰し、ベトナムは北緯一七度を境に南北に引き裂かれ、一九七五年までの間、東西冷戦構造の中で対フランス独立戦争、次いでアメリカとの抗米救国戦争（ベトナム戦争）を戦ったのだ。

しかし、ベトナム戦争は現代史なので詳しく語ることはやめる。とにかく、アメリカに勝利して、一九七六年、ベトナム社会主義共和国が生まれたのだ。

8

さて、十七時二十五分着の便でホーチミンへやってきた。まずは市内のレストランで夕食をとった。

ベトナムはビールの種類が結構多い。ビアハノイや333《バーバーバー》、ビアサイゴン、ダイベットスーパー、ベンタンゴールドなど各地でいろんなビールを飲んだ。東南アジアらしく薄味のビールが多かったが、それがベトナムの気候に合っているのだと思う。

その後、ホテルにチェックインする。珍しいことにドリンクサービス券をもらった。さっそく屋上にあるバーに飲みに行く。バーには生演奏が入っていて、多くの外国人客がいた。

ビールを飲んでゆったりとくつろぐ。あたりはさすがにベトナム一の大都会で、高層ビルもそびえ、ビル群のネオンもカラフルで趣向を凝らしている。夜の涼しい風に吹かれて楽しい時を過ごした。多くの外国人客がくつろいでいたが、サービス券をもらったのに日本人の客は誰も来なかった。

六日目は朝食後ホテルを出発して、この日はホーチミン市の観光だ。

統一会堂（旧大統領官邸）に行った。一九六二年から四年間かけて建設された南ベトナムの大統領官邸だった建物だ。

ここを大統領官邸として使用したのは、グエン・バン・チュー、チャン・バン・フォン、ズオン・バン・ミンの三人のベトナム共和国の大統領だ。

一九七五年四月三十日、解放軍の戦車が正面のレユアン通りから、この官邸の鉄柵を突破し無血入城を果たし、事実上ベトナム戦争は終結したのだ。

現在は博物館として有料で一般公開されているほか、国賓を迎える時や、国際会議などに使用されている。

地上四階、地下一階で、部屋は百以上あり、一階には内閣会議室、宴会室、講堂などがある。二階には大統領執務室、最も豪華な国書提出室、応接室、大統領寝室、食堂などがある。三階には、大統領夫人応接室、図書室、映画室、ヘリポートなどがある。ヘリポートには爆弾が落ちた場所に大きく印がつけられていた。四階はダンスルーム、バーなどがある。大変豪華で大きな漆絵が飾られていたり、家具調度も部屋ごとに趣向が異なり立派である。

地下に下りると雰囲気が一変し、秘密の軍事施設という感じで、緊急時の作戦司令室や大統領の緊急用の寝室、無線室、暗号解読室、放送室、ベトナムの地図の貼られた部屋などと、大きな厨房があり無機質で頑丈そうで冷たい感じがする。ベトナム戦争時に使われていたと思うと生々しい。

庭に出ると一九七五年、ここに突入した戦車が置かれていた。

次にサイゴン中央郵便局に行った。ここは一八八六～一八九一年のフランス統治時代に建設された。フランス時代の建築文化財として貴重な建物なのだ。

三階建てで黄色い外観をしていて、駅舎のようにも見える。中央に時計のあるアーチ型の入口、アーチ型の窓、細やかな装飾も当時のコロニアルスタイル建物の特徴なのだろう。

正面入口から中に入るとクラシックなアーチ型の天井を持つ奥行きのある広々とした空間で、正面にはちょっと微笑んだホー・チ・ミンの肖像画が飾られている。

左右にはシックな木造の電話ボックスが並んでいて、その上には右手に一八九二年当時のサイゴンの地図、左手には一九三六年の南ベトナムとカンボジアの電信網の地図が飾られている。

床は装飾タイルで、天井を飾るシャンデリアにもコロニアルな趣がある。

奥には窓口が並んでいて、今でも現役の郵便局だ。中央はお土産売り場で、ポストカード、古いコインコレクション、古切手などを買うことができる。

サイゴン中央郵便局内部

郵便局を出ると、すぐ目の前にサイゴン大教会（聖母マリア教会）がある。

一八六三〜一八八〇年フランスの統治時代に建てられた教会で、ドンコイ通りの北西のはずれにある。レンガ作りで二つの尖《せん》塔《とう》を持つ優雅で美しいカトリック教会だ。尖塔の高さは三十六・六メートル、建物の奥行きは九十三メートル、幅は三十五メートルだ。レンガはフランスから運ばれたのだそうだ。

内部に入ると、高いアーチ型の天井があり、あまり装飾過多な感じではなくさっぱりとした清々しい感じだ。あちこちにあるステンドグラスも美しい。

教会の前には聖母マリア像が建っている。

ベトナムにはキリスト教徒も少なくはないそうで、日曜日にはミサが行われ、多くの信者が集まるそうだ。

ところで、ホーチミンに着いたところで現地ガイドがソンさんという男性に代わったのだが、そのガイドのしてくれた話を少々。

ホーチミン市にはフランス統治時代の建物が多く残っている。年寄りにはフランス語を話す人もいる。

ベトナム人の八〇パーセントは仏教徒、残りはカトリック、プロテスタント、イスラム教、ヒンズー教徒などである。新興宗教もある。

仏教は大乗仏教で、僧侶の戒律は厳しい。結婚、酒、煙草、肉食が禁じられている。お寺には釈迦像だけでなく、布袋像や観音像もある。

ホーチミン市の人口は八百九十万人。

今ベトナムはアメリカと仲良くなってきている。中国人が嫌い。中国からの観光客も少ない。

中国人の華僑は五十万人いる。金持ちが多い。

ベトナム人はアメリカに百万人、ヨーロッパ、オーストラリアなどに百万人住んでいる。海外に住むベトナム人は金持ちが多く、本国に資本投資する。

ホーチミン市では今日本の援助で地下鉄を作っている。

ベトナムに老人が少ない。ベトナム戦争で多く死んだからだ。子供は多い。

警官、公務員は賄賂をもらうので金持ち。

さて、ベンタイン市場へ行った。一九一四年に完成したフランス統治時代の市場で、ホーチミン市最大の市場だ。

時計塔のある正面入口はなかなか堂々としているが、中はさすがに広く、迷路のようだ。比較的早い時間なので歩きにくいという程ではないが、日中は人通りがすごいそうだ。

アオザイやTシャツなどの衣類、布地、靴やサンダル、バッグ類、化粧品、日用雑貨、仏具、陶器、ガラス製品、貴金属、家電、乾物、お菓子、コーヒー、肉、魚、野菜、果物、調味料、花、お土産、食堂などのテナントがひしめきあっている。テナントはばらばらにあるのではなく商品ごとに店が集中している。

見て歩いていると商品の量がものすごく豊富で、床から天井まで積み上げてある。そしてベトナム中のすべての匂いを詰め込んだような圧倒される感じがある。

次はチョロン（中国人街）の天后宮（ティエンハウ廟）に行った。一七六〇年に建てられたベトナム最古の華人寺のひとつである。

船乗りが航海安全のために信仰した水神、天后聖母（媽祖）が祀られている。かつては福建省の華僑が多く信仰していたが、今は子宝祈願のために多くのベトナム人も訪れる。

天后宮（ティエンハウ廟）

中国風装飾が随所にほどこされた寺で、観光客だけでなく信者の人々も多く来ている。いくつもあるロウソク立てにはあふれんばかりのロウソクが立ち、その前で熱心に祈っている若い女性もいた。

廟の天井から下げられたたくさんの渦巻き型の線香は一週間もつそうで、その香りが境内にただよっていて人々の信仰の篤さを感じさせる。

この後、街中のレストランで昼食をとった。

一旦ホテルに戻る。ホテルの前の人民委員会庁舎の外観を見て写真を撮る。昨夜も、美しくライトアップされた姿を撮ったのだが。

一九〇二～一九〇八年にサイゴン市庁舎として建設されたもので、現在はホーチミン市人民委員会の本部として使われている。

美しく装飾されたコロニアルスタイルのクリーム色の建物だ。中央の塔にはベトナム国旗が翻っていた。内部は公開されていない。

午後はフリータイムだった。ドンコイ通りとその近くの雑貨店巡りをすることにした。お店はたくさんあって、何軒も見て回ったのだが、妻が不満そうに言う。

「ベトナムの雑貨は面白いって注目されているから、もっと種類があったり、個性的な物もあるのかと思ってたんだけど、どの店も似たようなものばっかりなんだもの」

ちょっとがっかりしたような顔をしていた。でも、一軒の店で布のバッグを買ったのだが。

歩き疲れたので、ドンコイ通り沿いのカフェで冷たいビールで休憩。ここのビールはこの旅行中で一番高かった。

「北部は物価が安かったのに、このビールの値段は日本並みだよなあ」

と言うと、妻はこう言った。

「ここはドンコイ通りで、日本で言ったら銀座通りぐらい有名なところなのよ。だから高いの」

言われて納得した。

夕方ホテルに戻り、遅いチェックアウト。

市内のレストランで最後の夕食後、ホーチミン空港へ。夜遅くの便に乗り、成田へ着くのは早朝だ。

ベトナムは、北部と中部と南部で印象の違う国だった。私としては、ハロン湾のクルーズと、ホイアンの街並みが深く印象に残ったのであった。

第五章　カンボジア

1

東南アジアを巡る旅の、五か国目はカンボジアである。二〇一五年十一月の旅だった。成田からベトナム航空の便で、ホーチミン乗り換えで十七時二十五分、カンボジアのプノンペン国際空港に着いた。

空港を出たあたりはきれいにしてあったが、空港内のトイレはコンクリートの天井がむき出しで、配管も丸見えという状態であり、国の貧しさを感じさせた。

時間帯のせいか、空にはたくさんの蝙蝠《こうもり》が鳴き騒いでいた。

現地ガイドのパークンさん（女性）に迎えられ、バスで市内のホテルに向かう。

パークンさんから、水道水は飲めないのでミネラルウォーターを飲むように、スリが増えているので荷物に注意するように、ということを言われた。

カンボジアの通貨はリエルだが、米ドルが使える（この旅の時、一ドルが約四千リエル）、チップも米ドルでいいときく。

ホテルまでは五キロメートル程だが、一時間くらいかかる。渋滞がすごいのだ。最近、車やバイクが非常に増えているのだそうだ。トゥクトゥクも走っている。

道路沿いには屋台が多い。テーブルと椅子を出して商売している。中古車を売る店も多い。ケンタッキーフライドチキンの店やピザの店も多い。

十九時十五分、やっとホテルに到着した。

チェックイン後、近所の中華レストランへ皆さんと一緒に夕食をとりに行く。空芯菜炒め、麻婆《マーボー》豆腐、酢豚、チャーハン、焼そばなどを頼み、アンコールというビールを飲んだ。アンコールはカンボジアで最もポピュラーなビールのようである。

夕食後、妻と二人でホテルの近くのコンビニへ行った。アンコール・プレミアムビールというのがあったのでそれを二本買ったところ、二ドルで七百リエルのお釣りがあり、安いなあと思った。

さて、一夜明けて二日目の午前中はプノンペンの市内観光だ。といっても行くのは二か所だけである。プノンペンは、カンボジアがフランスの保護国になった後の一八六六年に首都になった街だ。

ツールスレン博物館に行った。ここはポル・ポト政権時代にS21と呼ばれた刑務所だった。いきなりそこから見るのかと暗い気持ちになる見学である。

ポル・ポト政権は一九七五年四月から一九七九年一月までの三年九か月の間、カンボジアを支配した。そして正気の沙汰とは思えないような恐怖政治をした。

全土で無謀な社会主義改革が強行され、反革命分子とされた人々は家族と共に捕えられ、刑務所に送られ激しい拷問と尋問を受け、キリング・フィールドで処刑された。

　虐殺されたのはあらゆる職業の罪なき人々で、特に学者、技術者、医者、僧侶、教師、学生など知的階級の人々が多かった。また党の幹部や党員も多く殺されたというから、見境なしである。

　ここには約二万人が収容されたが、生き残ったのはたった七人とも八人ともいわれている。生きて出ることのできない刑務所だったのだ。

　ポル・ポト時代に虐殺や疫病や飢餓などで死んだ人の数については、六十万人から三百万人まで諸説ある。当時のカンボジアの人口が七百万人から八百万人だったというから大変な率だ。

　それらの残虐行為を忘れないために博物館として公開されているのだ。

　ここは元高等学校で、A棟からD棟まで四つの校舎がある。入口を入ってすぐのA棟は尋問室で、教室よりは小さい部屋が並び、市松模様のリノリウムの床の上に鉄製のベッドがぽつんと置かれている。中には拷問された人を撮った写真が展示してある部屋もある。

　直角に並んだB棟には収容された人々や、ポル・ポト、看守などの顔写真が壁一面にびっしりと貼られている。

　その隣のC棟の一階と二階は独房で、教室の中を狭い小部屋に区切っている。一階は男性を収容した場所で小部屋を仕切る壁はレンガで作られている。二階は女性用で、仕切りは木材で作られている。三階は雑居房だ。トイレは小さな金属の箱で、汚すと舐《な》めさせられたそうだ。

この棟は全体が鉄条網で覆われている。飛びおり自殺を防ぐためだそうだ。

D棟は拷問の様子を描いた絵や、拷問器具が展示されている。

校庭には逆さ吊りにして頭を水に浸ける拷問のための、柱に横棒を渡したものと、水《みず》瓶《がめ》が置かれていた。

ポル・ポトはプノンペンの住民を地方に送り、農作業や灌漑作業に従事させた。その時の移動の様子を撮った写真も展示されていた。大人や子供が大きな包みを頭に乗せたり、天秤棒で担いだりして列を作り歩いていく姿だ。

子供は親と引き離され、独身者は集団結婚させられた。そのためポル・ポト政権崩壊後、離婚が多かったそうだ。

ポル・ポトの配下は十代の若者が多かった。若い人は従順で命令に従うからだ。

校庭には二十基ほどの白い墓と記念碑が建てられている。椰子やプルメリアが植えられ、青々とした芝生が広がるきれいな校庭だが、ここの展示を見たあとでは明るい気分にはなれなかった。だが、私はここはやっぱり見るべきところだと思った。ちゃんと知っておくべきことだからである。

プノンペンにある国立博物館

博物館の見学を終え、暗い気持ちになってバスに乗り込み、プノンペンの街中を行く。しばらく走るとシアヌーク通りとノロドム通りが交わるロータリーがあり、そこに独立記念塔が建っていた。一九五三年十一月九日にフランスから完全独立を果たしたのを記念して、一九五八年に建造された塔である。戦没者の慰霊塔でもある。

毎年十一月九日の独立記念日には、ここで盛大なセレモニーが執り行われる。ナーガ（七つの頭部をもつ蛇神）が取り囲むデザインは、アンコールワットの中央塔をイメージしたものだそうだ。バスの中から写真を撮った。

次に、トンレサップ川近くの国立博物館へ行った。一九一七〜一九二〇年、フランスの保護国時代に建てられたもので、赤いクメール様式の建物が印象的だ。ジャヤヴァルマン七世の像のレプリカのある中庭を囲むように建てられている。

入口から入ると巨大なガルーダのややコミカルな像が迎えてくれる。ここまでと中庭は写真撮影ＯＫだった。

展示品はカンボジア全土から出土した彫像や青銅器などで、左手からプレ・アンコール、アンコール、宮廷用具と時代順に並べられているので、神像の変化や技術の変化がよくわかるようになっている。

主な物の一つ目は横たわるヴィシュヌ神の青銅の胸像だ。穏やかな表情としなやかな腕が魅力的だ。二つ目は八本腕のヴィシュヌ神で、馬蹄《ばてい》形の支柱に支えられた二メートル七十センチの大きな像。三つ目はジャヤヴァルマン七世の坐像《ざぞう》で、腕は失われているが王の威厳と静かな落ち着きが感じられる。

また、これから訪れることになるソムボー・プレイ・クック遺跡群からの出土品であるハリハラ神（シヴァ神とヴィシュヌ神の合体像）、五日目に行くバンテアイ・スレイからの出土品、アンコール・トムの出土品やジャヤヴァルマン七世のテラスの彫刻などを見ることができる。

「これから遺跡を巡るのに、前もって博物館で予習しておくのはいいやり方ね」

と妻が言った。確かにここは予習博物館という感じだった。

見物を終えてバスに乗り込む。これでプノンペンを出て、一路北をめざすのだ。まずは三時間余りの長距離移動だ。

バスの中でガイドがしてくれた話をいくつか並べてみる。

プノンペンはメコン川とトンレサップ川の合流地点にできた街だ。一九九四年にトンレサップ川にカンボジアと日本の友好橋ができた。その左手には中国の作った橋もある。

中国の会社は多い。中国製品も多く入っているし、中国人も多い。

昔フランスの植民地だったのでフランスパンを食べる（ベトナムも同じ）。

屋敷神がどの建物にも祀ってある。家の守り神だそうだ。国立博物館にもあった。竹の飾り物とバナナが供えてあった。

ジャヤヴァルマン七世は英雄で国民に慕われている王様だ。ベトナムのチャンパ王国との戦争に勝ち、カンボジアが最も強大な国になった時の王様。ジャヤヴァルマン七世は仏教徒で大乗仏教を信仰していた。

プノンペン郊外はレンガ工場が多い。ガソリンスタンドも多い。

白い牛が放牧されているが人がついている。二頭立ての牛車が通行している。牛は農業用の労働力で、最後は食べてしまうが、肉は硬い。

カンボジア人にとって牛は働き者で、水牛は怠け者なのだそうだ。

郊外の家は木造の高床式が多い。昔の考えでは高い所は神様の場所なので近づくために自分たちも高い所に住んだのだ。だが今は、涼しい、怖い動物が入ってこない、洪水から守るなどの目的で高床にしている。暑い時は床下にハンモックを吊って寝ると風が通って涼しい。

タイ東北部の農家と同じような三つの大きな瓶のセットが置いてある。

メインの道路は舗装がされているが、脇道は赤土の地道だった。

スコン村のドライブイン・レストランで席を借りて弁当の昼食をとった。メニューは、おにぎり、唐揚げ、ソーセージ、茹で卵、野菜、バナナ。レストランに来ているのに、ホテルが作ってくれた弁当を食べているのは、日本人旅行者が食べられるようなものがないからである。ただし、ビールは買えたので、アンコール・プレミアムビールを買った。一缶一ドルで安い。

レストランの周囲には出店が出ていて、タランチュラ、蚕、バッタなどを売っていた。どれも揚げてある。虫食の習慣があるってことだが、ここの食事は日本人には無理だと思った。タランチュラの揚げ物は迫力があった。

昼食後、再びバスで移動をする。

2

ガイドの話の続き。カンボジアではかつて土地は国のものだったが、カンボジア内戦後、個人のものになった。公共の建物を建てる時は立《た》ち退《の》かなければならないが、お礼はもらえる。

プノンペンには八十七の寺がある。村では二～三キロメートルに一つある。

寺にはお祭りや正月にお参りする。葬式は寺ではなく家でする。

寺は心のよりどころ。寺の費用は人々の寄進で賄われる。カテンという祭りの期間があり、その時みんなが寄進する。

出家する人は少ない。みんな出家に関心がない。出家したとしても、短い人だと三か月ぐらいでやめる。一生出家しない人もいる。出家する人は貧しくて食べられない人や、勉強したい人だ。

結婚シーズンは乾期で、盛大なパーティーが行われる。結婚式は女性の家で、女性主導で行う。結婚しても女性の姓は変らない。男性が婿に行く感じなのだ。

カンボジアには二つの鉄道路線があって、本数は少ないが今も使われている。ただし、旅客や貨物の減少、駅の荒廃、治安の悪化などにより運休することが多いらしい。

テレビは田舎にはあまりない。

新聞は都会では読まれるが、田舎の人はあまり読まない。識字率が高くないのだ。

教育費は高校まで無料だが、内戦後あまり学校ができていない。学校が不足しているので、授業は二部制。午前七時から午前十一時が午前の部。午後一時から午後五時までが午後の部。一日四時間程度の勉強しかできないので、充分な教育ができなくなっている。

通学は歩きか自転車だ。自転車にはブレーキも灯りもない。

稲の籾干しをしているところを見た。タイ東北部と同じく穂先だけを干す。

コンポントムの町でトイレ休憩をとった。ここはトンレサップ湖に近く、農協と共に漁協もある。このあたりでは米は年三回穫れる。美人が多いことでも有名な地方だ。

野生の象や虎がいる。しかし内戦時の地雷により野生動物も減った。

その野生動物をカンボジア人は食べる。野ネズミ、リス、鹿、イノシシなど。鹿やイノシシ料理を出すレストランもある。

コンポントムを過ぎたあたりから藁で壁を作った家が増えてきた。道も赤土の地道だ。

農業は機械化されていない。すべて手作業と牛の力でする。

このあたりは電気が来ていない。ただし電話線はある。

トイレのない家も多い。鍬を持って裏庭に行って用を足す。とにかく貧しいというわけだ。トイレットペーパーは木の葉っぱ。

ソムボー・プレイ・クック遺跡群に到着した。アンコール五大遺跡の一つだ。観光客が着いたので子供たちが寄ってくる。ここはクメール最古の遺跡でプレ・アンコール期を代表する遺跡の一つなのだ。

七世紀初めにイーシャーナヴァルマン一世が作ったとされる。この地はイーシャナプラといい、真臘（クメール語でチェンラ）の首都だった。イーシャナプラは唐僧玄奘《げんじよう》の『大唐西域記』にも記載されていて、当時国外にも知られる存在だったことがわかる。遺跡は東西六キロメートル、南北四キロメートルにわたって散在している、約六十基のレンガ塔が林の中に点在している。

主な遺跡は三つのグループに分かれていて、南のSグループはプラサット・イェイ・ポアン、中央のCグループはプラサット・タオ、北のNグループはプラサット・ソムボーという。各グループは塀で囲まれていたそうだが塀は崩れてしまっている。

まずSグループから見学、ヒンズー教の一宗派、シヴァ派の遺跡だ。八角形のレンガ塔が何基も建っている。この形はこの遺跡特有のものだ。壁面には空飛ぶ宮殿と呼ばれるレリーフが刻まれている。宮殿の形を模していて、壁龕《へきがん》（壁のくぼみで、仏像を納めるところ）、小列柱、まぐさ石、付け柱、破風などがそろっている。

人物や動物も刻まれていて、その中にグリフォン（鷲《わし》の頭と翼、胴体がライオン、尾は蛇の想像上の生き物）と見られる彫刻がある。グリフォンは西欧起源のものなのに。

また、砂岩でできた四角い建物の台座部分に彫り込まれた人物像はガンダーラ仏のような顔をしている。

それらのことから、この遺跡にはヘレニズム的影響が見られるといわれる。当時真臘はインドと交易をしていたから、インド経由で入ってきたものだろう。

八角形の建物の中に入ると、せり出し天井が何重ものラインを見せ、穴の空いた天井から光が降りそそぎ美しい。内部にリンガがあったと思われる建物もあった。

木漏れ日のさす林の中を歩いてCグループに向かう。木の根元のあちこちに大きな土の塊があったが、それはアリ塚だそうだ。

Cグループでは多くの建物が失われ、中央祠堂だけが残っている。中央祠堂の入口の両側にはシンハと呼ばれるライオンの像が守っている。たてがみが見事で、口を開け少し上を向いている。

「このライオンの、お尻が大きくて丸っこいところが可愛い」

というのが妻の感想であった。

堂内には現在のものと思われる神像が飾ってあった。現代のものと思ったのはキンキラの飾りつけがしてあったからだ。

ソムボー・プレイ・クックのCグループのシンハ

また林の中を歩いてNグループに行く。ここにもレンガ作りの八角形の塔があり、空飛ぶ宮殿の彫刻がほどこされている。

堂内にはヨニの上に立つハリハラ神や、ドゥルガー神（シヴァ神の妻）のトルソーのレプリカが祀られている。

また砂岩でできた四角い祠堂や、すっかり樹木にからめとられてしまった祠堂もある。

この遺跡はプノンペンからもシェムリアップからも遠いので、観光客も少なく落ちついて見ることができた。

観光を終え、またバスで三時間ほど走る。目的地はシェムリアップだ。

つまりこの日は、プノンペンで二か所見物して以降、ひたすらプノンペンから二百五十キロメートル北西のシェムリアップをめざしているのだ。そして、その真ん中あたりで、古い遺跡のソムボー・プレイ・クック遺跡群を見たのである。

走るうち、陽が傾いてきて日没の時間帯になる。田んぼ、椰子の木、林などの風景の中に大きな太陽が小さな川面や水たまりをオレンジ色に染めて沈んでいく。高い雲はピンク色に染まり、細くて白い三日月が見える。やがて陽が沈むとあたりは薄暮になり、ゆっくりと暗くなっていく。一時間ほどたつとすっかり暗くなり、目を凝らすと星が瞬いている。

七時半頃シェムリアップに到着した。街のメインストリートにはレストラン、ホテル、銀行、マッサージ店などが並び観光客も多く賑やかだ。ゲイのショーを見せる店もあるそうだ。

そんな一画のレストランで夕食。牛肉団子、牛肉のスライスに生卵を絡めたもの、たくさんの様々な野菜、ワンタン、揚げワンタン、ゆば、麺などの入った薄い塩味のチュナンダイという鍋を食べた。たれがついてきたけど辛そうなので使わず、たれなしで食べたがおいしかった。

夕食の後、ホテルにチェックイン。このホテルに六連泊もして、シェムリアップを拠点として周辺の遺跡を観光するのだ。

3

三日目の朝をシェムリアップのホテルで迎える。朝から気温三十度で、しかも蒸し暑い。昨日、ソムボー・プレイ・クックの遺跡を見物した時、着ているシャツがビショビショになるほど汗をかいたのだが、今日も同じようであろう。

今日の行程はアンコール五大遺跡のうちいちばん遠いコーケー遺跡に行き、そこからシェムリアップに戻ってくる時に二、三か所観光をする予定だ。

出発すると、道端で竹筒にココナッツを絡めた米を詰めて蒸したチマキのようなものが売られていた。名物なのだそうだ。

街道沿いには石屋が多い。主に仏像を作っていて、寺に寄進するためのものだそうだ。

地元の市場もある。朝四時から夕方六時まで開いている。このあたりでは一日二回市場に行くそうで、田舎には冷蔵庫がなく買い置きの習慣がないからだそうだ。

今日行く方面は農業が盛んな地域で、広大なゴム畑やバナナ畑がある。育てやすいのはバナナで、雨がなくても枯れない。

ポル・ポト時代に地雷が多く埋められた地域でもある。遺跡内は地雷の撤去が終わっているが、まだ残っている所にはドクロマークの看板が立ててある。

シェムリアップから北東に約百二十キロメートルのコーケー遺跡に到着した。

スカーフ売りの子供がたくさん寄ってくる。自分の食べる分くらいは自分で稼ぐのだ。日曜日は一日中、平日は午後に学校のある子は午前中に、午前に学校のある子は午後に売りにくる。

コーケーはアンコール期の都城遺跡群で、この地の領主であったジャヤヴァルマン四世がここに都を移したのだ。九二八年から九四四年までの短い期間首都であったが、その後、都はアンコールに戻された。

遺跡は八十以上あったそうだが、修復がすんでいるのは三十ほどだ。コーケーは保存地区になっていて木を切ることや建物を建てることは禁じられている。

プラサット・トムというコーケー最大の寺院に入った。プラサット・クラハム（赤い祠堂）という門のような祠堂を過ぎ、ラテライト（赤土）の塀で囲まれた中の参道を行く。参道の飾り柱はみな倒れたり傾いたりしている。境内には小ぶりの祠堂がいくつもあるが今にも崩れ落ちそうである。

寺院の裏に出るとプランと呼ばれる高さ三十五メートルのピラミッド型の寺院がある。須弥山を模して作られたものだ。エジプトのサッカラのピラミッドや、メキシコのマヤのピラミッドを思わせる。

コーケー遺跡のプラン

ラテライトで作られた七層の基壇があり、その各段に草が生い茂り、密林の中の寺院にふさわしい雰囲気がある。

この寺院が作られたのはアンコール・ワットより二百年以上前だそうだ。

正面には階段があり、昔はそこを上れたのだそうだが、今は横手に回り込むと観光客のための木製の階段が作られている。

頂上に上るとデヴァラージャ像（神と王の合体）を祀った祠堂があるが、すっかり崩れている。しかし頂上からの景色は素晴らしい。地平線まで、ほぼ平らな密林に取り囲まれ、遠くに見える霞んだ山はタイやラオスとの国境方面だ。

入口の前に戻り、そこにある食堂の席を借りて、きのうと同じくホテルで作ってもらった弁当の昼食となった。おにぎりとおかずだ。

　昼食が弁当になる理由がわかった、と妻が言った。妻は食後トイレを借りたのだが、厨房《ちゅうぼう》の中を通ったのだ。そうしたら、火力は炭を使っていて、食器洗いは大きなタライにはられた溜め水で、その水は濁っていて汚かったのだ。

「あの水で洗った食器で軟弱な日本人に食事させることは無理よ」

と言う。

　食後はバスに乗りコーケーの遺跡群の中を車窓から眺める。ラハールという今は草に覆われている貯水池跡があり、林の中にたくさんのプラサットが並んでいる。リンガのあるプラサット・リンガ、白樺《しらかば》の名を持つプラサット・スロラウ、美しい破風のあるプラサット・クラチャップ、黒い女性の意味のプラサット・ニエン・クマウなどだ。どれも崩れかけていたが、バスをゆっくり走らせながら見て回った。

　その次に、このあと行くベン・メリアの石を切り出したというクーレン山東南にある石切り場に行った。

　川が流れていて、石を切り出した平らな面が露出している。石は砂岩で、ここのものは上質なのだそうだ。

　それからしばらく進んで、ここもアンコール五大遺跡の一つだというベン・メリアに到着した。ベン・メリアは花束の池という意味だそうだ。

アンコール・ワットの原型とも言われる、森の中にひっそりと眠る巨大寺院だ。アンコール・ワットより二十年程早い十一世紀末から十二世紀初頭にかけて作られたヒンズー教寺院で、アンコール・ワットと類似点が多く東のアンコール・ワットとも呼ばれる。規模はアンコール・ワットより少し小さく環濠《かんごう》幅約四十五メートル、周囲約四・二キロメートルである。

ベン・メリアは崩壊が進み、まるで瓦礫《がれき》の山のようだが、クメール建築の中では飛びぬけて丁重な工法で作られていたのだそうだ。密林の中に埋もれたままの遺跡のイメージが強くて人気がある。

西門から入り、深い森の中の遺跡を歩く。ある時は苔むした屋根の上を歩き、ある時は観光用に整備された木道の上を歩き、光の届かない回廊の中をたどる。どんな伽藍だったのか想像もできない。まるで迷路を探検しているような気分だ。足元が悪いので、この旅行で私の靴はかなり傷んでしまった。この遺跡は発見された時とあまり変っていないのだ。

木漏れ日の中あちこちにデヴァター（女神）や神々、ラーマーヤナ、蓮の実、繊細な模様などのレリーフが見られる。しかし崩れているのでどこの部分なのかはわからない。

どこか異世界に迷い込んだような気がして、ただ雰囲気は素晴らしく、探検家になった感じだ。

東門に抜けるとナーガの彫刻がある。ここのものは破損が少なくきれいに残っていて、光背の繊細な模様まではっきりと見ることができる。荒廃しきった遺跡を見たあとだけに不思議な気分になる。

それからまたバスに乗り、スピアン・プラプトスに行った。クメール時代から使われているラテライトで作られたアーチ橋だ。ここを通る道は十二世紀のスーパーハイウェイというわけだ。ジャヤヴァルマン七世によって建設された。橋の長さは約九十メートル、橋脚は二十くらい。道幅は案外広く、橋板はラテライトだ。

ここの橋の欄干にもナーガがある。小さな石像もある。

車は通行禁止だそうで、地元の人がバイクや自転車でのんびりと走っている。

六号線をシェムリアップまであと一キロメートルあたりまで戻ってきたところで、道路沿いに大きなマーケットが出ている。プサー・ルーというシェムリアップ最大のマーケットだそうだ。

魚や肉、乾物、日用雑貨、衣料品、薬、漁具、工具、お菓子、調味料、靴、鞄、ぬいぐるみなどあらゆるものを売っている。タイ製や中国製のものも多いのだそうだ。品ぞろえは地元の人々向けのものばかりだ。

屋台レストランもたくさんあって、テーブルの周りに椅子や座布団を置いて営業していた。四時頃から十時頃まで開いているそうで、六時頃になると混雑して車も通りにくくなるそうだ。来ている人々はほとんどがカンボジア人で、観光客は見なかった。

五時三十分、ホテルにいったん戻り、六時三十分再び出発する。

クメールの宮廷舞踊アプサラ・ダンス・ショーを鑑賞しながらのディナーだ。九世紀頃に生まれたこの踊りはアンコール遺跡のレリーフでも見ることができる。アプサラとは天女、天使の意味で、踊りは神様に奉納するものだった。

五つの演目が演じられた。ココナッツ・ダンス、漁師の踊り、アプサラ・ダンスなど。アプサラ・ダンスは踊り手が手の指先の動きで生命を表現するものだそうだ。

食事はカンボジア料理のビュッフェであった。

4

四日目は朝食もとらず早朝の出発だった。まず、アンコール地区のチェックポイントに行き、アンコールパスを作る。写真を撮られ少し待っていると思いのほかすぐにできあがる。顔写真つきの首からぶら下げるもので、一週間の内の任意の三日間が有効。四十ドルだった。これは外国人向けのチケットで、カンボジア人は無料だそうだ。

アンコール・トムの東にあるタ・プロームへ行く。ガジュマルの木が覆いつくした寺院で、数あるアンコール遺跡のなかでも人気が高いところだ。

発見当時の状態を保存するため修復工事を行っておらず、オリジナルなのだ。したがって観光できる通路が制限され、少しの人でも渋滞が起こる。そのため早朝の観光になったのだ。

ここは一一八六年にジャヤヴァルマン七世が母親を弔うため建立した仏教寺院だった。当初は五千人の僧侶と六百人近い踊り子が住んでいたと伝えられる。

元々ヒンズー教寺院の土台が残っていて、その上に建てたので工期が短かった。ジャヤヴァルマン七世はそのような方法でたくさんの寺院を建てたのだそうだ。

後に、仏像のレリーフが削り取られ、ヒンズー寺院に改造された。

東西約一千メートル、南北約七百メートルのラテライトの壁に囲まれた中に寺院がある。建材は砂岩とラテライトの混合で、石が不足したからともそれが好みだったからともいわれている。ラテライトは鉄分を含んだ赤くて穴のたくさん空いた硬い石で、彫刻には向かない。したがって彫刻してある部分は砂岩がはめこまれている。

この荒廃した寺院の最大の特徴は巨大なスポアンと呼ばれるガジュマルの一種が寺院全体を飲み込もうとしている姿だ。ある場所ではヘビのように、ある場所では滝のように、またうねる血管のように絡みついている。非常に心を打たれる神秘的な景観だが、寺ががんじがらめに締めつけられているようで痛々しい感じもする。

寺院の修復計画がないわけではないらしいのだが、ガジュマルが寺院を破壊しているのか、ガジュマルが崩れつつある寺院を支えているのかという議論になってしまい、話が前へ進まないのだそうだ。

中央祠堂の周りのたくさんのデヴァターの足は横を向いているのが特徴。木に挟みこまれた神像、ヒンズー教のモチーフのレリーフ、ナーガのレリーフ、蓮の実の彫刻なども見ることができる。西塔門には観世音菩薩《かんぜおんぼさつ》の四面仏がある。

ここは映画『トゥームレイダー』や『トゥー・ブラザーズ』のロケ地になっているそうだ。

ホテルに戻り朝食をとり、九時三十分再び出発してアンコール・トムへ向かった。アンコール・トムは一辺約三キロメートルの広大な土地が、環濠と高さ八メートルのラテライトの城壁に囲まれた都市遺跡である。クメール語で大きな王都、の意味だ。

東西南北それぞれと、死者の門の、合わせて五つの門を持つ。

南大門の前の橋を徒歩で渡る。左側には神々、右側には阿修羅《あしゅら》がナーガの胴体を綱引きのように引く像がずらりと並んでいる。これだけでも堂々としたものだ。

ところがここでトラブルが発生した。私の使っていた小さなカメラが故障してしまったのだ。それまでに撮った写真は見ることができて生きているのだが、もう撮ることはできなくなった。それで、この先は私はカメラなしで、写真は妻のカメラにまかせたのである。

いよいよアンコール・トム、アンコール・ワットを見物という時にカメラの故障とは間が悪かった。

なお、そのカメラは、保証期間中だったので、日本に帰ってから無料で直してもらえたのであった。

やむなく、カメラなしで観光を続けた。

南大門は砂岩で作られ、約二十五メートルの高さがありかつては木製の扉があったが、今は扉はない。上部には巨大な観世音菩薩の顔が四面に刻まれている。

真っすぐのびた参道を歩き、アンコール・トムのほぼ中央にあるバイヨン寺院に行く。バイヨンとは美しい塔の意味だ。

アンコール・ワット完成から三十年後の一一七七年にベトナムのチャンパ王国により王都は占領されたが、一一八一年に即位したジャヤヴァルマン七世が奪還し、アンコール・トムの造営を始めた。

バイヨン寺院は初め大乗仏教寺院として作られ、後にヒンズー寺院に改宗された。

東側が正面で、二つの回廊を持ち、中心の上部テラスに中央祠堂がある。

第一回廊の天井は崩れ落ちているが、保存状態のよいレリーフにはチャンパ王国との海戦や陸戦の様子が描かれている。クメール人は耳が長く、オールバック。チャンパ人

アンコール・トムのバイヨン寺院

は帽子をかぶっている。

また第一回廊独特のレリーフとしては、闘鶏の様子、出産シーン、調理風景、投網漁、宴会、病院など、庶民の生活が生き生きと描かれていることだ。

一方第二回廊のレリーフは、ジャヤヴァルマン八世の時代に彫られたのでヒンズー教の要素が強く、ヒンズー神話やインドの叙事詩などが彫られている。

上部テラスに上ると、高さ四十五メートルの中央祠堂と十六の塔堂を巡るように作られていて、大変複雑な構造になっているので方向感覚がおかしくなる。

最大二メートルあまりの観世音菩薩の顔が彫り込まれた四面塔が林立している。四面塔はテラスと塔門を合わせて五十四もある。あたりを見回すとそこらじゅうに観世音菩薩の大きな顔があって、摩訶不思議《まかふしぎ》な空間である。

観世音菩薩の顔は一つ一つ少しずつ異なっていて、通称クメールの微笑みとして有名な顔もある。

また上部テラスには清楚《せいそ》で美しいデヴァターの像も数多くある。彫りが深く表情も豊かだ。

バイヨン寺院の見物を終え、バイヨンの北西に隣接するバプーオンに行く。十一世紀中ごろにウダヤーディティヤヴァルマン二世によって、先祖の霊を弔うために建立された三層のピラミッド寺院である。かつてはバイヨン寺院よりも高かったといわれている。

東塔門から伸びる参道は長さ約二百メートル、高さ約二メートルの石柱で支えられ、空中参道と呼ばれている。

中央のピラミッドの上に二つの回廊で囲まれた祠堂がある。この祠堂は須弥山を表すのだそうだ。

バプーオン寺院は砂地に建設され、その巨大な規模のせいもあって、二十世紀には寺院のほとんどが崩壊してしまった。したがって周囲には寺院のものとみられる崩壊した石材がごろごろある。今はピラミッドの形に修復されているのだが。

次に、王宮の門をくぐり象のテラスへ行った。十二世紀末、ジャヤヴァルマン七世によって作られたものだ。

王族たちが王宮広場での閲兵を行うために作られたテラスで、高さは約三メートル、南北に約三百メートルの長さがある。

側壁にはずらりと象使いの乗った象のレリーフが彫られている。五か所にある階段横には、正面から見た蓮の花を摘む象の姿が彫られている。

テラスの中央部分のレリーフはガルーダガジャとシンハ（ライオンとガルーダが一体化した聖獣）である。

そしてこの象のテラスのすぐ隣にはジャヤヴァルマン七世のテラスがある。高さ約六メートルのテラスの上に王の像がある。この像は閻魔《えんま》大王であるともいわれている。

このテラスも十二世紀末、ジャヤヴァルマン七世により作られた。もともとテラスのあった所に再建築されたもので、一辺約二十五メートルである。

新しいテラスで隠されていた古いテラスの壁面も見学できるように通路を設け二重構造に修復してある。

レリーフは非常に細密で、長らく土に埋もれていたため保存状態がよい。モチーフは阿修羅、神々、女神、宮廷生活の様子、九つの頭を持つナーガ、象、カニなど様々であり、広い壁面にびっしりと彫られていて見応えがある。

そのあと、レストランで昼食を食べた。ココナッツカレーが食べやすかった。そして一旦ホテルに戻る。

アンコール・ワット

午後二時四十分ホテルを出発した。どんどん暑くなってきた。

いよいよアンコール・ワットの見物である。

アンコール・ワットは王都の寺院の意味。十二世紀前半、スールヤヴァルマン二世により約三十年の歳月をかけて建造された。総面積約二百ヘクタール、東西約一・五キロメートル、南北約一・三キロメートルの巨大ヒンズー教寺院だ。

幅約二百メートルの環濠と周壁で囲まれている。環濠は大海を表している。堀の深さは一・五から二メートルあり、昔は水祭りの時にボートレースをしたり、子供が泳いだり、釣りをしたりしたそうだが、今は禁止されている。

アンコール・ワットはヴィシュヌ神に捧《ささ》

げられた寺院であるとともにスールヤヴァルマン二世を埋葬した墳墓でもあった。それは王と神が一体になったデヴァラージャの思想に基づいている。

橋を渡ると三つの門がある。正門は西向きで、そのため午前中の観光は逆光になってしまう。

境内に入ると内壁の内側にはデヴァターのギャラリーがあり、歯を見せて笑うデヴァターのレリーフがある。彫りは浅めだ。

寺院の建物に向かって進むと経蔵があり、その先には聖池がある。左手奥には食堂や土産物の屋台が出ている。

寺院には三つの回廊があり、第一回廊と第二回廊の間に十字回廊がある。ここには日本人、森本右近太夫《もりもとうこんだゆう》の書いた落書が残っている。沐浴《もくよく》の池の跡が四つある。周囲には仏像やデヴァターのレリーフ、そして柱や梁には緻密な模様がびっしりとほどこされている。彩色が残っているところもある。

中心に進むとだんだん高くなる構造だ。第二回廊を一周し、ちょっと列に並んで第三回廊への急な階段を上ると、そこは最も神聖な場所で、中央の高さ約六十五メートルの中央祠堂を内側から見ることができる。第三回廊の四隅には四つの尖塔がある。

そのあたりにもたくさんの神々やデヴァター、物語などのレリーフ彫刻がほどこされていた。

第一回廊に戻り、回廊のレリーフを見る。南面の天国と地獄、スールヤヴァルマン二世の行軍と、西面のマハーバーラタ、ラーマーヤナのレリーフを見た。続きは明日の朝の観光ということになった。レリーフは繰り返しが多く、感動とまではいかなかったが、これだけ埋めつくしたエネルギーには圧倒されるばかりであった。

夕刻になったので、今日のアンコール・ワット観光はここまでとする。

午後七時にレストランで夕食。エビの串焼きがおいしかった。

午後八時にホテルに帰り、長い一日が終わった。

5

五日目は早朝五時十五分にホテルを出発した。アンコール・ワットに朝日が昇るのを観賞するためだ。

まだ真っ暗な中、懐中電灯の明かりを頼りにチェックポイントからアンコール・ワットに歩いていく。境内に入り、思い思いの場所で朝日が昇るのを待つ。私たちは初め参道のところにいたのだが、写真写りがよさそうなので聖池のほとりに移動した。そこにはもう大勢の観光客がむらがっていた。でもなんとか場所を確保。

空が白み始め、たなびく雲がオレンジ色に染まっていく中にアンコール・ワットのシルエットが黒々と浮かびあがる。

しかし思いのほか雲が厚く太陽は見えない。もっと輝くような朝日を期待していたので少しがっかりした。

明るくなったので、昨日見残していた第一回廊の東面へ行く。乳海攪拌《にゅうかいかくはん》と、ヴィシュヌ神と阿修羅の戦いのレリーフを見学した。乳海攪拌とはマハーバーラタやラーマーヤナで語られるヒンズー教の天地創造の物語だ。神々と阿修羅が協力して海をかきまわすと、太陽や月や、牛や象や馬などが出現するのだそうだ。夥《おびただ》しい神々がむらがっているレリーフだ。

北面に移動してクリシュナと阿修羅の戦い、アムリタ（不老不死の妙薬）を巡る戦いのレリーフを見る。アムリタを巡る戦いのレリーフは、ずっと後の十六世紀のアン・チャン一世の指示で作られたものだそうだ。

第一回廊の壁画は全長七百六十メートルに及ぶもので、びっしりと描かれたレリーフはその壮大なスケールに驚くしかない。アンコール・ワットはものすごい、という印象をもたらしてくれるものだ。

一旦ホテルに戻り、朝食と小休止をとる。

十時三十分、再び出発。今日はシェムリアップ近郊の観光だ。

バンテアイ・クディに到着。十世紀に建てられたヒンズー教寺院を十二世紀末にジャヤヴァルマン七世が仏教寺院として大規模改修を行った寺院である。

バンテアイ・クディとは僧房の砦《とりで》という意味で、僧の学校として使われたといわれている。ラテライトの周壁に囲まれた東西約七百メートル、南北約五百メートルの境内には、四面仏塔、テラス、楼門、中央祠堂が並んでいる。こぢんまりとした美しい寺院だ。

東門から入ると十人くらいの音楽を演奏している人たちがいた。地雷で体が不自由になった人が普通の職業に就けないため、音楽を演奏して生活の糧を得ているのだと見てとれた。我々日本人を見て、曲を「サクラサクラ」にした。妻はさりげなく接近して喜捨をした。

ここバンテアイ・クディは上智大学の調査隊が二百七十四体の首を切断された仏像を発掘した場所だ。説明の看板が立っていた。

一度仏教寺院にされたあと、またヒンズー教寺院に改宗されたのだそうで、その時に廃仏されたらしい。

西門から出て寺院の南側を回る。ガジュマルの木の根元には小さな仏像が放置してあった。

再び東門に戻り、道路を渡ったところにあるスラ・スランに行く。東西約七百メートル、南北約三百五十メートルの池で、十二世紀にジャヤヴァルマン七世によって整備された沐浴池といわれている。

池の西側にはテラスが張り出し、装飾の跡も見られる。また岸辺には石段になっている部分もある。内戦の時は田んぼにされていたのだそうで、ということは浅いのかもしれない。池をのんびりと眺めやる観光だった。

この後、昼食をとった。今日はシェムリアップから近いのでレストランでカンボジア料理だ。アモックという雷魚のココナッツミルク蒸しが出た。

ビールは相変らずアンコールビールだ。

「ビールは飲みたし、汗は怖し」

と私は言った。とにかく蒸し暑くて汗をびっくりするほどかくのだ。シャツがビショビショになり、乾くと塩の跡がついている。しかし、やはりビールは飲んでしまった。

午後はロリュオス遺跡群から観光する。そのあたりに小さな遺跡がいくつか点在するのだ。シェムリアップから国道六号線を東へ約十三キロメートルのところにある。

この地はソムボー・プレイ・クックの後、九世紀のインドラヴァルマン一世の時代にハリハラーラヤという都城が築かれた。

まずはプリア・コーから見ていく。アンコール王朝最古のヒンズー教寺院で、八七九年、インドラヴァルマン一世が王の両親や先祖のために建立したシヴァ派の寺院だ。

プリア・コーとは聖なる牛の意味で、祠堂の前にはシヴァ神の乗り物の聖なる牛ナン

ロリュオス遺跡群のプリア・コー

ディンが三頭、祠堂のほうを向いて並んでいる。

中央に基壇があり（基壇はカイラス山に見立てられている）、その上に六基の祠堂が二列に並んでいる。前列は男性、後列は女性のための祠堂だ。レンガで作られているが、レンガは薄い。

祠堂の一部には、壁にはめ込まれた守門神像や、まぐさ石のレリーフなどがきれいに残っているところもある。祠堂の内部にはリンガが置かれた台座が残っていた。

一部に、漆喰の跡が残っているところがあったが、もともとは建物全体が真っ白だったのだそうである。

次はバコンに行く。カンボジア最古のピラミッド型の寺院だ。八八一年にインドラヴァルマン一世が建立した。ロリュオス遺跡群のなかで最も規模の大きな遺跡だ。

五層の基壇の上に中央祠堂が建っていて、この建築様式はバコンで確立されたとされる。周囲にはレンガ作りの祠堂が取り囲むように建てられている。

階段を上ることになった。途中のテラスに象の彫刻がある。かなりきつい階段だ。基壇部分にはかつては精密なレリーフがほどこされていたそうだが、現在きれいに残っているのは戦う阿修羅のレリーフのみだ。

次はロレイに行く。こちらは八九三年、ヤショヴァルマン一世が父親のインドラヴァルマン一世や先祖を祀るために建立した。ここもレンガで作られている。

建立当時はインドラタターカ貯水池の中央の小島の上にあったそうだが、現在、水は枯れてしまっている。

四基の祠堂が二列に並び、その中央に十字形に砂岩の樋《とい》がある。樋の交わるところにリンガが設置され、聖水を灌《そそ》ぐと四方に水が流れ貯水池まで行く仕組みになっていた。リンガの形は先が丸いものではなく尖った形をしていた。

祠堂の壁面にはデヴァターや金剛力士などのレリーフが残っている。

これでロリュオス遺跡群の観光は終わり。そこからしばらくバスで運ばれ、バンテアイ・スレイに到着した。シェムリアップから北東に約四十キロメートルのところにある。

バンテアイ・スレイのバンテアイは砦、スレイは女の意味だ。

九六七年、ラージェンドラヴァルマン二世が建設を始め、息子のジャヤヴァルマン五世の時代に完成した。

ラテライトと赤砂岩で作られていて全体が赤っぽく、こぢんまりとした寺院だ。

東門から入ると参道にはリンガを模した石柱が並んでいる。その先の第一東塔門を抜けると環濠がある。堀の静かな水面には周囲の木々が映り込んできれいだ。

さらに第二東塔門を抜けると経蔵があり、北塔と南塔に挟まれて中央祠堂がある。門や建物には多くの丁重なレリーフがほどこされている。

しかしこの寺院を最も有名にしているのは中央祠堂と二つの祠堂にある十六体の美しいデヴァター像だ。

一九二三年、フランスの作家アンドレ・マルローがこのデヴァターを盗み出そうとして逮捕されるという事件も起きている。そのデヴァターは「東洋のモナリザ」と呼ばれている。

普通はこのデヴァター像のある祠堂の周りにはロープが張られ、間近でデヴァター像を見ることはできないのだが、このツアーでは特別にロープの中に入ることが許された。そのため夕方の観光になったのだが、他の観光客がいなくなると何人かの係員がやってきて、ロープの一部を外し、祠堂の建つ基壇に上らせてくれた。思いきり写真を撮り、鑑賞することができた。

バンテアイ・スレイの「東洋のモナリザ」

マルローが盗み出そうとしたデヴァターだけではなく、どれもみな美しい。彫りが深く、保存状態もいいのだ。

赤味を帯びた砂岩に彫られたその姿、少し腰をくねらせて立つ像は洗練されていて、優美で魅惑的である。間近で見られて大満足であった。

観光を終え、シェムリアップに戻る。

この日の夕食は、カンボジアの伝統的なスタイルの古民家風のレストランで、カンボジア宮廷料理だった。そう変った料理ではなく食べられるものだけを食べた。

6

六日目はタイ国境から約二十キロメート

ルのところにあるバンテアイ・チュマールに向かう。シェムリアップからは西に向かって六号線を約百六十キロメートルのロングドライブだ。

そこへ向かっているあいだに、カンボジアの歴史を簡単にまとめておこう。

カンボジアで見つかっている最も古い人間の痕跡は紀元前四二〇〇年頃と推定される。紀元前一五〇〇年頃にはトンレサップ湖の東南部に現在のカンボジア人に近い人々が居住していたとされる。

紀元前後頃、インド商人がインドシナ半島南部に来航し、交易を行っていた。

紀元一世紀頃、インド文化の影響を受けた扶南国がメコンデルタ地帯に成立する。扶南は海上交易の要衝、森林物産の集散地として栄えた。特に外港オケオ（現在のベトナム、アンザン省）は海のシルクロードの貿易中継地として、インドや中国、さらにはローマ帝国とも交易を行っていた。

六世紀に入り扶南が衰退し、扶南の属国でラオス南部のチャンパサック地方を中心に栄えた真臘が六一〇年に独立、七世紀前半には扶南を併合する。

真臘は六一六年にイーシャーナヴァルマン一世が王位につき、首都をイーシャナプラ（ソムボー・プレイ・クック遺跡）に置く。三十余りの地方拠点となる城市を持ち、現在のカンボジア全土を統一、タイのチャンタブリー地区まで版図を広げる。しかし真臘はなかなか安定せず、城市の独立的傾向もあり、国家統一と分裂を繰り返す。

七七〇年頃、ジャワから帰国したジャヤヴァルマン二世は国内各地を再征服し支配領域を広げ、八〇二年、王位につきアンコール朝を創設した。

八七七年、インドラヴァルマン一世が王位につくと本格的都城のハリハラーラヤ（ロリュオス遺跡）を造営し、国家寺院バコンを建立した。

アンコール地域を開発するために大規模な水利事業に着手し、大貯水池インドラタタークを作らせて農業生産は飛躍的に発展した。

インドラヴァルマン一世はかつての支配地域を回復、さらに領土を広げタイ東北部までを支配する。

八八九年に即位したヤショヴァルマン一世はハリハラーラヤの北約十三キロメートルに位置するアンコールの地を王都と定め、約四キロメートル四方の大環濠都城ヤショーダラプラを建造した。

九二八年、地方の小王ジャヤヴァルマン四世が王位につき、アンコールから北東に約九十五キロメートル離れたコーケー地方に遷都するが、九四四年にラージェンドラヴァルマンにより王都は再びアンコールに戻される。

十一世紀は内乱と混乱の時代で、王たちは権力争いを繰り返した。

一一一三年、スールヤヴァルマン二世が武力で王位を剝奪すると三十年ぶりに国内が統一され、王は自らの権威の象徴としてアンコール・ワットの造営に取り掛かった。

一一七七年、勢力を伸ばした近隣の海洋貿易国家チャンパの軍に、王都アンコールを一時占領されるが、アンコール王朝はすぐにこれを回復し、一一八一年には建設王ジャヤヴァルマン七世が登場する。

ジャヤヴァルマン七世の統治下では空前の繁栄を極め、インドシナ半島の大部分を占めるほどの大王国となった。

王は都城アンコール・トムの造営を開始、中央にはバイヨン寺院を置く。その他、バンテアイ・クディ、タ・プローム、プリア・カンなど多くの寺院を建立した。また王は街道を整備し、街道には百二十一か所の宿泊所を置き、百二か所の病院を建てたといわれる。これがアンコール王朝の最盛期だった。

ジャヤヴァルマン七世の死後、国力は次第に衰退し、近隣諸国への支配力も弱まり、マレー半島は分離独立、シャムにはスコータイ王朝やランナー王朝が成立する。

一四三一年にはシャムのスコータイ王朝の後を継いだアユタヤ王朝にアンコールを攻略され、王都アンコールは陥落した。

一四三四年、王朝はプノンペンに遷都した。以降都を転々としながら王朝は衰退の道を歩んでいく。

十五世紀以降は西のシャムのアユタヤ朝やバンコク朝、東のベトナムのグエン朝に領土を徐々に蚕食されていく。

十六世紀のカンボジア王室はシャム王室の影響力が強まり、王家の内紛や地方官の離反などにより、ますます弱体化していった。

十八世紀後半以降、シャムとベトナムの攻撃によりカンボジア王国は滅亡の危機に瀕する。

一八四五年にシャムとベトナムの妥協が成立すると、両国の承認を得て一八四七年、アンドゥオン王が即位した。しかし実質的にはシャムとベトナム両国の二重属国のようになっていた。

一八五三年、アンドゥオン王はその状態から脱するために、アジアに進出していたフランスに接近する。

一八六三年、時のノロドム王はフランスと保護国条約を結びフランスの支配下に入った。

一八八七年にはフランス領インドシナ連邦の成立とともにインドシナ植民地の一部に編入された。

フランスは、王朝、王権、仏教といったカンボジア固有の伝統は温存したが、一方で社会経済開発や近代的教育制度の導入には積極的ではなかった。

フランスからの独立をめざしカンボジア独立運動の先頭に立ったのは、一九四一年に十八歳で即位したシアヌーク国王だった。

第二次世界大戦末期に、日本軍がフランス軍を制圧した時に独立宣言をするが、戦後はまたフランス統治下に戻される。

その後もシアヌーク国王は粘り強く交渉を進め、国際世論も味方につけ、一九五三年十一月九日、ついに完全独立を果たす。

しかしカンボジアはこの後も多難な道程を歩むこととなる。シアヌーク時代は一九七〇年まで続くが、独自の中立外交でベトナム戦争の戦禍を逃れ、内政では王制社会主義を唱える。

一九六〇年代後半、経済政策の失敗により財政が困窮すると、一九七〇年、右派のロン・ノル将軍がクーデターを起こした。

一九七〇年以降はベトナム戦争がカンボジア国内にまで拡大され、内戦も激化し、この結果国内は混乱し、国土は疲弊した。

シアヌークは共産主義のクメール・ルージュ（ポル・ポトの民主カンプチア）と手を結ぶ。一九七五年四月十七日、クメール・ルージュはプノンペンに入城する。しかしシアヌークは何の権限も与えられず王宮内に幽閉された。

ポル・ポト時代の悲劇、ベトナム軍の侵攻、大量の難民の発生など、国内は大いに混乱した。

一九八九年にやっとベトナム軍の撤退がなされ、一九九二年に活動を開始した国際連合カンボジア暫定行政機構（UNTAC）により、一九九三年、総選挙が行われ現在に至っている。

これが大きくまとめたカンボジアの歴史である。

シソポンの町のガソリンスタンドでトイレ休憩をした。六号線はこのまま真っすぐ西へ行くとバンコクに至るのだが、我々はここから北へ進む。

かなり走って、バンテアイ・チュマールに到着した。八世紀頃、バラモン教の寺院として建てられたが、その後十二世紀の末にジャヤヴァルマン七世によりバイヨン様式の巨大寺院となったのだ。息子の菩提を弔うために建てられた。

往時はアンコール地区とタイのピーマイを結ぶ古道の要衝に位置していて、西の砦の役割も担っていた。

東西約八百メートル、南北約六百メートルの広大な敷地の周囲には環濠がめぐらされ、バイヨンと同じ建築様式や装飾美術の特徴が随所に見られる。

バスを降りると、見知らぬおじさんが道案内をしてくれ一緒に歩く。遺跡は瓦礫の山でどこを通っていくのかもわかりにくいので、道順を教えてくれるのだ。添乗員がチップを渡したのだろう。

正面にあたる東塔門の北側のロープをまたいで入場。内部は崩れた大岩がごろごろしている。

注意深く見ていくとガルーダの彫刻や四面仏のある祠堂、第二回廊の壁にはデヴァターのレリーフなどがある。

また瓦礫の山を越えて行くと西門を抜ける。西門外の第一回廊の壁に有名な千手観音のレリーフが二体残っている。顔や胴体部分は摩耗が進んでいるが、腕はきれいに並んで残っている。平面に彫られているので、まるで腕を高速で回しているようにも見える。ここではこの千手観音を見るのが最大の目的なのだ。

回廊の南側を回ってもと来た東側に戻るが、その途中にも美しいレリーフが所々に残っている。

瓦礫の上によじ登ると、破風やまぐさ石や飾り柱のレリーフを見ることができる。しかし苔むした瓦礫に登るのは大変だ。私の靴はここで決定的に傷んでしまった。

「その靴は、東南アジア旅行の専用にするしかないね」

と妻が言う。なるほど、と納得。

第一回廊の東面にはチャンパ王国との戦闘シーンのレリーフがある。アンコール・トムのバイヨン寺院と同じ海戦や陸戦の様子だ。

見物を終え、プラサット・バンテアイ・チュマール村のレストランで席を借りてお弁当のランチをとった。持参していったふりかけをご飯にかけたら食べやすかった。

7

昼食もすんで、バスで来た道を戻る。

ブリア・ネット・ブリア（仏様の目）という村のあたりでは砂岩がとれる。アンコール期の寺院建築にもここの石が使われた。今でも彫刻の村で石屋が多く、主に仏像を作っている。そんな店の一軒でトイレ休憩。

ニワトリの彫刻がいっぱい置いてある。それを庭に置くとヤスデが入ってこないと信じられているのだそうで、売れるのだ。

シェムリアップに戻り、その郊外にあるシアヌーク・イオン博物館に行く。二〇〇七年にできた博物館で、上智大学とイオングループが作った。上智大学が発見した、バンテアイ・クディから出土した二百七十四体の仏像の内、百体ほどを展示するための博物館だ。

開発中といった原野に赤い建物が建っていて、前庭はきれいに整備されていた。

カンボジア人の調査委員の青年が案内してくれた。一階は写真などの資料が展示されている。二階に仏像の展示室があり、そこだけクーラーがきいている。

仏像は首だけのものや、首のないもの、とぐろを巻いたナーガの上に坐っているものなどがある。長い年月にわたって土に埋まっていたので保存状態がよく、きれいだ。発掘した時の状態から、捨てたものではなく、隠されたと考えられる。丁寧に埋められていたのだ。

説明してくれたカンボジア人の青年は話しながら照れ笑いをよくする。一昔前の日本人のようだった。

博物館の見学を終え、いったんホテルに戻り、再度出かけて夕食をするレストランへ行く。

サラダやスープにレモングラスやパクチーが使われることが多い。それだけで私たちはお手上げだ。唐辛子をあまり使わないので料理は辛くない。少し甘く、酸っぱい味が多い。

ご飯にふりかけをかけて乗り切るしかない。

七日目は午前八時にホテルを出発した。今日はカンボジアの北側でタイとの国境を接する州にあるプリア・ヴィヘアに行く。シェムリアップからは約二百五十キロメートルだ。

バスはまず北に向かう。稲刈りのシーズンらしく、結構広い田んぼを二〜三人で刈り取りをしている。

途中に、カンボジア内戦の時、報道写真家として活躍し、この地で亡くなった一ノ瀬《いちのせ》泰造《たいぞう》（一九四七〜七三年）のお墓のあるラク村を通って行く。

五十キロメートルほど走ると聖山クレーン（ライチ）山が見えてくる。細長いナマコ型の山で、ここがアンコール王朝が誕生した場所だ。八〇二年、ジャヤヴァルマン二世は、この山の山頂プノン・クレーン（標高四百八十七メートル）でクメール諸王の王であると宣言し、以後六百三十年にわたるアンコール王朝が始まった。

その当時はインドから伝わっていたヒンズー教が圧倒的に信じられていたので、プノン・クレーンは霊峰ヒマラヤに見立てられた。カンボジアは平たい土地なので四百八十七メートルでも霊峰というわけだ。

山上や川底に遺跡がある。滝（落差二十メートル）が有名で地元の人に人気が高い。正月などは車を停める所がないくらいの人が訪れる。今も山上に村があるそうだ。

バスは北上してアンロン・ベンの町に入る。この町のレストランでトイレ休憩。この町は今でもポル・ポト派を支持しているそうだ。この町はポル・ポト派の幹部の一人タ・モクという人物が拠点にしていたところなのだそうだ。

内戦が終わり、行き場のなくなったポル・ポト派は分裂し、当時フンシンペック党（王党派の政党）との連携を視野に入れていたタ・モクにより、ポル・ポトは拘束されて人民裁判にかけられ終身刑が言い渡された。

アンロン・ベンからは東に進む。だいぶん国境に近づいてきたが道路はそれほど悪くはない。

ポル・ポト時代、米はたくさんできたが中国に輸出された。だから食べ物がなくなり、ほんの少しの米で薄いお粥《かゆ》を作りそれをすすった。そのため、ヘビ、ネズミ、虫など採れるものは何でも採って食べた。

ここでガイドのパークンさんは意外なことを言った。ポル・ポト時代を悪いとは言えない、と言ったのだ。ポル・ポト以前は不公平な社会だった。それをポル・ポトは平等にしたいと考えたのであり、うまくいかなかったので悪く言われるだけだというのだ。

カンボジア人のポル・ポト派への恨みの感情の弱さにちょっと驚いた。パークンさんの親戚では、九人兄弟の内七人が殺されたというのである。目の前で兄弟を殺された後、残りの二人は別々のところに連れていかれた。後に姉がそのことを覚えていて、探しまわった末に再会することができたのだという。その弟の一人は今、高校の校長をしているそうだが、だからといって悪い時代ではなかったということになるのか。

パークンさんの両親はポル・ポト時代に強制結婚させられたのだそうだ。しかし今でも仲がよい、と言っている。両親はクメール・ルージュに役に立つと思われ殺されなかった、と言うが、だからといってそれでよかったのか。

クメール・ルージュに対する裁判はまだ続いているそうだ。元幹部は老人になり、亡くなったり、認知症になったりしている。

ところで、カンボジア人はその裁判に意味を感じていないらしい。仏教の思想から、すべて忘れるほうがいいと思っているのだそうだ。不思議な民族である。

目的地に近づいてきた。あたりは田も畑もなく、ただの荒野だ。

天空の寺院プリア・ヴィヘアに到着した。チケットセンターでバスを降り、4WD車に乗り換えてくねくねした坂道を十五分ほど上る。

観光の前に、駐車場のところにある食堂でお弁当を食べる。弁当に飽きてきてあまり食欲がない。

昼食後、観光に出発。プリア・ヴィヘアは九世紀末から十世紀初頭ヤショヴァルマン一世が木造の寺院を建立したのが始まりで、以後七代の王が幾度もの増築を繰り返してきて、まだ未完成なのだそうだ。

カンボジアとタイの国境付近に連なるダンレック山の北斜面を利用して建てられた山岳寺院だ。名称は聖なる寺院という意味を持っている。ここはアンコール歴代の王が行幸し、僧侶にとっても聖なる巡礼の地である。

北が入口で、南北に一直線に伽藍が配置されている。

二〇〇八年七月に世界遺産に登録された。元々タイと領有権争いで衝突を繰り返したりしていたそうだが、世界遺産になったことでまたタイが所有権を主張してきた。しかし小競り合いに疲れてしまい今は落ち着いている。

以前はタイ側から入っていたそうだが、そっちは閉鎖になりカンボジア側から行けるようになった。

駐車場から一枚岩のだらだら坂を上っていくと第一塔門に着く。そこから北へは急な石段が伸びている。そちらが正面入口で、ナーガの欄干があり、そこから北へ向かうともうタイだ。

第一塔門はかなり崩れていて、建物は鉄骨や木材に支えられてやっと建っている感じだ。

第一塔門から第二塔門へは広い参道が伸びていて、両側にはリンガが並んでいるのだが、かなりの数が失われたり、傾いたりしている。

第二塔門へは階段を上る。裏側の破風には乳海攪拌のレリーフ、まぐさ石には美しいヴィシュヌ神のレリーフがある。

さらに参道を上っていく。第三塔門は横長の建物で、ここにも破風やまぐさ石にヒンズーの神々のレリーフがある。

第四塔門手前で振り返ると、もうかなり上ってきていて、優美な第三塔門の向こう側にはタイの景色が広がっている。

第四塔門を過ぎ、第五塔門は大きな建物で、破風やまぐさ石にはレリーフが残っている。

そこを抜けると回廊に囲まれた中央祠堂がある。随所に細やかなレリーフが刻まれている。第一塔門から一番奥の中央祠堂までは約八百メートル。一直線に並んでいるのが珍しい。

回廊を抜け、さらに少し坂を上ったところは絶壁になっているパノラマ・ビューポイントだ。ここは標高約五百五十メートルのダンレック山だ。まっ平らなカンボジアの大地が広がっている。あたりには野生の猿もいる。

観光を終え、また四時間かけてシェムリアップに戻る。シェムリアップに着いたところで夕食。この日は中華料理であった。

8

八日目はホテルで朝食の後、ちょっと遅く九時三十分に出発した。同じホテルに六連泊もしたので、すっかりなじんでしまった。

今日はシェムリアップの観光だ。シェムリアップはシャムを追い払ったという意味である。カンボジア第三の都市で人口は十七万人だ。カンボジア内戦が終わり、アンコール遺跡群の観光の拠点として注目されて以来、急速に発展している街だ。

シェムリアップ川沿いを南下する。この道路は現在工事中で、オバマ大統領（当時）夫人のミシェルさんがお金を出してくれているのだそうだ。

川沿いには小さな家が並んでいる。住人が川を埋めたり、ごみを捨てたりするので川が浅くなってきている。そのため川の役割を果たせなくなり洪水が起こるので、市は川を整備するために住人に引っ越しをさせている。

シェムリアップから十二キロメートルほどのトンレサップ湖に到着。水上生活を営む人々の生活ぶりを見るのだ。

この湖は乾期に約三千平方キロメートル、雨期には三倍以上の約一万平方キロメートル（琵琶湖の約十五倍）に膨れあがる。

メコン川のポンプ役をしていて、乾期には通常通り水はメコン川に向かって流れるが、雨期には逆流し湖に向かって流れ、あたりは水浸しになる。

東南アジア最大の湖でカンボジアの国土面積の約六パーセントを占める。アプサラ・ダンス・ショーのプログラムに漁師の踊りがあったように昔からクメール人にとって大切な湖なのだ。

今はカンボジア人、チャム人（ベトナム南部の人々）、中国人が湖上生活をしている。チャム人はメコン川から上ってくる。

水上生活者は年に十回ぐらい引っ越しをする。雨期の五回は陸に近いほう、乾期の五回は沖のほうへ引っ越す。家は浮いているので小さい船で引っ張れば引っ越しできるのだ。

湖には約三百種類の淡水魚が生息し、東南アジアで最も淡水魚の種類が多いといわれている。その淡水魚を捕ってタイやベトナムに輸出している。

淡水魚で干物を作る時は、臭いのだそうだ。食べられるナマズの種類は十二種類。

トンレサップ湖のあたりでは米は年二回とれる。

湖の近くの家は高床で高さは八メートルから十メートルくらい。今は水が引いている時期なので田んぼを作っている。田んぼのカエルを売る屋台もある。コオロギやタガメも捕って食べる。

さて、我々はクルーズ船に乗って観光する。陸上と同じように家々が並び、教会、ガソリンスタンド、学校、標識、歯医者、バッテリー屋、店、レストランなど様々なものがある。イスラム教徒もいるのでモスクもある。

湖の水は濁っていて、湖岸に近いところは臭いもきつい。

途中にワニの養殖場があり、そこに寄ってワニやナマズを見た。ワニはシンガポールの人が買いに来て、ベルトやバッグを作るそうだ。

そこは土産物屋も兼ねていて、ワニの剥製や蝶《ちょう》の標本、サソリの瓶詰など変ったお土産や、普通のTシャツ、袋物などのようなものまでなんでも売っている。私はここで絵はがきを買った。

観光船がたくさんいる。人気のクルーズなのだ。

ここから高速船でプノンペンまで四時間で行けるそうだ。バスだと七時間かかるのに。

観光クルーズを終え、街中に戻りレストランで昼食をとった。ビュッフェ方式だった。

午後はシェムリアップの南側にあるオールドマーケットへ行った。

このあたりにはフランス統治時代の建物も残っており、外国人向けのおしゃれなレストランやカフェ、土産物屋などが増えているのだそうだ。

オールドマーケットには食品、貴金属、衣類、土産物などあらゆるものがそろっている。美容室まであった。

しかし、東南アジアのこの種のマーケットには少し飽きてきたな、という気もするのであった。何か土産物を買おうかと思っても、よさそうなものはタイ、ラオス、ベトナムなどでもう買ったものばかりだし。

と思っていたら、妻が提案をした。

「少し時間があるからあそこで休まない」

マーケットの斜め向かいにパラソルを出しているカフェがあった。ビールが飲めそう

シェムリアップのオールドマーケット

である。

「目敏《めざと》いね」

「どこでならビールが飲めるか常に注意しているもの」

そのカフェで、カンボジアという銘柄のビールを飲んだ。小瓶で二・五ドルである。

「今までで一番高いな」

「場所柄から、外国人観光客向けの店なのよ」

とにかく、坐ってビールが飲めればこの上なくくつろぐのであった。

ゆったりした表情で妻がこう言った。

「カンボジアの観光はこれで終わりだけど、カンボジアはどうだった？」

「遺跡をいっぱい見たよね。その中ではやっぱり、アンコール・ワットとアンコール・トムがハイライトかなあ」

「それ以外の、廃墟みたいな遺跡もなかなか味があったわよ」

「靴が傷んだけどね」

「瓦礫の山みたいな遺跡でも、デヴァターや、シヴァ神のレリーフなんかが見ごたえがあるの。文化的には豊かなんだなあという気がしたわ」

「バンテアイ・スレイの『東洋のモナリザ』は魅力的だったと思う」

「そのほかにも、国立博物館で見たガルーダの像や、ジャヤヴァルマン七世の像なんかは見事だったわ」

「言われてみれば、いいものをたくさん見たかな」

「アンコール王朝の底力なのよ」

　そうかもしれない、とうなずいてから、私はこう言った。

「でも、同時にこの国の貧しさも見えたって気がするな。遺跡の近くに観光客が食事できるレストランがなくて、毎日弁当だったものな。カエルやヘビやタランチュラまで食べているんだものなあ」

「内戦の傷痕なのよ。一九九三年まで内戦をしてて、まだ二十二年（二〇一五年時点）しかたってないのよ。その傷はまだ癒えていないんだと思う」

　そういう重さは確かに感じ取れた。街中でも地雷被害を受けた人が物乞いをしているのを見たのだ。カンボジア人は愛想が悪いわけではないが、生きていくのに必死という感じがあった。

「だから、文化的な豊かさのほうに注目してやるべきか」

「そうよ。そっちではいいものをたくさん見たんだから」

そこで私はこう言った。

「そのこととは別に、この旅行はシェムリアップのホテルに六連泊もして、毎日そこから観光に行くというふうだっただろ。だから、次の土地をめざして進んでいくっていう、さすらっていく感じがなかったたね。ずっと同じところにいたみたいで」

「でも、おかげでスーツケースの中身を出したり入れたりしなくてよくて楽だったのよ」

「そうか。そういうよさもあるか。楽に観光できて、いいものをいっぱい見たということにしておくか」

それが感想のまとめかな、と思う私であった。ビールのおかげで、好印象にまとまったようである。

午後二時三十分頃、ホテルに戻る。そして、五時にホテルを出て空港へ。ベトナム航空便でハノイで乗り換え、日が変って〇時二十分の便で成田へ帰るのだ。成田に着くのは九日目の午前七時である。

カンボジアは貧しいのに、文化的には豊かであった。そういう矛盾の中にあの国はあったような気がする。

第六章　マレーシア

1

七月にマレーシア旅行に行くことになった。このところ春先と秋に東南アジアの国を巡っていたが、マレーシアは常夏の国なので、何月に行ってもどうせ暑いだろうという判断をしたのだ。二〇一六年のことである。

マレーシアはマレー半島とボルネオ島北部を領土としているが、今回行くのはマレー半島部分だ。ボルネオ島はリゾートと自然が観光の中心となるところで、遺跡や歴史好きの私たち夫婦には向かないからである。

七月十三日、成田空港を夕方の便で出発。二十三時三十五分にクアラルンプールに到着。現地ガイドのトニーさんに迎えられてバスでホテルに向かう。深夜二時にやっとホテルに到着。

この旅行は、私たちがいつも利用しているツアー会社のものではなかった。その会社にマレーシアだけに行くコースがなかったからである。それで、いつもよりちょっと安いツアーだった。そのせいか、ホテルで、スーツケースを自分で部屋に運ばなければならなかった。しかし、それはそう大した苦ではない。それより、ホテルが禁煙ルームだったのが、私にはつらかった。この旅行ぐらいから、私はホテルの禁煙をきっちり守ることにしたからだ。つらくなるとホテルの入口から外に出て一本か二本吸う。それで我慢した。

ホテルに着くまでにガイドのしてくれた話。

ラマダン（断食月）が終わったばかりで、一週間の休みがあり街にはまだお祭り気分が残っている。

マレーシアは年間を通して気温が二十七度から三十三度くらいだそうだ。どうせ暑いんだからと、みんな天気予報を見ないのだそうだ。でも雨は降るのだから天気予報が必要ではないかと思うのだが、雨期、乾期にかかわらず毎日スコールが降り、すぐやむという気候なのであまり気にしないのかもしれない。

マレーシアは多民族国家でマレー系（六十七パーセント）、中国系（二十五パーセント）、インド系（七パーセント）が住む。マレー系のなかにはさらに多くの民族が含まれている。

したがって宗教も、イスラム教、仏教、キリスト教、ヒンズー教、儒教、道教、シーク教など多くの宗教が混在している。イスラム教が国教だそうだ。

言語もマレー語（国語）、中国語、タミール語、英語などが話され、英語が共通語として使われている。

通貨はリンギットで、この旅の時一リンギットは二十九円だった。物価は安いそうだ。土産物屋ではドルが使える。

ガイドが、アルコール類は高いです、と強調する。ビールはコンビニでは三百五十ミリリットル缶が三百円、レストランで頼むと一本千円くらいすると言うのだが、旅が進んでみるとそれ程ではなく、今まで回ってきた東南アジアの国と比べれば確かに高いが、日本と同じくらいだということがわかった。

自動車は高いらしく、トヨタのカムリは五百万円すると言っていた。その価格は2LDKのマンションが買える価格なのだそうだ。

お土産におすすめなのが錫《すず》製品とナマコ石鹼で、錫製品は熱伝導率がよく、冷蔵庫で冷やしておくと、とても冷たく飲物が飲めるそうだ。またナマコ石鹼は肌がつるつるになるのだそうで、マレーシアの国王も使っているのだとか。香りのつけてあるものとないものがあり、日本人には香りのないものがおすすめだそうだ。

さて二日目の朝、起きて窓の外を見ると、ホテルの前には新しい高架鉄道がかかっている。まだ開通はしていないようで、すぐ目の前にある駅は工事中だった。

下の道路は渋滞していて車がいっぱいだ。バイクはあまり走っていない。他の東南アジアの国々ではバイクが非常に多かったが、マレーシアは違うようだ。

朝食後、ホテルを出発。クアラルンプールの街は現代的だ。高層ビルが建ち並び、街もきれいである。私はマレーシアなんて小国だろうと思っていたので、その発展ぶりに驚いた。だんだんわかってくるのだが、マラッカ海峡があるために古くから海上交易で栄えたこの国は、大都市を持つ豊かな国だったのだ。

ＫＬ（クアラルンプール）セントラル駅に行く。現代的で明るく開放的な鉄骨作りの駅で、なかなか洗練されている。

ここからＥＴＳ（高速列車）に乗ってペナン島に渡る船着き場の最寄りのバタワース駅に向かうのだ。

路線はマレー鉄道西ルートで、タイのバンコクから（タイ国内はタイ国鉄、マレーシアに入りシンガポールまではマレー鉄道）シンガポールまでを南北に結ぶ国際鉄道線の一部に乗るわけだ。ＥＴＳはその中の複線電化された区間を、最高時速百四十キロメートルで運行される都市間高速列車だそうだ。クアラルンプール、イポー、バタワースなどのマレーシア有数の都市を結んでいる。

マレー鉄道は一八八五年イギリス植民地時代にイギリスによって作られた。クアラルンプールからバタワースまでは三時間半の乗車時間だ。

列車は流線型の先頭部分が黄色く塗装されていて格好よかった。客車部分は白の塗装だ。車内は白を基調に、紺色のシートで赤のヘッドカバーがつき、清潔できれいだった。ただし座席の回転はできない。

車内はものすごく寒いときいていたので、なんとダウンのコートを持っていき、着た。猛暑の国にたまにある超冷房のサービスだ。インドやイエメンでも体験をしたことがある。

ところが、ダウンコートを着ていても膝のあたりが寒い。

「飛行機の中で膝かけにしているウールのショールを手元に出しておくべきだったわ」と妻は後悔していた。

クアラルンプールの郊外にはたくさんの高層マンションが並んでいる。

ガイドがあれこれ話をしてくれる。

クアラルンプールは地元の人にKLの愛称で呼ばれているマレーシアの首都だ。「泥の川の交わるところ」という意味のマレー語が語源だそうだ。一八〇〇年代に錫鉱山の発見と共に発展した。

MRT（都市部と近郊を結ぶ高速大量輸送電車）を今作っているそうだ。クアラルンプールは車社会で道路がひどく渋滞するので、近郊電車ができれば便利になるのだろう。ただ路線は郊外にあり、KLセントラル駅とつながっていないので駅まではバスやタクシーを使わねばならず、めんどうくさいとガイドは言っていた（この電車は二〇一六年十二月十六日に開業、二〇一七年七月十七日に全面開通した）。

マレーシアの人口は約三千百万人。クアラルンプールの人口は都市圏全体では約七百二十万人、市域では約百八十万人が住んでいる。クアラルンプールには田舎からの出稼ぎ労働者が多い。

駅の周りは今建設ラッシュでオフィスビル、ショッピングモール、コンドミニアムなどを作っている。LRT（次世代型高架鉄道）も開通している。

国産車プロトンがある。エンブレムは怪傑ハリマオだそうだ。百五十万円くらいで買えるが、ローンは長いそうだ。車検はないので車は四十五年くらい乗るのが普通。クーラーがないので車内は五十度近くになりサウナ状態なのだそうだ。

自転車はほとんど走っていない。バングラデシュやネパールから来ている人だけが乗る。

マレーシア人の給与は約十万円くらい（十五万円という説もある）。

インド、中国、ミャンマーなどからマレーシアへの輸送は木造トラック（荷台がだろう）でドアもないのがやってくる。遠いと二万キロメートルも走ってくる。

マレーシアは、金、錫、タングステン、天然ガスなどがとれる。

車窓に目をやると、南インドのような寺院、十字架のある墓地、セメント工場などが見える。しかし田舎の貧しい家はトタン屋根、トタン壁、ベニアの扉だ。

次第に椰子畑などが多くなってくる。椰子は背が低く、幹が太く、葉が多く茂る。

途中の駅は簡素だが清潔な感じがする。

途中の車両基地のようなところに捨てられた三十〜四十輛《りょう》の車輛があった。ガラスが割れ、扉もなく、草や木が生えたりしていて、長年放置されている状態だった。

お昼は列車内で弁当を食べた。メニューはナシゴレンというチャーハンのようなものと、サテというチキンの串焼きだった。食べられなくはない。

バタワース駅に着いて、すぐにフェリー乗り場へ行く。フェリーは二十分おきに出ていて、車も人もごちゃまぜに乗り込む。

所要時間は二十分程だ。目の前にペナン島が見えている。ペナン島にも高層の鉄筋コンクリートのビルが建ち並んでいる。

ペナン島はマラッカ海峡に浮かぶ、南北約二十四キロメートル、東西約十五キロメートルの島だ。古くから東洋の真珠と呼ばれていた。ペナンとは檳榔樹《びんろうじゅ》のことだそうだ。檳榔樹はマレー原産である。

人口は約七十万人。その過半数を中国系の人々が占めている。

ペナン島は観光地とリゾートという二つの魅力を兼ね備えていて、国際空港もあり、世界中から多くの観光客が訪れる。

ペナン島の歴史は一七八六年、イギリス東インド会社の総督フランシス・ライトが東南アジア進出の拠点にこの島を選んだことに始まる。この島はケダ州のスルタンと東インド会社の条約により、東インド会社の植民地として譲渡され、ライトによりプリンス・オブ・ウェールズ島と名付けられ、東西貿易の中継地の自由貿易港として栄えた。それにより、西欧、中国、イスラム、ヒンズーの文化が融合した独特の雰囲気を持つ街並みが形成された。その面影はかつてライトが居住したジョージ・タウンに色濃く残り、二〇〇八年に世界遺産に登録された。

2

早速ジョージ・タウンへ行く。コロニアルスタイルの建物や中国風の建物、中国寺院、キリスト教教会、モスク、ヒンズー寺院などが混在している。景観を残すためイギリス時代のレンガ造りの長屋などは壊さずに外観を残して改装しているそうだ。

店の看板も、漢字や英語、マレー語、タミール語など様々だ。インド人街の入口にはバナナの葉で作った飾りがほどこされている。

ジョージ・タウンの中を徒歩観光した。かなり車が多く、道が狭いのでスピードは出していないが、気を使う。

まずはクー・コンシー（邱公司）に行く。一八三五年に福建省からやってきた邱氏一族が建てた霊廟である。コンシーとは先祖を祀る廟のことだ。現代の中国では公司とい

ペナン島のクー・コンシー（邸公司）

うと会社のことだが、元は協会や機関を意味し、同族の協会のことをいった。

邱氏一族は裕福な福建系中国人のなかでも、とくに有力者が多かった一族だそうだ。

境内は寺院と集会場からなる。一八九八年に建てられたが完成直後に火災で焼失し、現在の建物は一九〇六年に建てられたものだ。一九六〇年代には改修もされているそうできれいだ。

寺院は高床式の大変立派で豪華な清朝様式の建物で、屋根の上のカラフルで大きな彫刻が目を引き印象的だ。外観にも内部にも中国の職人の技が光る緻密な彫刻がびっしりとほどこされている。内部や軒下には多くの贅沢《ぜいたく》な提灯《ちょうちん》が下げられ、壁際に置かれている螺鈿の家具なども見事だ。

いかにも中国系のお金持ちが建てたとい

う感じで、邸氏一族がこのペナンで大成功をおさめていたことがわかる。

　このようなコンシーや同族会館がジョージ・タウンにはいくつもある。コンシーはメンバー扶助の役割や教育のための信託基金、就職の斡旋、争い事の調停などを代々に渡っておこなってきた。そして同時に宗教施設でもあったわけだ。

　次にアルメニア通りを歩いた。アルメニア通りは時代と共にマレー人、アルメニア人、中国人のコミュニティへと変化してきたところだ。十九世紀初頭に当時ビジネスで幅を利かせていたアルメニア商人が多く移り住んだ地区であることから一八〇八年にアルメニア通りと改名された。その後アルメニア人は郊外に移り、中国の福建系のグループがこのエリアに住むことになった。

　アルメニア通り百二十番地には中国革命の父と呼ばれる孫文が滞在していた家がある。孫文は清朝打倒と革命をめざして中国同盟会を結成した。その東南アジアにおける本拠地がこの家であった。

　現在は中国系のショップハウスが軒を連ねる。街並みの白壁には現代作家が作ったユーモアのある鉄製のモチーフが飾られ、おしゃれな一角となっている。

　カピタン・クリン・モスクの前に出た。一八〇一年、インドの裕福なイスラム商人カウダー・モフディーンによって創建されたモスクだ。ペナン島で最も古く、最大のモスクである。カピタン・クリンとはカウダー・モフディーンの尊称だ。

当初はインド産の石材を使った四角い空間だったが、度重なる改築や増築を経て現在の形となった。

中央に大きな銅製のドーム、左右に二つの小さい銅製のドームを持ち、赤瓦の屋根と、白石壁、入口はムガール風の門になっている美しいモスクだ。芝生の敷き詰められた敷地内には同じ趣向のデザインの美しいミナレットが建っている。

次に行ったマハ・マリアマン寺院はリトルインディアにあるヒンズー寺院だ。リトルインディアの街並みはそう特徴があるわけではないが、寺院は非常に目立つ。インド南部から移住してきたタミール人が建てたヒンズー寺院がもととなり、一八八三年に現在のような寺院になった。ジョージ・タウンで最古のヒンズー寺院である。

南インドを旅行した時にさんざん見た、南インドのヒンズー寺院の特徴であるゴープラム（楼門）という台形の門を持っている。ここの門は南インドの農村部の地母神である女神マリアマンを始め、三十八の神々と動物の像で埋めつくされ、極彩色に彩られている。

あたりにはインドでよく見かける、花を使ったレイや供え物を売る店が多い。

ペナンのインド系の人々はイギリス人に連れてこられた囚人、出稼ぎ労働者、商人などを祖先としているそうだ。主に南インドから来た人たちが多く、ヒンズー教徒だけではなくイスラム教徒もかなり多い。

プラナカン・マンションに着いた。プラナカンとは欧米列強の支配下にあったマレーシアを中心とする東南アジアに、十五世紀後半から数世紀にわたって移住してきた中国系移民の末裔《まつえい》をさすそうだ。中国人と他民族とのハーフをさすババ・ニョニャともいう。

ガイドの説明によると、中国の清代にマレーシアに移住して商売で成功してマレー人女性と結婚してハーフの子供が生まれる。その子供をババ・ニョニャというそうで、ババは男性、ニョニャは女性をさす。マレー人と結婚するためにチャイニーズ・ムスリムになるのだそうだ。

この豪邸は十九世紀末に建てられた。ペナンの有力者で、表裏から社会を牛耳った中国人の頭領チュン・ケンキー（鄭景貴）の邸宅である。ハイキーチャン（海記桟）とも呼ばれ、東洋と西洋を融合したプラナカン様式で建てられており、現在はプラナカン・アンティークのコレクション・ハウスとなっているのだ。

外観はペパーミントグリーンで正面には繊細で美しいベランダが取りつけられている。中に入ると中庭を挟んで中国風の部屋や西洋風の部屋とそれぞれ異なる部屋がある。二階に上がる階段の手すりも凝った作りになっていて、この階段ではドレスを着たモデルの撮影をしていた。

それぞれの部屋には当時のままの家具が置かれ、一万点以上のプラナカン・コレクションが並んでいる。それらからは当時の豪奢な暮らしをうかがうことができる。

特に素晴らしいのはニョニャウェアと呼ばれる陶器の数々や繊細な刺繍のほどこされたドレスなどで、女性が見ればため息の出るものばかりだ。比較的近年まで住んでいたことをうかがわせるのはベッドルームに置かれたブラウン管式のテレビだ。

クー・コンシーやプラナカン・マンションを見て思うのは、このあたりが海洋貿易の拠点として古くから大いに栄えたということだ。それがひしひしと伝わってくる。

プラナカン・マンションを出て、ジョージ・タウンの中の道をどんどんたどり観音寺に着いた。観音寺は同郷や同族のためのお寺ではなく普通の寺だ。

ペナン島に移住した広東人と福建人によって一八〇〇年代に建てられたペナン最古の中国寺院である。

赤い瓦屋根の本堂は屋根の上から柱、内部に至るまで壮麗な彫刻で覆われている。建物は風水にのっとって建てられている。堂内には華やかな衣装を着けた数々の観音仏が祀られている。中国系の信者の女性が熱心にお参りをしていた。

境内では中正順興湖劇というものが行われるらしく、ステージが組み立てられていた。また境内のはずれにはこの寺の名物の、巨大で派手な線香を売る店が出ていた。太さ十センチ以上、長さ一メートルほどの赤や緑で彩色された線香である。それに火をつけたらとても迫力がありそうだったが、火のついたものは見なかったので、残念だった。

ジョージ・タウンの中をかなり歩いて官庁街にやってきた。ここではセント・ジョージ教会を見る。

初めは粗末な木造教会だったそうだ。セント・ジョージの名前は当時の宣教師の名前から取ったものだ。

一八一八年にイギリス軍の技師ロバート・スミスの設計で四人たちを動員して建てられた、東南アジアで最古のイギリス国教教会である。

コロニアルスタイルの白亜の教会だ。尖塔があり、円柱が並ぶ均整のとれたファサードを持つ。広い芝生の中にある真っ白でシンプルな教会で、とても優美だった。

教会の前にあるギリシア風小ドーム型パビリオンは、フランシス・ライト上陸百周年を記念して作られたもの。

第二次世界大戦中の一九四一年には日本軍の空襲により深刻な被害を受けたが、一九四八年に修復作業は完了した。近年では二〇一〇年より一年間かけて大規模な修復作業が行われた。

近くにはコロニアルスタイルの建物がいくつもある。目の前の裁判所の庁舎も美しかった。

教会の隣にあるペナン博物館へ行く。

イギリス統治時代の一八九六年に学校として建てられたコロニアルスタイルの建物。一九二七年に博物館として公開された。

マレー系諸民族の文化や、ババ・ニョニャの歴史や文化を伝える美しい家具や調度品、衣装、装飾品、道具類、ペナンにまつわる古い写真、絵画などが展示されていて、ペナンの様々な歴史に触れることができる。

また、第二次世界大戦中の日本統治に関する資料の展示もあった。

少し歩き疲れたのでカフェに寄る。ガイドにペナンの名物だというアイスミルクティーをおごってもらった。店の前のテーブルでタバコも吸えて少し元気を取り戻した。

今日の観光の最後はコーンウォリス要塞だ。

ジョージ・タウンの北東の端にあり、一七八六年東インド会社のフランシス・ライトが最初にペナンに上陸した場所に作られた。マレーシアで最大の砦で、その名前は当時のインド提督だったチャールズ・コーンウォリスにちなんだもの。

イギリスがマラッカ海峡の重要拠点として他の列強諸国や海賊から防衛する目的で築いた。

ガイドの説明によれば、すぐ北はタイとの国境の海で、タイの脅威を恐れてこの砦を東インド会社に作ってもらったそうである。その頃のタイはラーマ一世によるチャクリー王朝建国の頃で、勢いはあったと考えてよいのだろう。タイも防衛すべき相手国のひとつだったのだ。

当初は木造建築だったが一八一〇年に囚人を動員してレンガ造りの要塞に建て直され

た。

十フィートの高さのレンガの壁で囲まれ、海を向いた十七門の大砲が残されている。全盛期には砲兵隊の駐屯地の機能を果たし、事務所、礼拝堂、信号所、軍事警官やインド人傭兵の宿舎などがあったそうだ。

現在は内部は公園のようになっていて、地元の人がくつろいでいた。

観光を終え、レストランで夕食。料理はペナン風の屋台料理がいろいろ出された。やはりマレーシアでも食事はあまり口に合わない。

食後、ホテルにチェックイン。ここも禁煙ルームだった。

3

三日目も、朝食後ホテルを出発するとガイドがいろいろな話をしてくれる。しかし、ガイドの話というのは時としてとんでもない間違いだったりすることがあるから鵜呑《うの》みにはできない。

今日は金曜日なので、イスラム教徒はお祈りの日だそうだ。昼食後モスクにお祈りに行き、三時頃会社に戻り、四時半に終業する。しかしお祈りが終わると三時に帰ってしまう人もいる。金曜日は半日勤務みたいなものなのだそうだ。

そして土曜、日曜も休みになる。マレーシア人はのんびりしているのです、と言っていたが、それですましていい話かなあ。

結婚が決まると、ウエディングドレスを着てあちこちの景色のいい所で写真の前撮りをする。プルメリアが植えられていてきれいだからという理由で墓地でも撮る。

この習慣は今まで旅行した国のあちこちでかなり見た。ウズベキスタンやスペイン、東南アジアの国などで。日本では行われているのを見たことがないが、そのうち流行るかもしれない。

マレーシア化している中国系の人々は福建人が多い。クアラルンプールでは中国語としては広東語が話される。

中国系の人々は子供を中華学校に入れる。そこでマレー語、英語、中国語と中国語の方言を習う。

インド系の子供はマレー語、英語、タミール語を習う。

たくさんの言葉が使えると就職に有利だそうだ。

ペナンではトライショーという輪タクがたくさん走っている。昔は人力車で木造の車輪のものだったが、錫が発見されてマレーシアが栄えてきて、ゴムタイヤの輪タクが広まった。トライショーは十分千円ぐらい。ただしそれは観光客値段であろう。

ガーニー地区の寝釈迦仏寺院

ジョージ・タウンにはコムタという六十五階建てのランドマークビルがある。展望台、回転レストラン、オフィス、知事の家などが入っている。

ガーニー地区の寝釈迦仏寺院に到着。ここはタイ風の寺院で一九〇〇年に建てられた。タイ系のマレーシア人のため、タイの風俗を守るためということだそうだ。マレーシア北部にはタイ系住民のコミュニティがあるらしい。ちなみにタイとはビザなしで行き来できるそうだ。

境内には本堂と五重のパゴダ（仏塔）と幾つかの小堂がある。いずれも大変派手派手しく極彩色で、タイ式と中国式が入り交じった変わった作りだ。

本堂には金箔の衣をまとって黄金色に輝く全長三十三メートルの寝釈迦仏が横たわ

っている。世界で三番目に大きい寝釈迦仏といわれている。仏像の目を半眼に閉じた顔は優しげで優美だが、その大きさは圧巻だ。この寝釈迦仏は一九五八年に作られたそうだ。

寝釈迦仏の前にはタイやミャンマーのお寺にあるように、信者が金箔を貼るための仏像が幾つか並んでいる。裏側の壁には信者の骨壺を納める厨子《ずし》が並んでいる。堂内の四方の壁沿いには仏像の坐像や立像が並べられている。

またお布施をするためのろうそくや袈裟、日用品のセットも売られている。日用品セットは五十リンギットと八十リンギットのものがあった。

供え物を置く台の上には様々なものが供えられていたが、その中に米の袋があった。そしてそれにはハラールのマーク（イスラム教徒のためのお祈りのしてある食品だということを表すマーク）がついていた。ということはイスラム教徒が供えたのか。ここはタイ仏教寺院なのに。不思議であった。

道を挟んで向かいにあるビルマ寺院に行く。

一八〇三年に建立されたペナン最古の仏教寺院で唯一のビルマ仏教寺院だ。十八世紀後半以来、この地に居住していたビルマ人の信仰の場であり、その文化を守ってきているのだ。また近年はミャンマー人（ビルマ人）の出稼ぎ労働者は増えているそうだ。

ビルマ寺院の本尊

緬佛寺《めんぶつじ》と書かれた門をくぐり、中に入ると大きな樹木の周りに八曜日の神の祀られた一角がある。本堂の右手には黄金に輝くパゴダがある。

本堂に入っていくと黄金の衣をまとった、高さ十メートルの巨大な釈迦の立像が、繊細な彫刻をほどこされた光背を背にして立っている。顔は丸顔で優しく、手が大きいのが印象的だ。

仏像の裏手に回るとアジア各国の釈迦像が並んでいる。さらに奥に進むともうひとつお堂があり、そこには電飾で飾られた優しいお顔の釈迦坐像が祀られている。たくさんの花や果物の供え物が捧げられている。

本堂も奥堂もパゴダも何もかもきんぴかでミャンマーで見た多くの寺院を思い出させる。

この二つの寺院とジョージ・タウンを見て、マレーシアという国の多民族性を肌で感じることができた。

次は朝市に行く。主に地元の人々とロングステイの人が来る市場で、食料品の市場だ。たぶん前日に観光スポットの見物を詰め込みすぎて時間が余ってしまったのだろう。

次は民芸品店でお土産買いのタイム。この旅行はいつもの会社のツアーではないので、お土産屋に連れていかれるのだ。安いツアーではよくあることである。

私は買いたいものもないので店の外へ出てタバコを吸っていようとしたら、扉に鍵がかけられていた。三十分間はここで物色しろということなのだ。そこで、ピューター（錫の合金）のビアコップを二つ買った。湯上がりに飲むビール用だ。

買い物をすまして、次は街中でトライショーを体験した。トライショーは前に客を二人乗せる座席がついていて、後ろから自転車で押すスタイルだ。前に障害物がないので景色が十分に楽しめる。座席は造花が山盛りに飾りつけられていて派手だ。街中をぐるりと十分程走っておしまい。チップを一ドル分くらいやってくれといわれていたのだが、それを渡す暇もなく降ろされた。

昼食のレストランへ行った。中華飲茶だった。私は普段中華料理はあまり食べないのだけれど、東南アジア料理よりはましだ。ビールは大瓶で三十二リンギットだった。

午後はバスでペナン第二大橋を渡り本土に戻り、ブキッメラに向かう。行程は約二時

トライショー（輪タク）体験

間。ブキッメラへ行くのは、そこにオランウータンの保護センターがあるので、オランウータンを見物するためだ。

ペナン島を出るのはペナン第二大橋を使う。この橋は二〇一四年三月二日に開通した新しい橋だ。総延長は二十四キロメートルで東南アジア最長の橋である。海上部分は十六・九キロメートル、海面からの高さは三十メートルだそうだ。

ペナン島へは、フェリー、飛行機、二つの橋で行くことができるのだ。

ガイドの話によれば、マレーシアには王様がいる。十三の州に九人のスルタンがいて持ち回りで総王になる。任期は五年だ。この旅行の時の王様はケダ州のスルタンで八十八歳。この王様は長寿なので総王を務めるのは二度目だそうだ。

ランチのあとにビルの外でタバコを吸っていたら日本人の青年と出会った。花王のマークの入った作業服を着ている青年で、少ししゃべった。出張中だそうだ。あとでガイドにきくと、マレーシアには日本の企業では花王が入っている。本土に工場があり、日本人の駐在員は五名だそうだ。

クロネコヤマトも入っていて、日本と全く同じ配達車が走っている。

椰子畑に植えられているのはパームヤシ（油ヤシ）が多い。実はブドウのように房になってつく。石鹼、洗剤、食用油にする。

ハラールのマークを見たので、イスラム教徒の食材事情をまとめておこう。醬油《しょうゆ》は、みりんを使っているものはダメ。みりんが酒だからだろう。味の素は触媒として豚の酵素を使っているものはダメだが、サトウキビだけで作ったものはＯＫ。米にもハラールがある。肉類は豚以外のもので、資格を持った人がお祈りをしながら処理したものはＯＫ。

ブキッメラに到着した。ブキッメラ湖という八十年前にできた人造湖の中の島に船で渡り、ブキッメラ・オランウータン・リハビリセンターに行く。

オランウータンはボルネオ島やスマトラ島の熱帯雨林に生息しているが、急速に個体数が減っているのだそうだ。その主な原因は、森林の違法伐採や農地開拓による生息地の減少、それに密猟や密輸などだ。

この島で人工繁殖させせて親に育てさせせている。現在は二十六頭が飼育されているそうだ。

朝はパンとミルクを与え、あとはオレンジ、ドリアン、ヤシ、パイナップル、リンゴなどの果物や野菜を与えている。

寿命は自然では四十歳、ここだと病気になれば治療したりするから五十歳まで生きるそうだ。

オランウータンの島に上陸すると建物があって、そこにはクーラーのきいた映写室があり、右手に進むとオランウータンの出生証明書が飾ってあるブースがある。左下には公園があり、そこに二頭のオランウータンがいる。六歳のヒロシと五歳のマサトだそうだ。木に登ったりして遊んでいる。

橋を渡ると金網でトンネル状に作られた観光客用の通路があって、その中から森の中にいるオランウータンを見る。年を取って貫禄のある個体や、ごく若い個体など様々だ。

一番奥のところで飼育員がオランウータンに餌をやっている。金網の外に餌を置くと、オランウータンは木の棒を使って器用に餌を引き寄せ、自分の手の届くところまで餌を持ってくる。

映写室でオランウータンの飼育の様子の映画を見て、再び船に乗り陸地に戻る。

4

それからバスに乗り、クアラルンプールから約六十四キロメートルのところにあるクアラ・セランゴールを目指す。クアラ・セランゴールで蛍を見物するのだ。なかなか面白い観光になってきた。

そこへ行くまでのガイドの話。

椰子にはいろいろな種類がある。檳榔樹は嗜好品《しこうひん》、ニッパヤシは建材、ココナッツヤシは飲み物、パームヤシは油を採る。ここではパームヤシの畑が多いらしい。パームヤシは植えて三年で収穫できるようになる。毎日畑を見て回って、熟したものを収穫する。実の房は枝と枝の間にできる。房は二十キログラムぐらいで、一房に実は約千粒ほどつく。一本の木から年間で十〜十五回房を収穫できる。木の寿命は二十五年くらい。十〜十五年の木が一番収穫量が多い。

収穫したら、工場で蒸す。実がバラバラになるので搾って油にする。種のところが一番よい油がとれる。そこの油は食用にする。コレステロールはゼロだそうだ。日清のインスタントラーメンの油やお菓子にも使われる。

他の部分の油は石鹸や洗剤になる。手にやさしいそうだ。その他、バイオマス燃料にも使われている。

椰子の木は二十五年たつと伐採される。幹は家具になる。葉の茎は段ボールなど、葉は飼料となる。

マレーシアの土地の一割はパームヤシが植えられているそうだ。土地は政府の土地で、九十九年単位で民間会社に貸し出す。会社は農業者を雇い栽培を任せる。九十九年で四回栽培を繰り返す。

昔はマレーシアは天然ゴムの生産が盛んだったが、今はパームヤシに取って代わられた。収入がいいので中心作物となっている。

マレーシアの産業は一番が工業、二番が観光と鉱業で、鉱業ではボルネオ島で石油がとれる。天然ガス、錫もとれる。

キャメロン・ハイランドでは菊を栽培して日本に輸出している。

果物では、ドリアン、ランブータン、マンゴスチン、マンゴー、パパイヤ、スイカ、メロンがとれる。

リタイア後、移住してくる日本人が多い。マレーシアは物価が安いし、治安もよい。家賃も安い。

レストランもマレーシア料理のほか、西洋料理、中華料理、インド料理、日本料理などがそろっている。

ヴィザを取るのも簡単だ。経済面での条件をクリアすれば、十年滞在できるヴィザが下りる。二人でひと月の生活費が二十五～三十万円あれば良い暮らしができるのだそうだ。

家賃はペナン島では少し高い。２ＬＤＫで家具つきが月額六万円ほどだ。しかし島が大きすぎず、レストランや市場が徒歩圏にあり便利。銀行、郵便局、映画館、カラオケ、ショッピングモールなどもそろっている。タクシーもすぐつかまる。ロングステイの人をサポートする病院も二十くらいある。

高原地方のキャメロン・ハイランドはさらに家賃が安く月額三万円ぐらい。高原なので涼しい。食事も外食しても一日五百～千円ぐらい。ゴルフは二千円でプレイできる。しかしゴルフ以外はテニス、トレッキング、太極拳、図書館ぐらいしかない。国立の病院しかないので、病気を持っている人には不向き。

バスが村々を通る。村の家々はコンクリート造りで割としっかりした感じのものが多い。木の家もある。

村によって住んでいる人々の系列が違う。中国系の村にはお寺がある。インド系の村にはヒンズー寺院がある。マレー系の村にはモスクがある。それぞれの系列の人たちが集まって暮らしている。

さて、クアラ・セランゴール近郊のカンポン・クアンタン村近くに到着した。マラッカ海峡に注ぐセランゴール川に沿ってちょっと質素なレストランが並んでいる。カンポン・クアンタン村は中国系の村だそうだ。

蛍観賞にはまだ明るいので早めの夕食をとった。中華海鮮料理だ。アサヒスーパードライがあったのでそれを飲む。川を眺めながらゆっくり食事をとり、薄暗くなって店を出る。

十五分ほどバスに乗り、カンポン・クアンタン村の蛍観賞船の船着き場へ着いた。すでに多くの観光客が集まっていた。

さっそくライフジャケットを着こみ四人乗りの小舟に乗る。船頭がゆっくりと漕いでくれる。川の両岸はマングローブの林だ。

目が慣れてくるとマングローブ林の中に無数の蛍が光り輝いているのが見える。蛍を楽しむときいて日本風の蛍を想像していた私は、ちょっと拍子抜けした。蛍は小さく米粒ほどのサイズだったのだ。一匹一匹の光はそれほど強くはないが、非常に数が多くキラキラと輝く様子は星のまたたきのようだった。何度もトライしてみたのだが、その小さな蛍の光を写真に撮ることは不可能だった。

蛍はこの地域にあるブルンバンという種類のマングローブの葉の匂いに引かれてやってくるのだそうだ。暗い川面をゆっくりと進みながら川岸のマングローブに近寄って行くと、うわっと蛍の光が広がる。とても幻想的でロマンチックな光景だった。もし雨が降っていたら中止になる蛍観賞だったのだから、その光の中に取り囲まれたのはとてもラッキーだったのだ。

三十分程観賞して下船。今日の観光を終えバスに乗りクアラルンプールのホテルへ。ホテルに着いてみると、またしても禁煙ルームである。ホテルの玄関脇へ吸いに出てくるしかないかと、私はあきらめ顔だった。

ところが妻が、

「ちょっと偵察してくるわ」

と言ってホテルのロビー階をうろつきまわる。そしてすぐに、満面の笑みで戻ってきたのだった。

「この階にバーがあって、そこにスモーキング・スペースもあったわ」

よくぞ見つけた、と私は手を打って喜んだ。

さっそく生ビール大ジョッキとタバコタイムとなる。ハードな旅をしていて、何よりくつろぐ時間である。しかも、このホテルに三連泊なのだ。私たちは三晩同じバーのスモーキング・スペースへ通い、店の人に顔を覚えられてしまった。

私としては、この旅の後半はもっとよくなるぞ、と胸を躍らせるのであった。

5

四日目はクアラルンプール市内の観光だ。市の名前の語源をもう一度、正確に言うと、クアラは河口、ルンプールは泥の意味だそうだ。

クアラルンプールでは今日、盆踊りがあるそうだ。そのほかにも、よさこい祭りやアニメ祭りなど、国際的なイベントをよく行うらしい。

そんなわけで、マレーシアには休みがとても多い。正月も、マレーシア人の正月、インド人の正月、中国人の正月というようにそれぞれの正月があり、イスラム系では正月はあまり祝わないがハリラヤ・プアサという盛大なラマダン明けのお祭りがある。つまり四つの正月のようなものがあって、それは他の民族にとってもパブリック・ホリデーとして休日扱いになる。普段は自分たちの暦で生活しているが、互いの宗教を尊重して祝日は一緒に祝うのだそうだ。したがって休みも多くなるわけだ。

また十三の州ごとに定められた祭りもある。さらにスクール・ホリデーという子供の休みがあり、それに合わせて親も休みをとり遊びに出かけたり、親戚を訪ねたりもする。いったいいつ働いているのか、というふうになってしまうのだ。

王宮の門

さて、まずは王宮から観光する。

現国王の住居で、国家行事の会場にもなる。マレーシアは立憲君主制だが、王の権力はそう強くなく、議会制民主主義の国家である。スルタンは全部で九人いて、統治者会議で互選して時の総王を決める。総王の任期は五年だ。この制度はマレーシアが小王国（首長国）の集合体によって構成されていた国だった経緯による。

この旅行時点の王様はケダ州のスルタンのアブドゥル・ハリム・ムアザム・シャーという八十八歳の高齢者であった。王様はとてもお金持ちなのだそうだ。

王宮はクアラルンプールの市街地の南、イスタナ通りに面した場所にあって、国王宮殿（イスタナ・ネガラ）と呼ばれている。

中に入ることはできないが、立派な門の

両側には衛兵と騎馬兵が一時間交代で立っていて、観光客の絶好の被写体になっている。しかし馬が興奮して観光客を噛《か》んだことがあるそうだから、用心しないといけない。門の外からは白亜のアラビア風建築と、金色のドームや、よく手入れされた緑の美しい前庭が見えるので、クアラルンプールの観光スポットとして人気が高い。

現在の王宮は二〇一一年十一月に完成したため新王宮とも呼ばれる。王宮の経費は国家予算でまかなわれるそうだ。

ガイドが寄ってきて宗教の話をしてくれる。モスクは二キロメートル四方に一つ作るのだそうだ。ガイドは仏教徒で、ドライバーはイスラム教徒だという。新興宗教も多くて創価学会も盛んだそうだ。

次に国家記念碑に行った。一九五七年のマラヤ連邦独立を記念して作られた碑がある美しく整備された公園だ。なだらかな丘の上にあり、天気がよいとクアラルンプールの美しい景色が望める。

第二次世界大戦で日本が負けた後、マレーシアにはイギリス軍が舞い戻った。そして中国共産党の影響を受けていた共産軍と戦ったのだ。十二年間にわたって内戦が繰り広げられ、最後にはイギリス軍も共産軍も立ち行かなくなり、国はマラヤ連邦として独立することになった。

そこで国のために命をささげた多くの兵士たちの功績を讃《たた》えるためにこの像が建てら

れた。この像はイギリス人傭兵と共産主義者が戦っている場面のモチーフで、アメリカ人彫刻家フェリックス・デ・ウェルドンにより作られた高さ十五・五四メートルの立体ブロンズ像だ。上の五人がイギリス人傭兵で、勝利、防御、解放を、下の倒れた二人は共産主義者を表しているのだそうだ。

しかし、マレーシアというアジアにある国の独立記念碑がテンガロンハットをかぶったイギリス人傭兵で表されているのは、どうしても不自然な感がいなめない。マレーシア人はこの独立記念像でいいと思っているのだろうか。そうだとしたらお人好《ひとよ》しな民族である。

少し歩いて国立モスクに行く。この一帯はイスラム地区で、イスラム美術館やイスラムのテレビ局、イスラミックセンターなどがある。

一九六五年に建てられた、八千人収容の大規模モスクが圧倒するようにあった。真っ白でスマートな高さ七十三メートルのミナレットが印象的である。モスクはターコイズブルーの和傘のような形の大屋根を持っていた。

平らな広い土地に建つ大きな建物で、礼拝堂は二階にある。礼拝堂へはムスリム以外は入ることができないし、その他の部分もお祈りの時間以外しか入ることができず、外から眺めただけだった。

周囲には椰子の木が整然と植えてあり、建物の真っ白な壁には繊細な細工がほどこされていて大変に美しかった。

次に、クアラルンプール駅（旧クアラルンプール中央駅）に行った。ここからKTM（マレー鉄道）に乗ってバトゥ洞窟というところへ向かうのだ。

一八八六年に開業したクアラルンプール市内最古の駅である。現在の駅舎は一九一〇年に建設された英国風建築様式を基本としているが、随所にドーム天井やミナレット、チャトリなどのインドイスラム風のデザインが採用されていて面白い。一九八三年には歴史的建造物に指定されたそうだ。近くには、マレーシア鉄道公社本社ビルもある。

列車に乗り込むが、今日は乗車時間十五分なのでそう寒くはない。よく駅に止まり人の乗り降りが多かったせいもあるのだろう。

バトゥ洞窟にほど近い駅で下車した。たった十五分乗っただけなのにかなりの田舎へ来てしまった感じだ。まずは少し歩いて昼食のレストランへ行く。

ここは民族ダンスを鑑賞しながらマレー料理を食べるというのが売りのレストランなのだが、ここまでひどいのは初めてという、とんでもないレストランだった。床は直接地面で粗末なテーブルと椅子、ステージでは大音量で大勢のダンサーが激しい踊りを踊っている。

食事はワンプレートランチで、ご飯、チキン、卵、野菜のあえ物や炒め物などがのっているのだが、どれも食べられたものではないのだ。飲み物はセルフ方式で、薄いお茶

バトゥ洞窟

と、真っ赤なジュースで、グラスは消毒液ですすぐだけ。
大音量で頭はガンガンするし、消毒液は臭いし、料理はまずくて、さんざんな目にあった。これはもう一食抜きということにするしかないなと、持っていたミネラルウォーターを飲んでおしまいにした。あそこまでひどいとかえって忘れられない。
なんでこんな所へ来たかというと、ここはマレーシアでは大変有名なヒンズー教のパワースポットなのだ。クアラルンプールからも近く、そのためたくさんのヒンズー教徒と観光客が押し寄せる。クアラルンプールから北に約十キロメートルの所にあるヒンズー教の聖地で、大きな鍾乳洞窟がある。特に毎年一月末から二月頭に行われるタイプーサムという大祭の時は世界中からの信者や観光客でにぎわうそうだ。またヒンズー教の学校もあるという。

四十二・七メートルの巨大で金ぴかのヒンズー教のスカンダ神像があり、その横の二百七十二段の急な階段を上ると大鍾乳洞がある。広い鍾乳洞に入っていくといたるところにヒンズー教の神々の像や壁画が極彩色で祀られている。

階段には野生の猿がいて、観光客に悪さをしたりするらしい。

鍾乳洞の奥は天井が抜けていて外光が入り神秘的だ。そこにもお堂があってたくさんの神様が祀られている。ヒンズー教独特の幻想的な雰囲気と、摩訶不思議な味わいがあって、興味深いが、こけおどしの感じもある。

歴史はそんなに古くはなく、十九世紀の終わり頃、インド系の有力者がヒンズー教寺院として開いたのが始まりである。口コミで欧米人などが訪れるようになり栄えたのだそうだ。

「ヒンズー教の神々って、なんかガチャガチャしててうるさい感じね」

というのが妻の感想だった。

見物を終え、バスでクアラルンプールに戻る。

鍾乳洞内部

6

クアラルンプール郊外のロイヤル・セランゴール工場を見学することになった。一八八五年に中国からやってきたヨン・クーン一族により創立された、マレーシアの特産品ピューターの製造会社で、世界で最も規模の大きい歴史ある老舗だ。

ピューターは錫にアンチモニー、銅を混ぜた合金で、食器やインテリアなどの様々な製品が作られる。

工場の入口には世界でいちばん大きいピューターのビアマグが飾られギネスブックに登録されている。

工場に入るとまずは博物館になっていて、

古銭や時代物の美しいピューター製品が展示されている。会社の歴史や古い写真なども飾られている。

奥に行くと、何名かの女性の職人が製品を作る実演を見せてくれる。さらにその奥に広い工場がある。ただし、その工場の中までは入れない。

出口に戻るとショップがあって様々な製品を売っている。ティーセット、茶筒、マグ、ゴブレット、フォトフレーム、アクセサリー、干支《えと》の置物、スター・ウォーズの登場人物の置物など様々だ。最初の土産物店でピューターのビアコップをもう買っているので、ここでは買う物なし。

次にバティック工場に行った。バティックはインドネシアやマレーシアで作られる臈《ろう》纈《けつ》染《ぞ》めの布地だ。特にインドネシアのジャワ島のものが有名でジャワ更紗といわれる。とかした蠟《ろう》を型や筆で布にのせ、乾かしてから染色する。その後、蠟を落とせば柄が現れるわけだ。数色使う場合はそれを繰り返すのだ。

十八世紀頃から作られるようになり、製品にはサロン（腰布）、パレオ、スカーフ、ハンカチ、シャツなど様々なものがある。

私たちはここで、風呂敷サイズの四角い紺と茶で染色された布を買った。

バスで街の中心街を走り、貴金属店とチョコレート・ショップに行く。土産物屋に連れていかれるのがこのツアーの面倒な点だった。

しかし、私たちに限らず、ツアーで旅行する日本人はあまりお土産を買わない。大抵はツアーの最後にスーパーへ行き、安くて、軽くて、小さい、ばらまき土産を山のように買うだけだ。我が家はばらまき土産すら買わない。お土産は買わず、ワインのある国ならワインを買ってホテルで飲み、なければローカルビールをたっぷり飲む。持ち帰る土産はなく現地で飲むばかりなのだ。

「日本人は、海外へ行ってきたことは自慢したいけど、今はお金は使いたくないっていう気分なのね」

と妻が言う。

「うん。爆買いする中国人とは大違いなんだな」

それが二人の感想だった。

夕食はマレーシア名物のスチームボート(マレー風水炊き)だった。あまり食欲がなく少しつついただけにした。

ホテルに戻り、昨日見つけたバーのスモーキング・スペースに直行した。豪華な応接セットで、人がほとんど入ってこないので、ゆったりとくつろぐことができた。

五日目が明けた。クアラルンプールは今建設ラッシュで景気がよさそうで、どんどん発展している感じがする。

また、クアラルンプールは意外に緑が多い。人工の植栽が街のあちらこちらに茂っている。それも公園のように端正な感じではなく、ジャングルのように野性的に茂らせている。野性的な森と、街のデザインのモダンさが対比的で洗練された感じだった。

朝食後、バスでマラッカに向かう。クアラルンプールから南へバスで約二時間の行程だ。そのままさらに三時間走るとシンガポールだ。

マラッカは十五世紀頃から栄えたマレー系イスラムの港湾王国だった。モンスーンを利用して東西に貿易船が往来し、海のシルクロード、海上貿易の拠点として繁栄したマラッカ海峡が、この王国の繁栄を支えた。

十六世紀には東南アジアにおけるポルトガル海上帝国の拠点となった。その後オランダ、イギリスなどの外国支配がこの半島全体に及んでいった。街に残る各国の史跡がその事実を伝えている。

マラッカは二〇〇八年、ペナン島のジョージ・タウンと共に世界遺産に登録されている。

マラッカ海峡は全長約九百キロメートル、幅は六十五〜七十キロメートルで、スエズ運河、パナマ運河、ホルムズ海峡と並んで今でも世界の最も重要な航路のひとつである。

マラッカ海峡は狭く、小さな島がたくさんあり、多くの河川が流れ込んでいて、海賊が隠れたり、逃走したりするのに適したところで、昔から海賊が多い。海賊が周辺の多くの海洋民族と政治的に結んで国家を建設することもあった。

十五世紀から十九世紀にかけてポルトガル、オランダ、イギリスなどの支配国も多くの海賊被害にあっている。

そこで一八三〇年代、オランダとイギリスは海賊行為の取り締まりに力を入れた。これが功を奏し一八七〇年代までに海賊行為は減少している。

しかし現在でも海賊行為は無くなってはおらず、アメリカや日本などの大国は海賊保険をかけている。

マラッカの住民の大半はマレー人と中国人で、プラナカンの文化はマラッカにもある。マラッカのチャイナタウンは十五世紀から十九世紀にかけてババ・ニョニャ文化が大いに栄えたところで、今も遺構が多い。

イスラム法によれば、ムスリムはムスリム同士でしか結婚できない。そこで、中国人の男性がマレーシア人の女性と結婚したい時には、自分の宗教である仏教を捨て、チャイニーズ・ムスリムに改宗すれば結婚できる。そういう夫婦の子孫がババ・ニョニャと呼ばれるわけだ。

その他、ポルトガルとマレー人のハーフの子孫がいて今でもポルトガル方言を話し、カトリック信仰を持つそうだ。またインド系も独自の民族文化を持っている。このあたりは、人種が入り混じって様々な文化を形成しているわけだ。

シンガポールの人が、週末によくマラッカにやってくる。ホテルもレストランも遊びもその他の物価もシンガポールに比べるとはるかに安いからだ。帰りはスーパーで買いだめをし、ガソリンを満タンにして帰っていくそうだ。

逆に国境の街ジョホールバルの人はシンガポールに出稼ぎに行く。シンガポールマネーは魅力的なのだ。

それとは別に、マレーシアに、貧しいミャンマー、フィリピン、インドネシアから多くの出稼ぎの人がやってくる。その数は約三百七十万人にも上り、労働者の四人に一人にもなるという説があるそうだ。

マレーシアは東南アジアでは結構豊かな国だ。鉱業ではボルネオ島で石油が採れるし、そのほか天然ガス、錫などが採れる。工業も盛んで国産車も作っている。

マラッカ州の人口は約八十七万人ぐらい。九割が農業に従事している。主な産物はパームヤシ、白《しろ》胡椒《こしょう》。

ガイドがそんな話をしているうちに、バスはマラッカに着いた。この旅のハイライトの始まりである。

7

まずは昼食をとった。ニョニャ料理というマレー料理と中華料理のチャンポンのような食事だった。

昼食後、ジョンカー・ストリート（ジャラン・ハン・ジェバット）に行く。この通りはババ・ニョニャたちが交易で栄華を極めた頃の邸宅や、中国風やコロニアル風の建物が並び、公開しているババ・ニョニャハウスもある。ほかに、ブティック・ホテル、カフェ、民家風レストラン、飲食屋台、ファッション・ブティック、アンティークショップ、工房、Tシャツ屋、お土産屋などが軒を並べ、観光客を呼び込んでいる。

またここは中国寺院、モスク、ヒンズー教寺院、キリスト教会なども集まっていて、中国人だけでなく多くの民族が共存共栄した興味深いエリアなのだ。

日中だったので、車が多く大渋滞していたが、週末にはナイトマーケットが開かれ大変賑やかで、新しいマラッカの名所となっているのだそうだ。

まずは青雲亭中国寺院（チェン・フン・テン寺院）に行く。マレーシア最古の中国仏教寺院である。

明の永楽帝の命を受け、大遠征を指揮した司令官、鄭和《ていわ》のマラッカ寄港を讃えて、一六四六年に建立された寺院だ。鄭和はマラッカに七回来ている。

当初は学校や裁判所の役割を持つ建物だった。後に観世音菩薩を本尊とした寺院になったのだ。

当時の姿をそのまま残す本堂の建築資材や法具類はすべて中国から運ばれたものだ。

本尊は観世音菩薩で、儒教、道教、現世利益を願う中国仏教が混合している寺だそうだ。内部にほどこされている繊細な彫刻、釈迦の生涯を描いた沈金（金箔や金粉を埋め込んだ漆工芸）、漆塗りの壁、屋根の上の動物や人物の華やかな彫刻などが見事だ。

次に、チェン・フン・テン寺院の隣にあるカンポン・クリン・モスクに行った。

一七四八年に建てられたマレーシアでも古いモスクのひとつだ。三層の緑色の瓦屋根を持つスマトラ様式の四角い木造建築だ。建物内部はイギリス製とポルトガル製のタイルが随所に使われている。壁は柱とアーチ型の多くの開口部が設けられていて風通しがよさそうだ。四角いパゴダ風の真っ白なミナレットを持つ。

建物内部にはムスリム以外は入れない。境内には入ることができるが、お祈りをしている信者の人々も多いので静かに鑑賞しなければならない。境内の一角には墓地もあった。

カンポン・クリン・モスクの隣はスリ・ポヤタ・ヴィナヤガ・ムーティ寺院で、その前を通った。マレーシア最古のヒンズー教寺院である。色はカラフルだが、質素で小さい寺院だ。

マラッカの寺院はいずれも小さくて貧弱だ。建てられた時代もペナン島の寺院より古い。だが中国寺院、モスク、ヒンズー教寺院と様々な宗教が並んでいるところが面白いのだ。

オランダ広場のマラッカ・キリスト教会

チャイナタウンを歩き、マラッカ川を渡ってオランダ広場へとやってきた。マラッカ川のあたりもきれいに整備され、コロニアル風の邸宅やマレー様式の建物が並びいい感じだ。

オランダ統治時代に作られた、一連の建物が広場を取り巻いて建っている。濃いローズピンクに塗られた壁が強烈に印象的だ。主な建物はスタダイスと呼ばれるオランダ統治時代の旧総督邸。現在はマラッカ歴史博物館になっている。

次に目につくのはマラッカ・キリスト教会で、一七五三年のオランダ統治時代に建てられたものだ。これもローズピンクに塗ってある。マレーシア最古のプロテスタント教会で、オランダ建築の代表的な建物だ。中に入ってみたかったが、入口の鍵がかかっていて入れなかった。中には「最後の晩餐《ばんさん》」のタイル画があるそうだ。

時計台と噴水は、ビクトリア女王に捧げるためにイギリス統治時代になった一九〇四年に建造された。

建物群はオランダ統治時代には白く塗られていたそうだが、イギリス統治時代になってローズピンクに塗られるようになった。なぜかはわかっていないそうだ。

派手なピンク色の建物の周りにはお土産の売店がたくさんの商品を並べている。何台ものトライショーという人力車が、華やかに飾りつけをして観光客の客待ちをしている。天気がよく空は真っ青で、全体にギラギラした印象だ。

スタダイスの横の階段を上がり、セントポールの丘に出る。セントポール教会跡とザビエル像が見えてくる。

ポルトガル統治時代マラッカはヨーロッパの宣教師たちの布教の拠点だった。そのため一五二一年に建てられたセントポール教会の跡が残っているのだ。

キリスト教を日本に布教したザビエルは、その後中国で布教を試みるが病を得て亡くなる。遺体はここセントポール教会に運ばれ九か月間、風待ちのため安置されたが遺体は腐ることがなかった。そして後にインドのゴアに移された。私はインドのゴアのボム・ジェズス教会でザビエルの遺体を見ている。

セントポール教会は屋根がなくなり、レンガの壁だけが残る姿となっている。ザビエルを安置した場所には金網でできた祠があった。

教会を出て右側の道を進むと、マラッカ海峡のビュースポットだ。船の博物館や埋立地、新興住宅地などの向こうにマラッカ海峡が広がっている。

「すべての始まりはこのマラッカ海峡だな」

と私は言った。

「どういうこと？」

「この海峡があるからこそ、中国人もインド人も、ポルトガル人もオランダ人もイギリス人もここへ来て、大いに商業で栄えたわけだよ。海峡あってこその話なんだ」

海を見ていて、そんな気が強くしたのだ。

その丘の階段を下りると、サンチャゴ砦が見えてくる。ポルトガル軍が一五一一年、オランダとの戦争に備えるために作った要塞だ。地元ではファモサ要塞と呼ばれる。

建造当時は海岸線沿いの城壁を守るための砦で、セントポールの丘を囲むように高さ五メートルの塀で囲まれ、通用門が四つあった。

現在は、サンチャゴ砦という石造りの門がひとつと、オランダのアムステルダムで一七〇〇年代に作られた大砲のみが残されている。

さて、これでマラッカの観光は終わりだ。バスでクアラルンプールに戻る。二時間の行程である。

8

クアラルンプールに戻って、まずはきのう見残した独立広場（ムルデカ・スクエア）に行った。ところがこの日は日曜日だったのでドリフト（車体を横滑りさせてカーブを回るコーナリング技術）の大会をやっていて、まだ片づけが終わっていなくて入れなかった。そこにスコールがきたので大騒ぎになってしまったが、広場の周りの美しい建物は見ることができた。

夕食は中華料理レストランだった。

夕食後、ＫＬタワー（クアラルンプール・タワー）に行く。串に団子を一つ刺したような独特の形をしたタワー。一九九六年に完成したもので、高さは四百二十一メートル、世界第四位の通信塔だ。九十四メートルの丘の上に建っている。

地上二百七十六メートルに展望台がありエレベーターで上ることができる。まだ薄暮の時間帯だったので、暮れてゆく景色を堪能できた。やはりクアラルンプールは緑地帯が多く、高層ビル地帯と美しくバランスがとれている。展望台には世界の通信塔の模型が高さ順に飾られていた。

地上に下りてきてKLタワーを見上げると、塔全体がライトアップされ、何色にも色が変化していくのが美しかった。

次に、ペトロナス・ツイン・タワーまで行き写真ストップ。もうすっかり暗くなっていて、雨が降りしきる中、銀色にライトアップされた姿は大変きれいだった。

一九九八年に完成した高さ四百五十二メートル、八十八階建てのマレーシアを代表するオフィスビルで、二〇〇三年までは世界一の高さだった。今でもツインビルとしては世界一の高さを誇る。

日本の間組と韓国のサムスン物産が建設にあたった。この二本のビルは四十一階と四十二階（高さ百七十メートル）でスカイブリッジによって結ばれている。

さて、これでマレーシアの観光はほぼ終わりだ。最後にマレーシアの歴史を簡単にまとめておこう。

インド洋と南シナ海の間に位置するマレーシアは、古代から商人や旅行者が往来し、様々な文明の影響を受けてきた。最も初期からマレー半島を往来していたのは南インドの人々で、十三世紀までは仏教やヒンズー教の影響が強かった。

マレーシアの最初の独立国であるマラッカ王国が建国されたのは一四〇二年頃である。王のパラメスワラはマラッカを起点に海上貿易を栄えさせ、マラッカ王国の名を世界に知らしめる。

また、当時勢力を伸ばしていたシャム（タイ）から逃れる目的で中国の明の朝貢国になり、明の保護のおかげで政治的にも安定した。

王国の支配のもと、マラッカは東部諸国で産出された黒胡椒などのスパイスを集積する貿易の中継点として繁栄を極めた。

だが、当時アジア進出を狙っていたヨーロッパ主要国がマラッカに注目する。一五一一年、当時スペインやオランダなどの列強と植民地を求めて競いあっていたポルトガルがマラッカに手を伸ばす。およそ一か月におよぶ包囲を続けた後、ポルトガル艦隊はついにマラッカ王国を占領、以後一六四一年までの約百三十年間この地を統治下に治めた。この間、一五四五年にフランシスコ・ザビエルがマラッカを訪れ、キリスト教の布教活動を行っている。

一六四一年、オランダ海軍はマラッカ海峡でポルトガル艦隊を破り、新しい支配者としてマラッカを統治下に置いた。以後、イギリスの勢力がマレー半島に到達する十八世紀の後半まで約一世紀半にわたってオランダによる支配が続いた。

それに代わって、イギリスの支配がこの地に及んだのは一七八六年のこと。ビルマとタイの力を恐れてイギリスに支援を依頼、その代償としてペナン島を東インド会社に割譲したことがきっかけとなった。ペナン島を手にしたことで、マレー半島南部占領のきっかけを作ったイギリスは一気に勢力を拡大する。こうして一八二四年、マラッカも英国東インド会社が統治することとなった。一八六七年にはマラヤ一帯がイギリスの直轄植民地となる。イギリスはマレー半島にゴムをもたらした。天然ゴムは東南アジアには自生していなかったが、イギリスがブラジルのゴムをマレー半島にもたらし、一八九五年セランゴールで最初のゴム園を開設したのだ。

二十世紀初頭には、ゴムと錫がイギリス領マラヤの二大産物となっていく。錫を薄い鉄にメッキしたのがブリキで、建材用や食器などに大いに需要があったので、イギリスは錫も産業の中心にしたのである。

ところが一九四一年に太平洋戦争が始まり、一九四二年一月に日本軍はシンガポール以外のマラヤ全土を占領、翌年にはシンガポールまで占領の手を伸ばし、三年半の間統治下に置いた。

日本が敗退すると、再び英国支配に戻る。

英国はシンガポールを除いた全マレー半島を統一するマラヤ連邦を樹立するが、これに反発したマラヤ共産党が北部地方でゲリラ活動をするなどの波乱をもたらした。

その後、一九五七年にマラヤ連邦は完全独立をはたす。そして、一九六三年、マレーシア連邦が発足した。

しかし、シンガポールは一九六五年に分離、独立した。

一九八〇年代に入り、マハティール首相の指揮のもと徹底的な経済構造改革に取り組み、現在は東南アジアでも有数の高度経済成長をとげている。

これがマレーシアの簡単な歴史である。それにしても、ほかの東南アジアの国々も同じだが、植民地政策の頃のヨーロッパの列強のやり口はひどいなあと、憤りすらわいてきてしまう私であった。ほんの一時だが日本も同じことをしようとしたわけだから、胸を張って言えることではないのだが。

さて、最後の夜である。もちろん、ホテルのバーのスモーキング・スペースへ行き、生ビールとタバコでくつろいだ。ただし、この日はビールは一杯だけにした。翌日が帰国の日で、早朝の便に乗らなければならないからである。

六日目、午前七時の便でクアラルンプールを出発し、午後三時に成田に着くのだった。

機内で、マレーシアの感想をまとめてみる。

予想していたよりはるかに経済力もある、繁栄した国だった。マラッカ海峡のおかげもあるのだろう。

そして、中国人、インド人、ポルトガル人、オランダ人、イギリス人などの文化がごちゃまぜに出てきて、それがめまぐるしかった。あの国の活力のもとはそれかもしれない。

実質四日間しか観光していない短い旅であったが、見たものは多かったという気がする。マレーシアはまだまだ発展するんだろうなあ、というのが私の感想であった。面白い国だったと言うべきかもしれない。

第七章 インドネシア〈ジャワ島／バリ島〉

〈ジャワ島〉

1

東南アジアを巡る旅のシリーズを、インドネシアで終えることにした。まだ行っていない国もあるのだが、インドシナ半島の国々を回ったので、おまけにインドネシアを足したと考えていただきたい。

ただし、インドネシアは非常にたくさんの島々からなる国で国土面積も広く、人口も日本の倍ほどある。

こういう国は島や地域によって文化も民族も宗教も風習も、何もかも違っていることだろう。それが魅力なのだ。

私たちはなるべく多くの島へ行ってみたかったのだが、そういうツアーはない。そもそも首都のジャカルタ観光が組みこまれたツアーもない。

せめてこのくらいはと思って、ジャワ島、バリ島、スラウェシ島（昔はセレベス島といった）の三つの島に行くツアーに申し込んだのだが、二度、三度と日程を変えて申し込んでも催行されなかった。がっかりしたがどうしようもない。東南アジア三大仏教遺跡のボロブドゥールだけは見ておきたいので、不本意ながらメジャーなジャワ島とバリ島だけの旅行となってしまった。

したがって、章のメインタイトルはインドネシアとなっているが、本当はジャワ島とバリ島だけの旅行記である。

二〇一六年の十月九日十一時四十五分発のガルーダ・インドネシア航空便で出発。ジャカルタの空港で入国手続きをしたあと国内線に乗り換え、二十一時にジョクジャカルタの空港に着いた。

ジャワ島ガイドのウジィ・アスティさん（女性）に迎えられ、バスでホテルに向かう。

インドネシアの通貨はルピアである。ルピアを日本円に換算するには〇を二つ取ればいい感じだそうだ。たとえばチップは五千～一万ルピアで、つまり五十円から百円なのだ。

ジョクジャカルタはジョクジャと略してよばれている。現地の人の発音ではヨクヤカルタと聞こえる。

大学が多く、学生の街である。若者が多いので夜は賑やかだ。ジョクジャにバイクが多いのは、学生のいちばん安い交通手段だからだそうだ。

地方から来た学生は、食事なしの下宿に複数人で住み自炊する。しかしおかずは好みが分かれるので屋台で買う。そのため夜になると屋台がいっぱい出る。

国が家族計画を実施していて、子供は二人までと決められている。少子化のため子供がわがままになっている、というのがガイドのウジィさんの意見だった。

若い人が多いせいか町に落書きが多かった。

道路は土日祝日はとても渋滞する。信号は少なかった。

ジョクジャは古都で三十年以上前から京都と姉妹都市になっている。ジャワ文化の中心地で、千年以上の文化を誇るのだ。

ジャワでは七世紀頃にヒンズー教が入ってきた。八世紀に仏教が入り、隆盛となる。十四世紀頃からイスラム教が、アラビア、インド、中国などから入る。そこで宗教戦争がおこる。東部ジャワでは王妃がモンゴル系で敬虔《けいけん》なイスラム教徒だったので、王様たちもイスラムに改宗し、イスラムが隆盛になっていった。

しかし、そもそもインドネシアにイスラム教が入ってきたのは、貿易のために往来するイスラム商人によって十二世紀頃かららしいが、中部ジャワにイスラムの国家ができたのは十五～十六世紀だそうだ。長い年月をかけてイスラム化していったと考えればいいのだろう。

ジョクジャ周辺には仏教の遺跡ボロブドゥールと、ヒンズー教の遺跡プランバナンがある。市街にはスルタンの王宮（クラトン）もある。

ジョクジャは南緯約八度にある街だ。

おおむね五月から十月が乾期、十一月から四月が雨期だ。雨期には馬の背を分けるような雨（ガイドが使った表現）が降る。今年は異常気象で乾期がなかったそうだ。

街の北にはムラピ山という標高二九一一メートルの活火山がありよく噴火する。日本の雲仙普賢岳の噴火の時の火砕流はムラピ山型の火砕流だそうだ。

インドネシアには百二十七の活火山があり、火山国である。温泉も多いが気候が暑いので人々はあまり温泉に入らないのだとか。

ガイドのそんな話をきいているうちにホテルに着いたので、チェックインする。部屋は禁煙だったが、中庭に面したバーがあり、テラス席は喫煙できたのでそこでビールを飲む。

私はホテルの禁煙をきっちり守るようにしているので、バーでビールが飲めてそこで一服できたら大満足である。飛行機に二度乗った疲れも癒やされた。

二日目は、朝食後八時にホテルを出発した。ボロブドゥールまでは約四十二キロメートルの行程だ。

ジャワ島はインドネシアの中西部に位置する、首都ジャカルタがある島だ。人口も多く一億三千八百万人で、島としては世界第一位の人口を有しているそうだ。国土の七パーセントに約六割の人口が集中しているということで、人口密度も高い。しかし、国の大きさが半端ではないともいえる。

島は西からバンテン州、ジャカルタ、西ジャワ、中部ジャワ、東ジャワに分かれている。東西に細長い島なのだ。

火山が多いのでよく土石流がおこる。日本の技術を導入して、街に土石流が流れ込まないように砂防ダムを作っている。

インドネシアは一六〇〇年代初頭から一九四二年までの約三百五十年間オランダの植民地だった。オランダ東インド会社の支配によりコーヒーやサトウキビやゴムなどの換金性の高い輸出用の単一作物を強制栽培させられるプランテーションが行われ、米が不足してあちこちで飢饉がおきた。それを不満としたインドネシア人は各地で独立への戦いを始めた。

人種はマレー系のジャワ人がほぼ半数を占める。宗教はイスラム教が大半だ。

モスクは多く、アラビア風、ドーム型、ジャワ風など様々なスタイルのものがある。ミナレットも細いものや四角いものなど様々な形がある。

一日五回のお祈りの時間にはアザーンが流れる。複数のモスクから聞こえるので重なって響く。

ジャワ島には不思議な言い伝えが残っていた。十二世紀の王ジョヨボョの予言というもので、長い間白い人間に支配され、後に黄色い人間が空から降りてきて圧制者を追い払い、我々を解放してくれるというものだった。

日本軍がオランダの植民地であったインドネシアからオランダ軍を駆逐したことはその予言の実現とみなされ、一九四二年二月十四日にスマトラ島に日本陸軍落下傘部隊約三百人が舞い降りた時、多くのインドネシア人が自分の娘を連れてきて、この娘に神の子を宿してほしいと言い、他の部隊の将兵たちは羨望嫉妬したのだそうだ。

一九四五年八月、日本は敗戦、日本兵は帰還したが、約二千人の日本軍人がインドネシアに残り、武器の横流しやインドネシア独立軍の訓練などを行った。その後、独立戦争の戦闘に参加し、多くの者は戦死したらしい。

一九四五年十月二十五日、東部ジャワの州郡スラバヤにイギリス軍が入る。その結果、イギリス軍とインドネシア独立派の間で戦争がおき、これがインドネシア独立戦争の発端となったのだそうだ。しかし一九四六年十一月にイギリス軍は完全撤退し、代わって再植民地化を狙うオランダが独立戦争の相手となった。戦争中にインドネシア独立派の政府ができ、スカルノが大統領になる。

ジョクジャはインドネシア独立戦争時代の一九四五年から一九四九年までインドネシアの臨時首都だった。戦闘は一九四九年まで続き、一九四九年十二月、インドネシアはオランダからの独立を果たし、ジャカルタに首都が移される。

ジョクジャにはスルタンがいたが、独立後は共和国に入り、ジョクジャ十代目のスルタンはジョクジャカルタ州の知事になった。

ジャワ島は北部に火山があり、土が肥えていて様々な作物がとれる。南部は海産資源が豊富だ。

鉄道はかなり普及していて、大都市間以外は本数こそ少ないが、駅が街中にあり、郊外にターミナルのあるバスよりもジャワ島内を移動するには便利だそうだ。

葬式はイスラム教では土葬、水葬、火葬などいろいろ認められている。ヒンズー教は火葬する。

道路沿いには石屋が多い。土石流で流れてきた石を川から引き上げて使用するのだ。そのままにしておくと川床が高くなり、次の土石流で被害が広がるので石は取らなければならない。石は家の建材にも、仏像や神像にも、庭の飾り彫刻にも、植木鉢にもなる。そういうものを彫って並べた石屋が道の両側にずっと続いている。

インドネシアで生活レベルが高いのは中国系（華僑）の人々だ。ジャカルタの州知事も中国系の人物である。中国系の人は公務員になれない（知事は公務員ではない）ので商人になることが多く、商売が上手なので成功して金持ちになるのだ。

2

ボロブドゥールに到着した。内外の観光客が非常に多い遺跡で、修学旅行で高校生たちもよくやってくるそうだ。二〇一五年の十二月三十一日には休日だったこともあり、四万二千人の参拝客がやってきたそうだ。

東南アジアの三大仏教遺跡（あとの二つはミャンマーのバガンと、カンボジアのアンコール・ワットだ）のひとつであり、私たちはついに三つとも見物したのだ。

中部ジャワ地方には大小様々な宗教遺跡が点在する。そのひとつが仏教王国時代の遺跡で、世界文化遺産になっているボロブドゥール寺院遺跡群だ。

ボロブは僧院、ドゥールは丘の意味。ボロブドゥールが建てられた八世紀は仏教が盛んに信仰されていた。九世紀にはヒンズー教が強くなり、十四世紀にはイスラムがやってきてみんな改宗した。改宗しなかった人々はバリ島など東に逃げた。

ボロブドゥールは世界最大級の石造仏教遺跡だが、多くの謎に包まれた寺院だ。この巨大な建造物が何の目的で作られたのかわかっていないのだ。

七八〇年頃に着工され、五十年の歳月をかけ八三〇年頃完成したといわれている。シャイレンドラ王朝のダルマトゥンガ王によって作られ始め、サマラトゥンガ王の時増築されたのだそうだ。

シャイレンドラ王朝は七四二年頃、ジャワ島中部に建てられた王朝で大乗仏教を信仰する海洋国だった。八三〇年頃、ボロブドゥール寺院の完成後王朝は崩壊したという。

しかしそれだと、シャイレンドラ王朝はボロブドゥール寺院群を作るためだけにこの世に存在した国のように感じてしまう。しかしこれだけ大規模かつ精密で美しい寺院を作った国がそんなに短命だろうか。

このシャイレンドラ王朝は不思議な王朝で、シャイレンドラが意味する「山の王家」からインドシナ半島の古代王国扶南国の後継者にあたるとか、後にはスマトラ島でシュリーヴィジャヤ国となって九世紀頃まで存続した、などの様々な説がある。

シャイレンドラ王朝崩壊後、シャイレンドラ王朝と婚姻で縁戚関係にあったヒンズー教国の古マタラム王国がこの地を支配し、ボロブドゥールは歴史の表舞台から姿を消し、密林に眠る伝説の遺跡となったのである。

ボロブドゥールは約千年の間、土に埋もれて人の目に触れることがなかった。その理由は火山が噴火して火山灰が降り積もり寺院を覆いつくしたという説や、当時勢力を拡大していた他の宗教国が寺院を壊し土で覆い密林に隠したという説、イスラムがやってきた時、宗教戦争がおこり破壊をおそれた仏教徒が寺院を埋めてしまったなどの説がある。

一八一四年、当時ジャワ島を占領していたイギリスの総督、トーマス・ラッフルズによりジャングルの中から「発見」され、千年にも及ぶ眠りから目覚める。アジアの歴史に深い関心を持っていたラッフルズは、巨大仏教遺跡があるという伝説を信じて小高い山を掘りおこして歴史的偉業を成し遂げたのだ。

しかし風雨による浸食や、遺跡を覆う樹木により発掘作業は困難な道のりだった。第二次世界大戦後、主権を奪い返したオランダにより発掘調査や復元工事が何度か行われたが、崩壊の危険性があるため再び埋め戻されたりした。

一九七三年、ユネスコの主導のもと十年の歳月と二千万ドルの費用をかけて、本格的な修復作業が行われた。解体した石のひとつひとつに番号がつけられてコンピュータで管理され、新しい土木技術で排水路も設置された。周囲は遺跡公園として整備され、一九八二年に完成した。

緑豊かで綺麗《きれい》に整備された公園の中の参道を進むと、巨大なボロブドゥールが正面に見えてくる。まるで小山のようだ。ボロブドゥールは天然の丘に盛り土し石を積みあげて作られているので、内部空間を持たない。約五万五千立方メートル、約三百五十万トンの石でできている。

一辺が約百二十メートルの方形の基壇の上に、方壇が五層、円壇が三層重なり、全部で九層からなっている。頂上には大ストゥーパがそびえる。高さは元々は約四十二メートルあったが地震で崩れ、現在は約三十三・五メートルだ。

基壇から方壇部分には全面にレリーフが刻まれている。基壇のレリーフは隠されていて二重構造になっているのだが、一部露出させてあって、俗界に住む、煩悩に侵された人間の姿が見える。因果応報を表しているのだ。レリーフは深く彫られ、彫刻の動きもいきいきしている。

基壇から第一回廊への階段を上る。回廊の壁には大乗仏教の教えを描写したレリーフが千四百六十面にわたって飾られている。回廊に沿って順にレリーフを眺めていくと、釈迦の生涯をまとめた「仏伝図」や、仏教の教えを描いた物語が展開される構造になっていて、上っていくにつれ俗界から悟りの道をたどるようになっている。

また回廊部分には手すり側や壁側にもいくつもの仏像が祀られている。びっしりと彫られたレリーフに描かれた人物は、釈迦をはじめ、王族、兵士など優に一万人をこえる。レリーフのスタイルはインド・グプタ朝の流れをくむジャワ様式の優美で柔らかい線で彫られているのだそうだ。

さらに階段を上ると急に視界が開け、切窓のついた小ストゥーパが林立する広々とした円壇の部分に出る。三段の円壇には七十二基の小ストゥーパが規則正しく並び、その中央には窓のない大ストゥーパがそびえている。

ボロブドゥール円壇の小ストゥーパと大ストゥーパ

小ストゥーパには一体ずつの仏像が安置され、切窓からのぞくことができる。下二壇の切窓は菱形《ひしがた》で不安定な俗界の人の心を表し、最上段の切窓は正方形で安定した賢者の心を表しているのだそうだ。

この広々とした天上の空間は、仏の世界を表しているのだろうか。熱心な仏教徒ではない我々が身を置いても、幻想的で清々しい気分にさせられる。

遺跡の周囲は密林で遠くにムラピ山が望まれた。ここから上はすべて空なのだ、というような気分になった。

遺跡には回廊部分に四百三十二体の仏像、小ストゥーパ内に七十二体の仏像があり、全部で五百四体の仏像になる。五百四の数を足すと九になり、九は縁起のよい数字なのだそうだ。また頂上の大ストゥーパの中にもかつては仏像が置かれていて、それを加えると五百五体となる。それは仏陀が輪廻《りんね》転生《てんしょう》した数なのだそうだ。

「方壇の上に円壇があって広々した感じなのがいいな」

と私が言うと妻はこう言った。

「ボロブドゥールって巨大な曼陀羅《まんだら》のような気がするわ」

ボロブドゥールが何かについては、寺院だ、王の墓だ、王朝の廟だ、僧房だなどと様々な説があるらしいが、妻の言う曼陀羅説も捨て難い気がした。真上から見たら確かに曼陀羅に似ている。

遺跡公園内にはホテルや博物館などがある。ボロブドゥール観光後、ホテルでジュースとバナナのテンプラが振る舞われた。十一時三十分頃、近隣のいくつかのモスクからアザーンが聞こえた。

ボロブドゥールから東に一・五キロメートルほど行くとブロジョナラン村にあるチャンディ・パウォンに着く。チャンディは寺院のことだそうだ。

パウォンは台所の意味。西向きで高さ約十二メートルのこぢんまりした寺院で、八二〇年頃に建てられたとされている。

寺院の役割には諸説あるが、シャイレンドラ王朝のインドラ王の遺灰を埋めたという説が有力なのだそうだ。

チャンディ・パウォン

ボロブドゥール寺院群の一部で、ボロブドゥール寺院への門の役割をしている。パウォン寺院はボロブドゥールで行われる儀式に行く前に、心を清めるための聖なる水を保管する場所として使われていたそうだ。

堂内には仏像はない。外壁には天界の情景を描いたとされるカルパタール（希望の木）や半人半鳥のキンナラ、キンナリという天界の住人のレリーフがきれいに残っている。一九〇三年、オランダ主導で修復された。

さらに一キロメートルほど行くと、チャンディ・ムンドゥッという寺院がある。八〇〇年頃、礼拝を行うために建てられた寺院である。

西向きの高い基壇のある正方形の建物で、周囲には広い庭があり巨大なガジュマルの

いる。

オリジナルの部分は少ないが、外壁にはきれいなレリーフが残っている。棒をくわえて空を飛ぶ亀、ヘビと鶏とカニなどのモチーフがあり教訓を表しているのだといわれている。

基壇の高い階段を上り、堂内に入ると暗闇の中に、中央に説法印を結ぶ釈迦（ブッダ・シャキャムニ）、両脇侍は左に観世音菩薩（アワロキテスワラ）、右に普賢菩薩《ふげんぼさつ》（ヴァジュラパニ）の石仏がある。この三体は三位一体で、説法印は仏教の教えを広めるという意味だ。ジャワ美術の最高傑作の一つで、彫刻は堂々としてたくましいが柔和で優美な表情をしている。

また堂の入口には毘沙門天《びしゃもんてん》のレリーフと鬼子母神のレリーフが向かい合わせに彫られている。外壁には八大菩薩、階段脇には「ジャータカ物語」などのレリーフもある。

地震で崩壊したが修復し今の形になった。

ボロブドゥール寺院、パウォン寺院、ムンドゥッ寺院は三つでひとつのセットになっていて、一直線に並び参道で結ばれていたという説がある。

ボロブドゥールに行くときには、まずムンドゥッで一晩お参りをして過ごす。僧侶だけが建物の中に入れる。次の日はパウォンへ行きここでも一晩お参りをして過ごす。そして髪を少し切って遺跡のなかで焼く。そのため天井は煤で黒くなっている。その焼いた髪を納める場所もあった。

ボロブドゥールへの巡礼は、そんな順を踏んで行われたのだ。

3

ボロブドゥールとその周辺の寺院の観光を終え、バスでジョクジャに戻ろうとしたら、コーヒーを干している店があった。ジャコウネコにコーヒーの実を食べさせて、その糞の中から消化されなかったコーヒーの種を取るのだそうで、非常に高級なコーヒーなのだ。

コーヒーはオランダ人が来てから入ってきた。昔はインドネシア人はコーヒーを飲まなかった。売るほうが儲かったからだ。

ジョクジャの郊外のレストランでインドネシア料理の昼食をとった。インドネシアではよくウコンを使うそうでスープに入っていた。そして、チキンのジャワカレーが、ココナッツとウコンが使われよく煮込まれており、非常においしかった。

午後はプランバナン遺跡に向かう。沿道には椰子の木が多い。するとガイドが、椰子は捨てるところがない、という話をした。

熟す前の椰子は上を少し切ってジュースとして飲む。椰子の汁を取り、煮詰めて砂糖を作ることができる。実を絞ってココナッツミルクを取り様々な料理に使う。若葉は箒《ほうき》、靴拭き、たわし、床掃除に使う。木の部分は年が経つと材木のように使える。柱、梁、家具、器、箸などに使う。

沿道には田んぼも多い。普通二期作だが、田植えしたばかりの田んぼ、青々とした田んぼ、黄金色に実った田んぼ、同時期に様々な田んぼが見られるのが面白い。

赤い瓦屋根の家が多い。屋根の形は二段になっている。

学校の制服は公立私立関係なく国で決まっている。上は白いシャツ、男の子はズボン、女の子はスカートで、小学生はあずき色、中学生は紺、高校生はねずみ色。女の子は白いスカーフを被る。

金曜日の昼の礼拝に、男性は行くのが望ましいとされる。熱心な人は毎日モスクへ行く。でも、礼拝はどこでしてもよく、今いる場所で礼拝してもいい。

ドーム屋根のモスクも多い。一つの町に必ず一つある感じ。

シーア派はほとんどいなくて、みんなスンニ派だ。

看板などの文字はアルファベットである。

大きくてピカピカのショッピングモールがあった。景気は悪くなさそうだという感じ。

インドネシアには宗教省がある。小学校から宗教学を学ぶ。認められているのはイスラム教、キリスト教、ヒンズー教と、仏教。新興宗教は認められていない。身分証明書に宗教欄がある。同じ宗教同士で結婚する。しかし宗教は形だけ、という人もいる。信仰と宗教は別、ということか。

プランバナン遺跡群に着いた。プランバナンは村の名前でプランバナン寺院という寺があるのではない。十四世紀頃、十四か所の遺跡が知られていたそうだが、近隣の人々は遺跡だということを知らずに石を持ち帰り、自分の家作りの材料にしてしまった。遺跡の発見も長い間に少しずつ進んだようで、一九九八年になって発見された遺跡もあるが、それはもう一般の人の家の土台になってしまっていて再現できない。

プランバナン遺跡は九世紀にサンジャヤ王朝時代に建設されたヒンズー教と仏教の寺院群である。サンジャヤは王の名前で七一七年に即位した古マタラム王国の王だそうだ。古マタラム王国はヒンズー教の国だった。

プランバナン遺跡群には多くの仏教寺院も含まれている。それはボロブドゥールを作ったシャイレンドラ家とサンジャヤ家が婚姻により権力交代したため、王は王妃の信仰にも敬意を表したためだそうだ。

つまり、シャイレンドラ王朝は崩壊したというよりも王女をサンジャヤ王朝（古マタラム王国）に嫁がせて終焉《しゅうえん》を迎えたと考えればよいのだろう。

インドネシアの歴史の中で八世紀から十世紀までを中部ジャワ時代といい、幾つかの王国が並立していたようだ。その中にシャイレンドラ王国も古マタラム王国も含まれ、宗教は異なっても、争いはなかったものと思われる。

五キロメートル四方の遺跡公園の広大な土地にいくつもの寺院が建っている。修復されたものは四つだけとガイドは言っていたが、ガイドブックなどを見ると修復状況は様々だがもっと修復が進んでいるように見える。

古マタラム国の中では二つの宗教は共存していたが、その後九二〇年代におこったムラピ山の大噴火により王国は東ジャワのクディリへ移動してクディリ国となる。プランバナンは一五四九年の地震で完全に倒壊してしまったそうだ。

修復作業は一九三七年から始まったそうで、一九九一年世界文化遺産に登録された。この遺跡の中心的存在はロロ・ジョングラン寺院だ。この寺院は八五六年に建てられたと伝えられる。サンジャヤ家とシャイレンドラ家の婚姻記念に建てられたとする説もある。

東を正面に外苑、中苑、内苑の三重構造で大小二百三十七基の祠堂からなるインドネシア最大のヒンズー教寺院だ。

百十メートル四方の内苑の中央にそびえるのは高さ四十七メートルの、破壊の神シヴァの神殿で、カイラス山の形を模しているが、その形は燃え盛る炎のようだと形容されるそうだ。神殿の外壁には古代インド叙事詩「ラーマーヤナ」の物語を描いた精密なレリーフがある。レリーフは彫りが深く美しい。

シヴァ神殿の四方の堂内にはシヴァ神、アガスティア（シヴァの導師）、ガネーシャ（シヴァの息子で象の頭部を持つ）、ドゥルガー（シヴァの妻）の各像が祀られている。

シヴァ神殿の南側には、創造の神ブラフマーの神殿（高さ三十三メートル）がある。堂内は一部屋で、四つの顔を持つブラフマーの像が安置されているそうである。回廊にはシヴァ神殿から続く「ラーマーヤナ」のレリーフがある。

北側には再生の神ヴィシュヌの神殿がある。構造的にはブラフマー神殿と同じで、内部にはヴィシュヌ神像が安置されている。回廊のレリーフは「クリシュナの物語」がモチーフだ。

三つの堂の前には、それぞれ少し小ぶりの神様の乗り物の神殿が並んでいる。シヴァ神はナンディーという牡牛《おうし》、ブラフマー神はハンサという白鳥、ヴィシュヌ神はガルーダという神鳥がそれぞれの乗り物だ。

全体的には三基の神殿が二列に並んでいるような感じで、そのスケールに圧倒された。さらにその周りの中苑（二百二十二メートル四方）には四列の小神殿群があったのだが、今は瓦礫の山だ。

天気があまりよくなく、おまけに東側から見物しているので逆光で、巨大な神殿は黒々として猛々《たけだけ》しい印象だ。緻密で複雑なレリーフもあまりよく見えなくて残念だった。

チャンディ・セウ

次に、広大な遺跡公園の中を走るトイ・トレーン（といっても汽車型のバス）に乗ってチャンディ・セウに行く。ここは仏教寺院で、千の寺院という意味を持つ。周囲に残る多くの遺跡は仏教寺院なのだ。チャンディ・セウはボロブドゥールと同じ頃に建てられたそうだ。

入口には二体のクベラ（守護神）が守っている。顔つきは違うが、お腹の大きい布袋様のような体つきで愛嬌がある。

ロロ・ジョングラン寺院と似た建築構造で、中央祠堂を中心に二百四十九基のペルワラ（小祠堂）があった。中央祠堂と幾つかの祠堂は修復されているが多くのペルワラは地震で倒壊し瓦礫の山という感じだ。

大きな地震は一五四九年と、最近では二〇〇六年五月二十七日にジャワ島中部地震がおこっている。一九三七年から続いてきた修復作業がどれだけ無駄になったのかはわからないが、現在も延々と修復は続いている。

そんなところでプランバナンの見物を終え、ジョクジャに戻り夕食をとった。中華料理なので食べやすかった。

夕食後、ワヤンの影絵芝居を見に行った。王宮北広場の北西にあるソノブドヨ博物館の敷地にあるお堂のような建物で行われる。

水牛の皮に細かい模様を彫り込んで、彩色して作った人形を使った伝統的な影絵芝居でワヤン・クリッという。

起源は九世紀頃で、「ラーマーヤナ」「マハーバーラタ」を題材にしている。ジャワ哲学の詩も演じられる。古いジャワ語が使われている。

音楽はインドネシア音楽のガムラン。スクリーンで影絵を見るほか、バックステージも見ることができる。

人形は人形使いの語り部（ダラン）が一人で取り仕切る。その周りをガムランの楽器が取り巻き演奏している。女性コーラスも入る。

物語はゆるゆると進み、変化に乏しい。音曲も似た感じだ。こういう古い芸能は、珍しさを味わうもので、少し退屈なものだ。

ワヤン・クリッを見終わってホテルに戻ると、私と妻はまたもや昨日のバーへ行って、

水の宮殿（タマン・サリ）

一服しながらビールを楽しむ。ウエイトレスに顔を覚えられてしまい、愛想よくされた。

4

旅の三日目は早朝におきてボロブドゥールの朝日を見物するスケジュールだったのだが、三時半おきと聞いて、私たちはパスした。そうしたら、行った人たちも雨のために朝日は見えなかったそうだ。行かなくてよかった。

午前中の観光は水の宮殿（タマン・サリ）から。もう雨はあがっていていい天気だ。旧王宮の城壁の中に入ったのだが、そこは市場があったり、普通の家がごちゃごちゃと並んでいたりして、とても雑然としていた。インドネシア独立の時、王宮に仕えていた人々に王宮内に家を作ることを許したのでこうなったのだそうだ。

まず小さい市場に行った。物は豊富だが野菜などは新鮮ではない。設備も貧しい感じがした。

王宮内といっても細い路地が複雑にうねうねと続いている。貧しそうではあるが緑も多く情緒はある。賑やかな店の並んだ通りもある。鳥籠をやたら売っている一角があり、なぜなのか、と思った。混沌《こんとん》としていて面白い。

突然地下トンネルがあったりする。王宮時代に使われていたものだろう。今は壁など汚れているが、明かり取りの立派な屋根がついていた。

水の宮殿に着いた。立派な白い門があり正面から階段を上ると前庭を見渡せるテラスに出る。そこから中に入ると敷地の中は緑が多い。着替えのための部屋が並んでいる。一七五八年に初代スルタン、ハメンク・ブオノ一世によって建設された離宮だ。王様のハーレムとして使われていた。

高い壁で囲まれた中に大小二つの豪華なプールがある。二つのプールの間には部屋があってベッドが置かれている。大きいプールでは王宮に仕える女性たちが水浴びをし、それを部屋の格子窓から王が覗き、夜を共にする女性を選んでいたという。

二代目スルタンの時、地震で倒壊したが、八代目のスルタンが再建して今の姿になった。

「要するにハーレムの女性選び用のプールか」

するとと妻が、

「うらやましいの？」

と言ったが、ちっともうらやましくなかった。私はハーレムを持ちたいと思うタイプではないらしい。

水の宮殿の見物を終え、次に王宮に行った。ジョクジャカルタ王朝の初代スルタンの居城として一七五六年にジャワ建築の粋を集めて建設された。

以来、現在の第十代目のスルタンまでこの王宮で暮らしている。そのため一般公開している部分はほんの一部だ。また、内部は南北に分かれていて南側は博物館になっている。

入口には赤と金で羽根と王冠に囲まれハメンク・ブオノのイニシャルが刻まれた王家の紋章が飾られている。

見られるところは、謁見の間、大広間、ガムラン音楽室、東屋、番人の部屋とジャワ・バティック（ジャワ更紗）、古い写真、各国からの贈り物などの展示のある部屋ぐらいだった。すべて平屋で、展示のある部屋以外は、壁がない開けっ広げの作りだ。

建物や装飾に緑色がよく使われている。王妃が好きだった色だそうだ。

見事な彫刻のほどこされた柱、壁の代わりに設けられた低い仕切りにも美しい装飾があった。

きれいなステンドグラス、ゴージャスなランプなどハメンク・ブオノ家のかつての権勢をうかがわせる。

もうひとつ目についたのは、ジャワの伝統衣装を着けた年配の男性たちだ。彼らはクラトンを守る「武士」で、無給で王宮の保護、管理を行っている。

クラトンでは影絵芝居、女性たちの踊り、ガムラン音楽などが行われており、王宮博物館といったおもむきで飽きない。

しかし、ゆっくりと見て回り、見物は終了だ。

王宮の隣の壁のないレストランで昼食をとった。宮廷料理をいただいたが、普通のインドネシア料理とそう違ってはいなかった。

さて、この日の午後は自由行動の時間だった。スパへ行く人、スーパーへ買い物に行く人などいろいろである。私たちはバティックの工場を見学に行った。

紹介してもらったバティック工場はなかなか良い製品を作っているところだった。手描きのものは女性の仕事で、ペンの先に蠟が流れこむ形の道具で美しい曲線を表現した植物模様などを描く。バティックは﨟纈染めだから、白く残したいところに蠟を置いていくのだ。とても細かい作業である。一方、型を使ったものは男性の仕事で、金属の重そうな蠟が入るスタンプ型を押していくのだが、印もないのに正確に押していく技術は素晴らしい。

ジャワの伝統工芸を見ることができ満足した。

その後スーパーへ行き、インスタント・ジャワカレーの袋入りと、乾燥ココナッツミルクの袋入りを買った。帰国してからジャワカレーを作ってみたが、とてもおいしかった。

ホテルに戻り、いつものバーで夕食前のビールを飲んだ。すっかり顔を覚えられてしまったウエイトレスたちはちょっとあきれたような顔をしていた。だがバーでのビールとタバコで心からリラックスできるのだから、私たちにとっては大切な時間なのである。

「ここで三日間ビールを飲んだね」

と妻が言う。

「うん。それで、今夜泊まったら、それでジャワ島の観光は終わりだよ。明日はバリ島へ行くんだ」

「バリ島も変っちゃっているんだろうなあ」

妻は結婚前に、ボロブドゥールとバリ島の旅行を母親としたことがあるのだ。だが古いことなので、昔とはかなり変っているという印象を抱いているらしかった。

夕食はジャワ風のフレンチ料理だった。チキンのグリルが主役である。食べやすいものであった。

夕食後、ホテルの部屋でジャワ島最後の夜はふけていった。私の心はもうバリ島へ飛んでいた。

〈バリ島〉

5

四日目は午前六時半にホテルを出発して、ジャワ島のジョクジャカルタの空港から、バリ島のグラライ空港へ飛んだ。到着したのは午前十一時。時差があり、時間はジャワ島より一時間進むのだった。

私の妻は一九八一年にバリ島とボロブドゥールの旅行をしている。結婚する直前の母子旅行で、あの時私はバリ島のTシャツを土産にもらった記憶がある。だから妻にとっては二度目のバリ島だ。

空港出口でバリ島ガイドのパワナさんに迎えられる。とりあえずバスに乗るが、バスは少し小型だった。

バリ島は面積が五千七百八十平方キロメートルでほぼ愛知県と同じくらいだ。人口は三百八十万人以上で、そのうち九十パーセントがヒンズー教徒だ。

バリ島の州都はデンパサールである。

ヒンズー教にはカースト制度があるが、バリ島ではほとんど形骸化されていて皆平等に暮らしている。一応僧侶はカーストが高く、農民は低いのだが、バリは農業カーストの人が多いのだ。不可触民はいないそうだ。要するにカーストはお祭りの時だけに関係してきて、普段の生活ではあまり関係がないということだ。

イスラム教徒が九十パーセントだったジャワ島にはモスクがたくさんあったが、バリ島にはモスクはほとんどなく、ヒンズー教寺院があちこちにあり、ガイドの言うにはその数一万寺だという。

村や地域に根差した寺院が多いのだそうだ。ひとつの村には火、水、風を象徴するブラフマー、ヴィシュヌ、シヴァを祀る三つの寺院がある。そのほかにも、海の寺院、丘の寺院、地域共同体の寺院、市場の寺院、田んぼの水を管理する組合の寺院などがある。地域を越えた寺院や王家ゆかりの寺院もある。親族集団の寺院や鍛冶屋《かじや》組織の寺院もある。また、各家庭の北東の角に屋敷寺がある。

一万寺は大袈裟かもしれないが、ほんとに寺が多いのだ。

ただ、多くの寺は普段は開けていない。神様は常に寺にいるのではなく、お祭りの時にやってくるという考え方なのだ。お祭りは毎日どこかでやっている。寺を開け、聖職者がやってきて、村人総出で飾りつけをするのだ。

建物に白と黄色の布を巻きつけ、フルーツや椰子の葉などで飾りつけ、非常にたくさんの供え物を作る。お供え物はひと籠五キロから十キログラムあり、頭にのせて運び、寺院内のあちこちに飾るのだ。

男性は普段はズボンスタイルだが、お祭りの時はサロンという腰布を身につける。女性は普段でもサロンを身につけている。

バリ人は給与の三分の一をお祭りに使うといわれているほどで、お祭りがとても多いのだ。

バリ州には九つの県がある。昔は九つの国がありそれぞれに王がいたのだ。

昔は農村が多かったが、今は町が増えてきた。

バリ島の気候は五～十月が乾期、十一～四月が雨期だ。しかし雨はあまり多くないそうだ。雨期はフルーツの季節でもある。

この年はもう雨期に入っている。気温は年間平均三十三度くらい。デンパサールあたりで最も寒い時は二十六度くらい、山のほうへ行くと十五度になることもある。

空港のある南部のリゾートエリアは近代的で、新しい道路や橋が架かっていて大型ホテルがたくさんある。北部は火山が多く溶岩地帯が広がり湖が多い景勝地だ。西部は手つかずの自然が残っていて国立公園になっている。

バリ島には天然資源がなく、産業の中心は観光と農業で、観光事業に従事するために若者は英語と日本語を勉強する。遠くアラビア半島のドバイに出稼ぎにいく若者も多いのだとか。

バスはクタ地域を走っている。かつてはサーファーの聖地として名高かったが、今ではオーストラリア人、欧米人、日本人など多くの観光客をひきつける魅力的な地域になっている。中国人のお金持ちも多く住む。

路上で食べ物（煎餅）を売る屋台が多く出ているが、それはバリ人ではなく出稼ぎの人たちだ。

バリはインドネシアで最も治安がいい。

高い建物は少ない。州都デンパサールにあるホテルが最も高い建物。お寺より高い所にトイレを作ってはいけないという決まりがあるからだそうだ。

民家は瓦屋根の平屋が多い。商店などは二階建てで一階が店だ。

学校は六・三・三制で、公立は七時から十二時半までで日曜日だけ休み。毎日二時半くらいから地域でガムラン音楽や踊りの勉強をする。

内陸に入ると道路が狭い。車はゆっくりと進みスピードを出さない。そのため時間はかかるが、事故が少なくてすむのだ。

地元の人はほとんど歩かない。五人家族くらいで車一台、バイク二〜三台を持っているのが普通。車の免許は十八歳（バイクは十七歳）から取れる。車はトヨタに人気がある。バスはいすゞ。妻が、一九八一年と比べていちばんの変化は車の多さと道路の整備だと、驚きの声で言った。

農業は米作で、普通は二期作、観光地では三期作をしている。それでも三十パーセントほどは輸入をしていて、日本米も日本食のために輸入をしている。

農作業には牛や水牛を使うが、金持ちは耕耘機《こううんき》を持っている。刈取りは人力でする。

道路沿いのどの家の前にも黒白の格子模様の木を巻いた屋敷神が祀られている。

神棚は石造りのものと木で造ったものがあり、専門店がかたまってある地域があるのでそこで買う。

バリではお供え物が非常に多い。女性は毎日屋敷神や家中のあらゆる場所にお供え物をしなければならない。

道の両側には、日本のお盆に似たガルンガンという宗教儀式の祭具であるペンジョールという飾り物が飾られている。高さは七～八メートルくらいで、竹や椰子の葉や稲わらなどの自然の材料を使った飾り物だ。いろんなデザインがあって形に決まりはないらしい。一か月間飾り、毎日お供え物をする。

宗教以外のお祭りとしては結婚式、歯を削る祭りなどがある。結婚式はきれいに飾りつけ三日間行う。

白はヒンズー教の色、黄色は仏教の色で共に聖なる色であり、お祭りの時に飾る。バリのヒンズー教はジャワ島のブランバナン遺跡がそうだったように仏教にも寛容なようだ。

様々な聖や不浄が決まっていて、方向では山側が聖なる方向、海側が不浄な方向。右手が聖なる手。左手は不浄の手。だから握手や物の受け渡しは右手でする。頭は神聖なので子供の頭をなでたりしてはいけない。

フランジパニ（プルメリア）がいっぱい咲いている。

テレビ番組で、子供に人気があるのは、『ドラえもん』『ポケットモンスター』『ドラゴンボール』。年寄りは『おしん』が好き。『風雲！たけし城』も人気がある。

スポーツはサッカーと空手に人気がある。強いのはバドミントン。

バリでは犬は飼うが猫は飼わない。犬は昼間は放し飼い、夜戻ってきて番犬になる。

バリ人は喧嘩《けんか》はしない。犯罪はマリファナやアヘンなどの麻薬がらみのものが多い。

山の手に入ってくると道路がくねくねとうねって細く、家々や屋敷寺なども昔の雰囲気が残っている。このあたりは小型バスでも道幅がぎりぎりで、すれ違うのも大変だ。

6

空港からおよそ二時間半走り、ジャティルウィの棚田（ライス・テラス）に着いた。

ジャティルウィとは「本当に素晴らしい」という意味だそうだ。

この棚田の村は比較的豊かそうで、家も屋敷寺も立派なものが多かった。

窓から丘陵いっぱいに広がる棚田をながめわたせるカフェで、ビュッフェのランチをとった。ナシゴレン、ミーゴレン、サテ（串焼き）やジャワカレー、赤米のデザートといったバリ料理が並んでいた。ライスはこの棚田で穫れたものを使っているそうだ。

水田地帯なので虫が多く、カフェの建物の梁にヤモリがたくさんいて、妻の白いスカートの上に落ちてきた。ヤモリがこわいわけではないが、びっくりして悲鳴をあげていた。

ここはバリ島中部のタバナン県、バトゥカル山の麓の丘陵地帯で、山と渓谷が連なるこの地域には、一面まるで芸術作品のように端正な棚田が広がっている。稲はこの時は青々とした時期で大変美しく見事だった。棚田の間には家々や作業小屋、椰子の木などが点在し、のんびりした農村風景が懐かしい気持ちにさせてくれる。

バリ島には千年以上前から伝わるスバックという伝統的水利組合があり、それはヒンズー哲学を具現化した灌漑事業、神事、農耕事業、土木事業などのいろいろな活動を行う組合なのだそうだ。その伝統的組合が機能して、このような不便な場所に美しい棚田を作りあげたのだ。

この棚田の文化的景観は二〇一二年「バトゥカル山保護区スバックの景観」としてユ

タマン・アユン寺院の割れ門

ネスコの世界文化遺産に登録されている。

再びバスに乗り、二十キロメートルほど南下してタマン・アユン寺院に到着した。バリで最も美しいといわれているヒンズー教寺院で、一六三四年にムングウィ王国の国寺として建立され、一九三七年に改修された。バリ島で二番目に大きい寺院だ。

寺院の周囲は堀がめぐらされ、広い寺院内には芝生が広がり庭園寺院のようで、観光客が来るだけでなく地元の人々の憩いの場ともなっている。

入口にはバリ島独特の割れ門がある。門の形は一つの山を二つに割った形で左右対称だ。この門をくぐることにより人の心の邪悪な部分が浄化され清らかになると信じられ、バリ島では寺院や町や村などの入口で見ることができる。

その奥に境内に続く山門があるがそこは閉じられている。境内はお祭り《オダラン》の時以外は閉められているのだ。ただし、周囲を低い塀で囲んで遊歩道が作られているので、そこを一周することで境内全体を見ることができる。

信者の人々がお供えを持って拝礼することはできるようで、何組かの家族が横の小さい門をくぐって境内に入っていくのを見た。

この寺院の特徴はメルと呼ばれる霊峰アグン山を模した多重塔が十基も建ち並んでいることだ。メルは二〜十一までの奇数の屋根を持つ塔だ。何重の屋根を持つかに意味があり、風、水、火などを意味し、風が最も位が高い。

ここの寺院には十一層の屋根を持つメルが四基もあるほか、珍しい二層のメルもある。

建物の屋根は茅葺《かやぶ》きなのですっかり黒ずんでいて、それがにょきにょきと建っている様子は神秘的でもある。

寺院内には闘鶏場もあった。鶏のどちらかが死ぬまで闘わせるのだそうだ。

タマン・アユン寺院の近くの寺院で祭りをしていた。お祭りは一年に一回は三日間、十年に一回は五日間、百年に一回は一か月行われる。

夕方になってきたのであちこちに屋台が出る。バナナのテンプラや肉団子を売っていた。

次に、またバスに乗りタナロット寺院にやってきた。タナは土地、ロットは浮かぶとか離れた、という意味。バリ島中部のタバナン県の海沿いの小島にあるこぢんまりとしたヒンズー教寺院である。しかし格式は高い寺院だそうだ。

十六世紀にジャワ島から渡ってきた高僧ニラルタがこの地を訪れ、海に浮かぶ岩山の美しさに心を惹《ひ》かれ、村人にここに寺院の建立を勧めたのがきっかけといわれている。祀られているのは海の神様。岩山の上に建つ寺院には観光客は入れないが、潮が引くと寺院の建つ岩山の下まで行くことができる。

ここの観光の目玉はサンセットである。南国バリでは一年を通じて日没時間があまり変らず、夕方六時から六時半頃に陽が沈む。その景色が名物なのだ。

この日のインド洋に落ちていく夕日は、空の上部と水平線に雲があって、その隙間から覗けただけだったが、海に光の帯ができてなかなかきれいだった。夕日観光は大人気で、大変な人出であふれかえっていた。

さて、太陽が沈んだので参道を戻る。たくさんの土産物屋やレストラン、カフェが並んでいた。

バスでクタ地域まで戻りレストランで夕食をとった。それがなんとカジュアル・フレンチであった。

「バリ島でフレンチか」

と私が言うと、バリは二度目の妻が教えてくれた。

タナロット寺院

「バリ島は各国から観光客が来るので、いろんな国の料理のレストランがあるのよ。前に来た時は私、オイルフォンデュを食べたんだもの。初めてのオイルフォンデュ体験がバリ島だっていうのはおかしいでしょう」

さてこのカジュアル・フレンチ・レストランでの、メニューのアミューズは枝豆のムース。オードブルはマグロのカルパッチョにアボカド添えでワサビ醬油のドレッシング、そしてにんじんスープ。魚料理はロブスターのフライがパルミジャーノのバスケットに入っていてカレーソースを添えたものだった。肉料理はポークチョップでフルーツデミグラスソース添え。デザートはブランマンジェとコーヒー。

そしてなんと、カベルネソーヴィニヨン

のバリ・ワインがあった。バリ島ではワインも作られているのだ。ボトルで注文してみたが、味はまあまあというところだった。

でも広い中庭に面したしゃれたレストランだった。

夕食後、ブノア湾に架かる橋を通ってヌサドゥアの立派なホテルにチェックインした。このホテルは各部屋にベランダがあり、テーブルと椅子があり、テーブルの上には灰皿が置いてあった。おかげで、インドネシアのホテルではタバコを楽しむことができた(ジャワ島のジョクジャカルタのホテルでは、バーでタバコが吸えた)。

つまらないことのようではあるが、リラックスしてくつろぐことができるのだ。

7

旅の五日目は午前八時三十分にホテルを出発した。昨日と同じブノワ湾に架かる立派な道路を通る。二〇一一年にASEAN(東南アジア諸国連合)の会議があり、空港からヌサドゥアまで高速道路ができたのだそうだ。

バリ島にはアラックという地酒がある。ココナッツを原料とした蒸留酒で三十度から四十度とアルコール度数が高い。バリでは、お酒は少し飲むのはよいが、酔っ払いは嫌われるそうだ。

ワインの会社はヌサドゥアの近くにあり、ブドウ畑は島の北部にある。

サヌールの近くを通る。ここは古くからの観光地だったところで、妻も一九八一年に来た時はサヌールに泊まったそうだ。広い敷地にコテージやレストランやプールが点在している明るい感じのホテルだったとのこと。

今は、少々古びてしまったので日本人は泊まらなくなり、オーストラリア人の客が多いそうだ。ダイビングやマリンスポーツが楽しめるエリアである。

民族ダンスは観光客のために毎日演じられている。ケチャ、バロン、レゴンなどのダンスがある。その中ではレゴンが目や手の動きの表現が最も難しいそうだ。

観光客のためにそんなダンスが毎日演じられているせいで、バリ島は居心地のいいところとなっているのだろう。

マンションはあるがバリ人はそこには住まず、観光客のためのものである。バリ人は土地を買って家を建て、ファミリー寺院を建てるのだ。

鉄製品のお祭りがある。パゲルウェシという鉄柵を意味する名前の祭りだ。鉄柵は人間を守ってくれる家の象徴なのだ。その他、剣やナイフなどにお供えをする。それが今は車の祭りになっていて、車にお供えをする。

ヒンズー教がジャワ島からバリ島にやってきたのは四〜五世紀頃だったが、それ以外にも仏教の影響や土着宗教があった。十四世紀になるとジャワ島のイスラム教勢力が強くなってきて、多くのヒンズー教徒がバリ島に逃れてきた。

ヒンズー教は多神教で多くの神々が信仰されてきたのだが、第二次世界大戦を経て、インドネシア共和国が独立すると憲法前文により、一神教の信仰が国家理念の柱となった。

これに困ったバリ島の宗教エリートたちは唯一神を作り出した。それが、イダ・サン・ヤン・ウィディ・ワサである。そして、ブラフマー、ヴィシュヌ、シヴァは三位一体で、イダ・サン・ヤン・ウィディ・ワサの化身であるとした。

しかしこの一神教の歴史は新しくて、古くからバリ島にはそれ以外にもたくさんの神々がいるのだ。山の神、海の神、稲の神、ガネーシャ、鬼子母神など昔ながらの多神教の神々にお供えをする習慣はバリ人に深く根付いている。

バリには様々な工芸品を専門に作っている村々がある。ウブドは絵画の村、トパティはバティックの村、バトゥブランは石彫の村、チュルクは金、銀細工の村、マスは木彫の村、ボナは竹細工の村といった具合だ。バトゥアン村は家具屋が多い。材木はスマトラ島やボルネオ島から持ってくるのだ。

伝統的な言語としてバリ語がある。バリ語には尊敬語や謙譲語もあるのだそうだ。学校ではインドネシア語を習い、家庭ではバリ語を使う。

ガソリンは一リットル六十五円くらい。車はトヨタの新車で二百万円くらい。バイクは新車で十六万円くらい。

テレビはシャープ、ソニーの製品が、二十〜三十年持つからという理由で人気がある。ホテルではサムスンのテレビを使用しているが、五年で買い替えなければならない、と、ガイドは言ったが、これは日本人相手のリップ・サービスかもしれない。

バリ人の男性は大抵料理ができる。

ガジュマルは聖なる木。ガジュマルや松で盆栽を作る。

さて、私たちはゴア・ガジャに到着した。ウブド中心地から約四キロメートル東にある十一世紀頃の古代遺跡だ。ゴアは洞窟、ガジャは象の意味だそうだ。

土産物屋のある参道を通って寺院の境内に入る。

洞窟は十一世紀頃に作られ、一九二三年にオランダ人考古学者により発見された。入口には魔女ランダを模したとされる大きな顔のレリーフが彫られている。暗い洞窟の中に入ると左手にガネーシャ像、右手にブラフマー、ヴィシュヌ、シヴァの三つのリンガが置かれている。昔は聖職者が瞑想をしていたそうだ。

洞窟の前には一九五四年に発掘された沐浴場があり、六体の女神像から水が流れだしていた。

境内には茅葺きの寺院の建物がたくさん建っていて、この日はお祭りの準備のために村人総出で来ていて、ペンジョールを作ったり、柱にフルーツを飾りつけたり、いたるところに白と黄色の布や白黒の格子模様の布を巻きつけたり、派手な傘を飾ったりしていた。

台所ではたくさんのお供え物が用意されていた。お供え物は椰子の葉で作った籠にご飯やフルーツや野菜を不思議な形にして盛り合わせてある。

聖職者は白の上着とサロンの服装で信者に聖水を与えたり、竹の葉で何か祭事に使うらしきものを作っていた。

昨日、タマン・アユン寺院で普段の寺院の状態を見ているので、お祭りの時の派手派手しさには目を奪われてしまった。お祭りの時には出稼ぎの人も休みを取って帰ってくるのだそうだ。バリには夏休みがなく、代わりに祭り休みがあるということだ。

ゴア・ガジャの寺院は十一世紀頃仏教寺院となり、十四世紀にヒンズー教寺院に改装されたそうだ。

聖職者は夫婦とも聖職者で世襲制だ。寺には住まず自分の家に住む。お祭りと聖なる日（満月の日と新月の日）には寺にいる。

お寺参りをしたい人は聖職者の家へ行き、頼んで一緒に寺に行ってもらう。

次に、バスでタンパシリンのティルタ・ウンプル寺院に行った。タンパシリンはウブドの北東にある小さな町だが、周辺にはティルタ・ウンプル寺院など観光スポットが点在しているのだ。

ティルタ・ウンプルは聖なる泉という意味で、清らかな水があちこちから湧く大きな四角い池がある。

古来あった水の精霊信仰にヒンズー教と仏教が融合し、信仰対象だった泉に重要な寺院を建立して現在の形になったのだそうだ。

特に満月と新月の日は多くのヒンズー教徒が沐浴にやってくる。泉の水には不思議な力が宿っているとされ、万病に効く水ともいわれている。

沐浴池には十三の水の出口があり、それぞれに意味があるそうで、最後の出口からの水をくんで家に持ち帰り子供を清めるのだそうだ。

伝説によると魔王マヤ・ダナワと戦ったインドラ神が、大地を杖《つえ》で突き不老不死の水アメルタを湧き出させた場所といわれている。

寺院は十世紀の建立。本堂は屋根がない。

私たちはサロンを借りて入場。ここでもお祭りをしていて大変賑やかだ。沐浴場では信者のほかにも外国人観光客も一緒になって沐浴していた。祭りというか、祭りの準備をたて続けに見たわけだ。

寺院は華やかに飾りつけられ、ガムラン音楽が演奏され、本堂の前では二、三十人の信者が坐り、聖水を振りかけられていた。

ティルタ・ウンプル寺院の沐浴風景

寺院に向かって左側の丘の上には、一九五四年スカルノ大統領が訪問した時に建てられた別荘があるが、現在は国有化されているのだそうだ。

8

再びバスに乗り込み、島内を北上する。やがてキンタマーニ高原に着いた。そのあたりで標高は千二百メートルくらいだ。ペネロカンという集落にあるレストランでビュッフェのランチをとった。チキンのジャワカレー、サテ、卵焼き、ミーゴレン、もやし炒めなどとビンタンビールといったメニューだ。

レストランのテラスからは、標高千七百

十七メートルのバトゥール山、標高二千百五十一メートルで休火山のアバン山、バリの最高峰で標高三千三十一メートルのアグン山などがきれいに見える。手前にはカルデラ湖のバトゥール湖が横たわっている。天気がよく、空は青く、山々は緑に覆われて大変美しい。心が洗われるような雄大な景色だった。

バトゥール山のあたりは鳥葬の風習が残っているのだそうだ。鳥が遺体を始末し、遺骨はそのまま放置する。

ここ以外のバリ島では火葬が普通だそうだが、儀式やお供えに百万円くらいのお金がかかるので、お金がない時はいったん土葬して、お金を貯《た》め、掘り出して火葬するのだそうだ。

さて、ランチをとりながらのキンタマーニ高原の観光はここで終わりだ。この島の北部からケチャを見るために島を一気に南下する。約三時間かけて島の南部の、ケチャの行われるウルワツ寺院に到着した。ショーは六時からなのに四時半頃に着いてしまった。

ウルワツ寺院はバドゥン半島南西端の岬に位置する寺院で、海の霊が祀られている。岬の突端は七十五メートルの高さから一気にインド洋に落ち込む断崖で、その風景も迫力があった。

この寺院は十〜十一世紀に建立され、十六世紀には高僧ニラルタも訪れている。観光客には雄大な夕日を眺めるビューポイントとして人気が高い。この日もケチャの

ウルワツ寺院のケチャ

会場にある割れ門やベンジョールの間に落ちてゆく夕日がバリらしくて素敵だった。

ケチャの会場は小さなローマ劇場のように一方が開いた円形の階段状に座席の作られたコンクリート製のもので、中央にステージがあり、大型の照明も備えた近代的なものだった。

ケチャはダマルケチャという枝つきの燭《しょく》台《だい》の周りで演じられる。ラーマーヤナの物語と、半裸でサロンだけを着けたたくさんの男性コーラス隊が「チャ、チャ、チャ」と響き渡る声を様々なリズムで出す趣が面白い出し物だ。

コーラス隊は専門職の人々ではなく、昼間は普通に働いている人たちだそうだ。

現代のお客に受けるように、白猿のハヌマーンが客席に乱入したり、悪役の魔王ラワナが途中客席に挨拶したりと、ユーモラスな演出がされていた。

しかし、見終わったあとの妻の感想では、昔（三十五年前）見たものは鬱蒼《うっそう》とした木々に囲まれた暗い寺院の広場で演じられ、地面に坐り、照明も松明だけで、コーラス隊の人数ももっと多く、神秘的で雰囲気があったのに、ということだった。なんか明るく軽々しくなっていて、ちょっとがっかり、なのだそうだ。

だが初めて見た私には、「チャ、チャ、チャ」というリズムが原始的でムードがあって、楽しめたのだが。

ケチャの見物を終え、多くの観光客で渋滞した道を戻り、海鮮レストランの並ぶ地域へやってきた。

今日の夕食は海鮮料理だ。ご飯と空芯菜の炒め物が出て、ロブスター、シュリンプ、ハマグリ、イカ、タイに似た魚のグリルの盛り合わせが出された。塩焼きではなく独特のたれがかかっているのだが、それを一口食べて妻がびっくりしたように言った。

「これ、昔にバリで食べた海鮮とまったく同じ味がするの」

味で記憶がよみがえったらしい。飲み物はバリの白ワインにした。

六日目は行楽の最後の日だが、午前中は自由行動の時間だった。しかし、ホテルのあるヌサドゥア地区は大型ホテルの並ぶモダンなエリアで、バリ・コレクションというショッピングエリアがあるだけだ。しかも私たちは買い物にはあまり興味がない。

そこで私と妻はホテルのプライベート・ビーチに出てみることにした。ホテルは非常に広く、池や美しい庭やプールや屋外シアターや寺院まである。その寺院では結婚式の写真の前撮りをしているカップルを見た。内部を散策しているだけでも楽しめた。

かなり歩いてビーチに出た。海は美しい南国のブルーで砂はやや黄色っぽい。たくさんのカラフルなパラソルと寝椅子が並び、人々がくつろいでいる。

ビーチ・バーに行き、バリハイという名前のキンキンに冷えたビールを飲み、くつろいだ。

午後は○時にホテルを出発。約一時間半かけて有名なウブド村に行く。着いてすぐにまずランチだ。

ナシラジャ（王様のご飯の意味）という食事が出た。宮廷料理ということらしい。まず紫いものチップスにチーズソースが出る。その後、足のついた丸いお盆の中央にターメリックライスが円錐形にそびえていて、周りには七種類の様々なおかずがバナナの葉で仕切られて美しく盛りつけられ、薬味が添えられているものが出された。

ウブドはバリ島の中心部にある村で、ウブド郡の中心であり、ガムラン音楽、バリ舞踊、バリ絵画など芸術の村として知られ、観光の盛んな村である。

ウブドの歴史は八世紀頃にジャワの高僧ルシ・マルカンディアがこの地に立ち寄り、チャンプアン川の谷にグヌン・ルバ寺院を建てたことに始まる。その後高僧の弟子たちがこの地に残り村を作った。その弟子たちがこの地に薬草の多いことに気づき、村の名前をウバド（バリ語で薬草の意味）と名づけたのが訛《なま》ってウブドになったのだ。

ウブドにはバリの九つの国のうちの一つがあり王宮（プリ・サレン・アグン）がある。ウブドの王はお金持ちでホテルなどをたくさん持っているそうだ。

現在王様は王宮には住んでいないが、行事などで使用することもあるので門の中は見ることができない。

入口を入った前庭は見ることができる。前庭には二つの建物があり毎晩バリ舞踊の定期公演が行われる。王宮の立派な門も見ることができる。

前王は二〇一六年の四月に亡くなったのだそうだ。

バリ島の東南アジア的なものは、他の東南アジア地域より洗練されているように感じられるのだが、それには理由がある。

一九二五年、ドイツの画家のヴァルター・シュピースという人物が初めてバリを訪れ、バリの自然や文化におおいに感化され、二年後ウブドの王チョコルダ・スカワティに招待されるかたちでウブド村に移り住んだ。

そこで彼は現地の芸術家たちと親交を結び、西洋と東洋の架け橋のような存在になった。

彼はウブドのスタジオで絵画の制作活動を始めるとともに、バリの音楽、舞踊、絵画の分野に多大な影響を与えた。シュピースはサンヒャン・ドゥダリという伝統的な呪術の舞に着想を得て、その男性合唱と「ラーマーヤナ」の物語を結びつけ、現在の観光用のケチャを生み出したのである。

ヨーロッパから多くのアーチストたちが移り住むようになりアトリエやショップが作られた。

一九三〇年代には最初のバリ観光ブームがおこり、四〇年代は戦争の影響で観光客は減少したが、六〇年代になると再びバリ観光ブームが訪れる。

ヴァルター・シュピースは現代バリ芸術の父として知られるようになった。

しかし、西洋人の目によってバリの観光地化を進めたことは、本質主義者からは否定的に評価されることもあるそうだ。

妻は前回もウブドに来ていて、今の車の多さにびっくりしていた。ウブドの街中は道が狭く、常に渋滞している感じなのだ。

しかし昔は閑散としていて道路も広く感じ、バリ絵画を売る店が軒を連ねていただけだったそうだ。

王宮を観光した後は、モンキーフォレスト通りというウブド市場やしゃれた雑貨店の並ぶ通りを散策し、疲れたところでカフェに入ってビールを飲んだ。

集合時間になったのでウブドの観光は終了。

帰国の途につくのだが、予定されていたデンパサールからの国内便が二時間遅れで国際線に乗り継げないそうで、ひとつ前の便でジャカルタへ飛んだ。しかし、ジャカルタからの便も一時間半遅れで、結局、予定の便に乗ったのと同じだけ待たされた。

午前一時発の便に乗り、羽田には午前十時四十二分に到着した。

インドネシアはエキゾチックだった。なんといってもボロブドゥールの遺跡が圧巻で素晴らしかったという印象だ。バリ島のほうでは、あちこちでやたらお祭りの準備をしているのを見たような気がする。そして私には、ケチャに幻想的なムードがあってよかった。ただしバリ島には、島全体がひとつのテーマパークのような印象もあった。

東南アジアの国々を巡る旅は、このインドネシアでひとまず終了である。どの国にも、似てはいるがやっぱり本質的に違った味わいがあって、その違いを感じとっていくのが楽しいことだった。

ひとつの地方を制覇したような満足感を味わうことができたのである。次はどこかヨーロッパの国かな、などと考えている私であった。

あとがき

東南アジアはどことなく精神的に近いような気がした。東南アジアの国々に行くのは初めてのことで、どこもそれぞれ目新しいはずなのに、不思議になじめて、よく知っているところのような気がしたのだ。それはやはり同じアジアだという親近感があるからなのかもしれない。

仏教とヒンズー教の寺院や遺跡などを見ることが多いわけだが、その根底にある多神教の味わいが日本人の心にぴったりくるのだ。

ミャンマーのバガン、カンボジアのアンコール・ワット、インドネシアのジャワ島のボロブドゥールは、日本人として自然に手を合わせて拝むところであった。これは私たちの知っている文化だという気がするのである。

そういうふうに東南アジアはなじめる世界であった。僧侶の姿を見ても、ああ、これがあたり前の世界だという気がした。そういう意味では、自分がアジア人であるということにあらためて気づかされる旅であった。

国ごとに、多少の雰囲気の違いはある。上座部仏教、大乗仏教、ヒンズー教などの違いによって、何をどう拝むかが異なるのだ。だが、そうではあっても、どれもアジア的である点においてなじめるものなのだ。私は自分が東南アジアになじめる点において、自分の内なるアジアを発見したような気になった。

東南アジアは基本において日本と近いのだ。たとえば本書の中で旅した国のうち、インドネシアを除けば、みなインドシナ半島にある国である。このインドとチャイナの複合世界であることの意味は大きい。なぜなら、インドとチャイナは日本にとっても基盤となっている二国だからだ。その二国につながっている点において、日本も東南アジアの一国といえそうなくらいなのである。

本書の中で私は東南アジアの料理が口に合わないということをさんざん書いている。食べるものがなくて苦労したと言っている。

だがしかし、それは本当のことではないのだ。東南アジアの食事の基本は、めしとおかずであり、そこのところは日本と同じなのである。

だから、パクチーが食べられないといいつつも、何か食べられるものはあって、私はちゃんと食事をしているのだ。アジア食文化圏の中に生きているのだから、ちゃんと食べられるはずなのである。

東南アジアを旅するということは、そのように、自分の中のアジアに気がついていくということであった。そしてその世界が、意外にも居心地がいいことに驚くのである。

ミャンマー、タイ、ラオス、ベトナム、カンボジア、マレーシア、インドネシアと東南アジアを回ってみて、それぞれの国の特徴はあるが、共通のアジアらしさもあって、私はそれに懐かしいものを感じた。つまり、それらの国から日本が見えてきたということなのだ。

海外旅行をして、こんなにも自分の国が見えてくるとは、と驚くばかりである。いってみれば私たちは東南アジアの人間だったのだ。それがわかっただけでも、一回りしてみてよかったと思っている。

旅とは常に自分を知るがためのものなのだ。

二〇一七年十二月

清水義範

解　説――想定外にしっくりくる国々

宮　田　珠　己

人には、初めて旅をする場所でも、しっくりくる旅先と、そうでもない旅先とがあるようだ。

たとえば私の場合、ヒマラヤ周辺の国々を旅するとしっくりくる。ネパール、ブータン、ラダックに、北パキスタンや中国領チベットなど、どういうわけか初めての場所でも懐かしく感じられ、そこにいて違和感がない。乾燥した高原のような場所に行くと、そんなところに住んだ記憶もないのに心寛《くつろ》ぐのだ。むしろ日本で暮らしている日常のほうが間違っている気がする。

なぜそう感じるのかはわからない。先祖がヒマラヤ出身だったのかもしれない。

私には十年勤めた会社を辞めて、東南アジアを放浪した経験があるが、そんなわけなので、旅立つ前は東南アジアにまったくしっくりきていなかった。だったらなぜヒマラヤに行かなかったかと訊《き》かれるとうまく説明できないのだが、なるべく近い国から順に旅したいという気持ちがあったことや、あとは金銭面でそれ以上遠くへ行く余裕がなかったことなども関係がありそうだ。

当時の私には、東南アジアは猥雑《わいざつ》で、たいした見どころもなく、汚い場所というイメージがあった。まあ物価の安い国はだいたい清潔さにおいてイマイチであることが多いから、その点は覚悟の上の旅立ちだったわけだけれど、それにしたってしっくりこないとか言われながら旅行された東南アジアにとっては、面白くない話であろう。

本書を読むと、清水義範さんも東南アジアは当初あまりしっくりくる旅先と思っていなかったようだ。すでに夫婦でイタリアやイギリス、バルカン半島などもいっしょに旅しておられ、どちらかというとヨーロッパ方面にしっくりきていたようすである。

とりわけ食については、かなり慎重になっておられる。実際食べられないものも多かったらしい。

実は私もパクチーが大の苦手で、あんなものを喜んでバクバク食べている人には、まあ落ちつけと言ってやりたい。私の独自調査によると（食べてみようとしただけだが）、あれは実は食べ物ではないことが判明している。よくカメムシの味などと評されることがあるけれど、カメムシもパクチーも、ただ臭いというだけでなく、その匂いには、どこか延髄あたりの細胞を溶かす化学的作用があるのではないかと感じるほどである。

長く東南アジアを旅していながらパクチー嫌いなんて信じられない、とよく言われるが、パクチー以外の東南アジア料理はそれほど抵抗はなく、マレーシアやインドネシアのピーナツソースのかかった焼き鳥など、はじめはどうかと思ったものの食べているうちにうまいと感じるようになった。

そういう意味では清水さんのほうが私よりも食べ物に難儀されたようで、本書には料理に対する恨み節ともとれるフレーズが折に触れて登場する。

だがそれはもう人それぞれだから、しょうがないのである。仮に、食はその国の文化であり積極的に味わってこそ旅のツウだ、などと誰かに非難されたとしても、しょうがないものはしょうがないのだ。

ともあれそんなふうにあまり期待せずに東南アジアの旅をはじめた私だったが、日本にくらべてユルい暮らしぶりや、細かいことにこだわらない雰囲気が、徐々に気持ちをとかして、だんだん旅の緊張も緩み、東南アジアならではの旅の味わいがわかるようになっていった。

自分に一番しっくりくるヒマラヤ周辺のあの人影も少ない広大な風景とはまるで違い、どっちを向いてもごちゃごちゃして人の営みを感じさせ、すぐに何者かが近寄ってくる東南アジアの落ち着かなさも、本来苦手なはずなのに、なぜか気にならなくなっていったのだ。

あれはどういう作用なのだろう。

インドのでたらめさほど凄《すさま》じくはなく、何をするにも戦いになってしまうような中国の騒々しさほど身構える必要もない。

私は旅するうちに、少しずつ東南アジアの気楽さを楽しめるようになっていった。便利なのである。細かいことに厳しくないから、何かちょっとしたハプニングに遭遇しても逆に何とかなってしまう。

細かいところまできっちりしている国では、餅は餅屋というか、何に対応するのもその道の人というか専門家というか担当者がおり、その人が現れないことには事態は動かなくなってしまう。たとえば車が壊れたら、日本だとＪＡＦだとかの専門家を呼ばないことにはどうにもならなくなる。しかし東南アジアの多くの国ではそうではなかった。餅は餅屋じゃなくてもいいらしいのだ。魚屋だろうが自転車屋だろうが餅を作れりゃいいのである。

本書にも、ツアーバスが故障してガソリンスタンドで身動きがとれなくなり途方に暮れていたとき、たまたま給油にきた別のバスに乗せてもらえて旅を続けることができた話がでてくる。私もまさにそういういい加減さに救われたことが何度もあった。

日本や西欧の国でそんなふうに想定外にうまくいくことはあまりない。日本や西欧でうまくいくときは、担当者が現れたときだ。

それが東南アジアでは、困っているとどこからか手が差し伸べられ、それは保険とか契約とかそういう決まり事とは無縁の、ただそこにいたから手を差し伸べたという体《てい》の手助けであって、助けるのにこれだけ掛ったからあとで請求書を送るというような厳密な話にならない。そのぶんいい加減なこともあるのだが、自分も同じように力を抜いてみると、たちどころに旅がしやすく、面白くなるのであった。

清水夫妻も、当初はタイ料理の香辛料やパクチーに辟易《へきえき》していたものが、徐々にうちとけてゆるやかに楽しめるようになっていったにちがいない。本書からは、その国の歴史についてひと通り学びながら、精力的に旅を楽しんでいるようすがうかがえる。

巡る観光スポットは日本ではあまり知られていない場所も多いが、長く旅した私には馴染《なじ》みのスポットが多く、読んでいて当時の記憶がよみがえった。

とりわけ記憶に残っているのはミャンマーだ。

私はミャンマーの魅力にとりつかれ、本来であれば四週間で期限の切れるビザの期間を勝手にのばして、倍の二か月も滞在してしまったのである。そんなに長くなってしまった理由のひとつは、タウンビョン祭の開催を待っていたからだ。マンダレー郊外にあるタウンビョンという村で、年に一度の夏祭りが開かれる。本書にも登場する土着信仰のナッ神が祀《まつ》られた宮殿に、国中から信者が集まってくるのだ。その際、ナッ神に仕えるナッカドゥという女装した霊媒師が、踊りを奉納し、神託を授けるのである。

清水夫妻もポッパ山でこの踊りを見たようだが、タウンビョン祭では多くのナッカドゥがそれぞれに持ち時間を決めて、あちこちの会場で五日にわたって踊り倒す。

普段は閑散とした小さな村が、祭りの期間はさながら浅草寺の仲見世並みににぎわうのである。当時はまだ若かった私も、さすがに五日間踊りを見物する元気はなかったが、それでも二日にわたって見物し、その熱気にふらふらになったのを覚えている。

ともあれそうして祭りを待っていたために、私のビザは切れ、ヤンゴンから出国する際にはイミグレーションではねられ、別室でじきじきに偉い人から絞られた。下手をするとそのまま刑務所に送られていたかもしれない状況であり、われながらずいぶんとバカなことをしたものだが、最終的に出国を許可してもらい、罰金を払っただけで済んでホッとしたのだった。

勝手にビザの期間をこえて滞在したのは、現地の旅行ガイドに一日三ドルでオーバーステイできると聞かされていたからで、それを信じてのんき気に長居してしまった私も私だが、それを罰金で許してしまうゆるやかさも、東南アジアならではという感じがする。

いずれにしてもそうやって長居したくなるぐらいミャンマーは魅力的な国だった。食事についてはたしかに当時からひどくて悪い油を使っているのは明らかだったが、今はもっと改善されているのではないかと思う。

他にも本書を読んでいて思い出したのは、ラオスのビエンチャン郊外にあるブッダ・パークで、コンクリートづくりの奇妙な像がやたらと並んでいて笑えた。清水さんは

「少し薄気味悪いがおかしくもある」とコメントし、さらに「こういうものほど記憶に長く残っちゃうんだよなあ」なんて書いておられるが、まさにその通りで、私の記憶にもばっちり残った。実はこのゲテモノ的仏教公園を作ったルアンプー・ブンルア・スラリットなる宗教家は、メコン川をはさんだタイにも同様の仏教公園を遺《のこ》していて、こちらはさらに得体の知れなさが爆発した一大珍スポットとなっている。そしてまさしくそういうものだっただけに私の「記憶に長く残っ」ているのだった。

他には、清水さんが「やっぱり見るべきところだと思った」と指摘されているカンボジアのプノンペンにあるツールスレン博物館もインパクトが大きかった。詳しくは本書を読んでいただきたいが、ともかくその凄惨さは筆舌に尽くしがたく、当時の私は吐き気すらもよおしそうになったほどだ。

そのほかベトナムの水上人形劇や、インドネシアのボロブドゥール寺院、マレーシアのバトゥ洞窟に、ミャンマーのピンダヤ洞窟など、私には懐かしい場所ばかり。

当時は苦労して出かけた場所もあるが、今はツアーで気軽に出かけることができるのなら、歳《とし》をとったらもう一度あの雰囲気を味わいにいきたい。

そのぐらい今では東南アジアがしっくりくるようになった。あの猥雑さやいい加減さのなかに、安心感とワクワクを感じるのだ。

もし自分も行ってみようかと思いながら、でもアメリカやヨーロッパに比べてきついんじゃないか、自分は向いてないんじゃないかと躊躇《ちゅうちょ》している人がいるとしたら、私はその人に本書をすすめ、背中をそっと押したいと思う。

案ずるより産むが易《やす》し。

思っている以上にしっくりきますよ、と言ってあげたいのである。

（みやた・たまき　作家）

本書は、「ｗｅｂ集英社文庫」で二〇一六年九月〜二〇一七年九月に連載されたものを加筆・修正したオリジナル文庫です。

本文写真・清水ひろみ
本文デザイン・宇都宮三鈴

清水義範の本

夫婦で行くイスラムの国々

巨大なモスク、美味なる野菜料理など、トルコでイスラムにどっぷりはまった作者夫婦はイスラム世界をとことん見ようと決意。未知の世界でふたりが見たのは⁉　旅の裏技エッセイつき。

夫婦で行くイタリア歴史の街々

パスタがアルデンテとは限らない、南部の街はトイレが少なく大行列……。シチリア、ナポリ、ボローニャ、フィレンツェ等、南北イタリアを夫婦で巡る。熟年ならではの旅の楽しみ方も満載。

集英社文庫

清水義範の本

夫婦で行くバルカンの国々

バルカン半島で人気の高いクロアチア、香水用バラの産地ブルガリア、中世の伝統が息づくルーマニア、絶景の穴場リゾートのモンテネグロなど。著者夫妻が旅した10か国をふりかえる。

夫婦で行く旅の食日記
世界あちこち味巡り

これまでイスラム、イタリア、バルカンと舞台を変えて刊行されてきた〝夫婦で行く〟旅シリーズで、著者夫婦が訪れた数々の国で出合った〝食〟をテーマに綴った番外編エッセイ。

集英社文庫

清水義範の本

夫婦で行く意外とおいしいイギリス

熟年夫婦の旅行の楽しみ方を知り尽くしている清水夫妻。今度の舞台は今、話題沸騰中のイギリス！　歴史あり、夫婦のほっこりしたやりとりあり。人気の旅エッセイシリーズ。

信長の女

船で物資が集まる港町。海の道でつながる遠い異国が攻めてくるかもしれない……。新しいものに憧れる信長が、明の衣装をまとった美しい少女と出会い虜に……。清水版新釈織田信長伝。

集英社文庫

清水義範の本

会津春秋

会津藩士の新之助は薩摩藩士の八郎太と象山塾で出会い、意気投合。塾を手伝うお咲に新之助は恋心を抱くが……。幕末動乱期、友として時に敵として交わり続ける男たちを、軽快に描く。

ｉｆの幕末

日本びいきのフランス人・シオンは海を越えて開国前の日本へ。勝海舟・坂本龍馬・西郷隆盛など大物との交流を深め、幕府の知恵袋として天皇に謁見。ついには幕末史を変えてしまう⁉

集英社文庫

集英社文庫　目録（日本文学）

集英社文庫　目録（日本文学）

集英社文庫

夫婦《ふうふ》で行《い》く東南《とうなん》アジアの国々《くにぐに》

2018年1月25日　第1刷　　定価はカバーに表示してあります。

著　者　清水義範《しみずよしのり》

発行者　村田登志江

発行所　株式会社 集英社
東京都千代田区一ツ橋2-5-10　〒101-8050
電話　【編集部】03-3230-6095
【読者係】03-3230-6080
【販売部】03-3230-6393（書店専用）

印　刷　大日本印刷株式会社

製　本　大日本印刷株式会社

フォーマットデザイン　アリヤマデザインストア　　マークデザイン　居山浩二

ISBN978-4-08-745694-3 C0195